Finks verflixte Fälle

Gerlinde Dal Molin lebt mit Mann, zwei Kindern und Katzen in Andernach am Rhein. Sie hat bereits mehrere Kurzgeschichten veröffentlicht und arbeitet als Juristin bei einer Bundesbehörde.

Dieses Buch ist ein Roman. Alle Personen, die dieses Buch bevölkern, sind sehr real, allerdings nur in meinem Kopf, und dort führen sie ein munteres Eigenleben. Ähnlichkeiten mit lebenden oder toten Personen sowie Übereinstimmungen mit echter Polizeiarbeit sind rein zufällig.

GERLINDE DAL MOLIN

Finks verflixte Fälle

EIFEL KRIMI

emons:

Bibliografische Information der Deutschen Nationalbibliothek
Die Deutsche Nationalbibliothek verzeichnet diese Publikation in der Deutschen Nationalbibliografie; detaillierte bibliografische Daten sind im Internet über http://dnb.d-nb.de abrufbar.

FSC www.fsc.org
MIX
Papier aus verantwortungsvollen Quellen
FSC® C083411

Umschlagmotiv: © mauritius images/ImageBROKER/Thomas Frey
Umschlaggestaltung: Tobias Doetsch
Gestaltung Innenteil: César Satz & Grafik GmbH, Köln
Lektorat: Jutta Schneider
Druck und Bindung: CPI – Clausen & Bosse, Leck
Printed in Germany 2015
ISBN 978-3-95451-679-7
Eifel Krimi
Originalausgabe

Unser Newsletter informiert Sie
regelmäßig über Neues von emons:
Kostenlos bestellen unter
www.emons-verlag.de

Für Helmut, Rebecca und Alexander

1

»Aber ich versteh doch gar nichts von moderner Kunst«, sagte Hauptkommissar Carsten Fink, während er sich bemühte, aus dem täglichen Kampf mit seiner Krawatte ausnahmsweise einmal als Sieger hervorzugehen.

»Du sollst ja auch keinen Picasso beurteilen, sondern die Zeichnung eines Fünfjährigen.« Evi schnitt ein Käsebrot durch und legte es in eine Brotdose, auf der ein Nachwuchspirat seinen bestiefelten Fuß auf eine Schatztruhe setzte.

»Das ist ja noch schwieriger. Es reicht doch, wenn *du* dir das Bild ansiehst.«

»Ach komm, Felix hat drei Tage hingebungsvoll daran gearbeitet. Nach so viel schöpferischem Ringen müssen wir den sensiblen Künstler auch würdigen.«

Tatsächlich erinnerte sich Fink, wie Felix mit seinem Freund Ruben vor allem die sensible Frage diskutiert hatte, wie sie die Schleimspur einer dicken Schnecke besonders eklig darstellen konnten. Seinem Sohn hatte der Einsatz von Flüssigkleber vorgeschwebt, Ruben hingegen hatte für Honig plädiert.

»Außerdem hat er's mir gestern auch schon gezeigt, als ich aus der Buchhandlung kam.« Evi gab ihrer randlosen Brille einen Schubs nach oben. Sie hatte sie erst seit zwei Wochen und noch immer das Gefühl, eine Fliege von ihrer Nase verjagen zu müssen.

Fink fand, dass die Brille den Konturen von Evis Gesicht besonders schmeichelte, aber sie hatte sich noch nicht damit anfreunden können.

»Und, wie ist es?« Er trat einen Schritt aus der Küchentür und rief: »Felix, komm runter, Zeit für den Kindergarten.«

Evi küsste ihn grinsend auf die Wange. »Sagen wir mal so, du wirst keine Probleme haben, es zu identifizieren.«

Und was sollte Fink dem zarten Maiglöckchenduft, der seine Frau umwehte, schon entgegensetzen?

Also folgte der Hauptkommissar wenig später seinem Sohn durch den Flur des Kindergartens zum Raum der Delphingruppe. Es roch nach Knete und Hagebuttentee. Fink fand das irgendwie tröstlich.

Wenn er nach einem Tag mit schwierigen Einsätzen Felix hier abholte, vermittelte ihm dieser Geruch ein Gefühl von Geborgenheit. Denn hier war er an einem Ort, an dem die schlimmsten Ereignisse ein eingestürzter Turm aus Holzklötzchen oder ein verschüttetes Sandförmchen waren. Kleine Unglücke, die sich mit einer Umarmung und einem Becher Kakao schnell wieder heilen ließen.

Auf seinem Weg hielt er wachsam Ausschau nach Rosemarie Nill, der Leiterin, um sich im Notfall mit einem Hechtsprung unter den niedrigen Kleiderhaken hinter Jacken und Mützen in Sicherheit bringen zu können. Auch die bunten Gummistiefel konnten als Deckung dienen.

Wie Evi vermutet hatte, musste ihm Felix erst gar nicht zeigen, welches der Bilder an der Korkwand sein Kunstwerk war. Auf den anderen Blättern tummelten sich Rosen mit ausufernden Blüten und verschnörkelte Tulpen, die fast aus dem Bild quollen, neben ekstatisch rankendem Löwenzahn in einer Farbexplosion aus Warnwestengelb, Sonnenbrandrot und einem phosphoreszierenden Grün der Marke »Ich hätte diese Chemikalien wohl doch nicht zusammenmischen sollen«.

Im Gegensatz dazu hatte sein Sohn seine Blumen mit minimalistischen Bleistiftstrichen und einer geometrischen Formgebung ausgeführt. Sein Schmetterling erinnerte an die Konstruktionszeichnung eines Kleinflugzeugs. Jegliche Art von Farbe fehlte. In Sachen Kunst vertrat sein Sohn wohl eher einen puristischen Stil.

»Oh, hui!« Fink stand ein wenig ratlos davor, genau wie er befürchtet hatte. »Das sieht aus, als ob es in einem berühmten Museum hängen könnte. Die Schnecke ist süß.«

Felix sah ihn vorwurfsvoll an. »Die soll nicht süß sein, die ist voll mega-eklig.«

Fink trat einen Schritt zur Seite. »Du hast recht, von hier aus sieht sie total scheußlich aus. Ich hab noch nie so eine eklige

Schnecke gesehn. Und die Schleimspur erst, da schüttelt es mich ja richtig.«

Sein Sohn nickte zufrieden.

»Wenn das Bild fertig ist, sollten ganz viele Leute kommen, um es sich anzusehen«, fuhr Fink fort.

»Das ist doch schon fertig, Papa«, antwortete Felix.

»Aber die Blumen sind noch gar nicht bunt und der Schmetterling auch nicht. Was ist denn mit der Farbe passiert?« Fink strubbelte sich übertrieben nachdenklich die dunkelblonden Haare. »Hat sich da heute Nacht ein Dieb eingeschlichen und hat die Farbe aus dem Bild geklaut?« Er schaute sich mit strenger Miene um. »Kommen Sie raus, ich bin Polizist. Es ist ganz schlimm strafbar, Farbe aus Bildern zu stehlen.«

Felix kicherte.

»Oder ist dein Bild undicht, und die Farbe ist rausgelaufen?« Fink inspizierte den unteren Rand des Papiers und fuhr prüfend mit dem Finger darüber. Dann beugte er sich mit umständlichen Verrenkungen vor, um den Boden in Augenschein zu nehmen – und stieß dabei mit dem Hinterteil gegen Rosemarie Nill.

»Ah, Herr Hauptkommissar, grade mit Ihnen wollte ich sprechen.«

Fink grollte sich selbst. Sich so plump erwischen zu lassen!

Andererseits konnte er sich zugutehalten, dass die Frau praktisch unsichtbar war. In ihren mittelbraunen, mittelgrauen und mittelbeigen Kleidungsstücken, die exakt auf ihre Haar- und Augenfarbe abgestimmt schienen, verschmolz sie praktisch mit jedem Hintergrund und wäre auch in der trostlosesten Einöde nicht aufgefallen. Selbst wenn sie dicht vor jemandem stand, übersah man sie, wie man einen sandfarbenen Stein auf sandfarbenem Sand übersehen hätte. Fink war sich sicher, dass sie eine erstklassige Spionin abgegeben hätte, zumal sie sich in ihren Slippern völlig geräuschlos anschleichen konnte.

»Es geht um die Wahl zum Elternbeirat. Ich hatte Sie ja schon einmal darauf angesprochen.«

Einmal?

»Wir sind noch immer auf der Suche nach motivierten Eltern.

Sie möchten doch sicher auch die Kindergartenzeit von Ihrem Sohn kreativ mitgestalten, gell?«

Fink drehte sich vorsichtig ein klein wenig in Richtung Ausgang. Ein geordneter Rückzug wollte geschickt vorbereitet sein. »Das ist bei mir ganz schwierig, Frau Nill.«

Doch Frau Nill redete einfach weiter, so als habe sie seinen Einwand gar nicht gehört. »Und es ist viel weniger Arbeit, als alle meinen. Hier und da mal eine Bastelstunde für Osterkörbchen, Kastanienketten, Muttertagsherzen und Tannenzapfenwichtel, dann ein paar Nachmittage zum Muffinbacken und Eintopfkochen, und einmal im Monat eine Sitzung mit den anderen Eltern.«

Fink sah die Szene genau vor sich. Er mit langen, verknoteten Beinen auf winzigen Kinderstühlchen. Er schluckte. Seine Zehen tasteten sich einige Zentimeter weiter nach rechts. »Meine Dienstzeiten sind ganz unberechenbar. Wenn wir zu einem Einsatz gerufen werden, kann ich den Einbrecher schlecht bitten, am Tatort zu warten, bis ich den Osterwichtel fertig gebastelt habe.« Er lächelte, um das Absurde dieser Vorstellung zu unterstreichen. Und er verlagerte sein Gewicht auf das andere Bein, was ihn der Eingangstür wieder einen Schritt näher brachte.

Rosemarie Nill nickte. Fink meinte, Sand aus ihrem wüstenfarbenen Haar rieseln zu sehen. »Dann organisieren Sie einfach den Kleiderbasar, die Kuchentheke beim Sommerfest und den Ausflug zum Kürbisbauern. Ich könnte Ihnen vielleicht auch das Gummientenrennen bei der Abschlussfeier anvertrauen, aber ich weiß nicht, ob die Frau Möbius das abgeben will.« Während sich ihre Stirn in Dünenfalten legte, gelang es Fink, durch eine geschickte Schrittkombination zwei Meter gutzumachen.

Rosemarie rückte nach. Ihr Gesicht hellte sich auf. »Aber der Krabbelwettbewerb unserer Windelhopsergruppe ist frei geworden. Der Herr Becker kann das wegen der Kopfläuse seiner Zwillinge dieses Jahr nicht übernehmen.« Sie strahlte ihn erwartungsvoll an.

Und da tat Hauptkommissar Carsten Fink etwas, von dem er sich geschworen hatte, dieses feige Mittel niemals einzusetzen.

Er setzte ein fröhliches Lächeln auf und hörte sich sagen: »Ich werd mal meine Frau fragen, ob sie das machen möchte. Sie ist in solchen Sachen viel geschickter als ich. Ist das Bild vom Felix nicht klasse? Haben Sie die eklige Schnecke gesehn? Schönen Tag dann noch, Frau Nill.«

Er drückte seinem Sohn schnell einen Kuss auf den Kopf und flüchtete aus dem Gebäude.

2

Hauptkommissar Carsten Fink wurde von seinen Kollegen mit freundlichem Spott »Der Ominator« genannt. Diesen Spitznamen verdankte er seinem Talent, auch der tütteligsten Greisin eine halbwegs sinnvolle Aussage zu entlocken und jeden noch so renitenten und starrsinnigen Rentner versöhnlich zu stimmen. Diese unschätzbare Eigenschaft hatte ihm in seiner Dienststelle die Betreuung sämtlicher Ratsuchenden über fünfundsechzig eingetragen. Im Moment war ihm aber noch nicht ganz klar, welche der beiden Damen auf der anderen Seite seines Schreibtisches denn nun eigentlich polizeiliche Hilfe benötigte.

Die Assoziationen, die sie bei ihm weckten, waren dagegen eindeutig: Karotte und Blumenkohl. Fink schrieb es seinem bohrenden Hunger zu, dass ihn die Frauen so lebhaft an Gemüse erinnerten.

Die Verteilung der belegten Brötchen hatte er schon verpasst, als er bei seiner Dienststelle eintraf. Oberkommissar Peter Emmerlein winkte ihm kauend mit der letzten angebissenen Salamisemmel zu, und es war auch kein Trost für Fink, dass sich von den Krümeln, die sich in Emmerleins Ziegenbärtchen gesammelt hatten, mehrere Spatzenfamilien hätten ernähren können.

Während Fink mit dem Finger am Flügel seiner kleinen, für einen Mann erstaunlich eleganten Nase entlang rieb, versuchte er, die beiden Frauen einzuschätzen: die grimmig dreinblickende jüngere und die ältere, die wirkte, als hätte man ein futuristisches Gerät auf sie angesetzt und damit ihre Persönlichkeit geschrumpft.

Die Tochter hatte es in fünfundfünfzig Lebensjahren nicht nur geschafft, ihre alte Mutter um mehr als einen Kopf zu überragen, sondern auch einen erstaunlich karottenförmigen Körperbau anzunehmen. Von sehr breiten Schultern verjüngte sich der Körper in gerader Linie zu den irgendwie spitz zulaufenden Füßen. Bei der Farbgestaltung hatte sie allerdings die Natur umgekehrt: Sie trug ein grün gemustertes Kleid, und die fedrig nach oben stehenden Haare leuchteten in einem frisch gefärbten Orangerot.

Da Fink zu Hause nicht gefrühstückt hatte, war es kein Wunder, dass die beiden Frauen kulinarische Assoziationen in ihm auslösten. Er spekulierte sogar darüber, ob diese Angelegenheit einen nahrhaften Ursprung haben könnte. Diebstahl von mehlig kochenden Kartoffeln am Marktstand. Zechprellerei mit einer besenften Bratwurst an der Heißen Theke der Metzgerei Ahsenmacher in der Kramgasse. Die verkniffenen Lippen der Jüngeren könnten sogar auf eine Beschwerde wegen zu dunkel gebackener Brötchen hindeuten.

Falschbäckerei war in Andernach, der täuschend idyllischen Kleinstadt am Rhein, schon im Mittelalter mit der »Bäckertaufe« bestraft worden: dem Eintunken des frevlerischen Bäckers in kalte Dreckbrühe unter dem Gejohle der umstehenden Gaffer. Diese Geschichte wurde noch heute beim Bäckerjungenfest nachgespielt. Fink hatte schon einmal einem aufgebrachten Bürger erklären müssen, dass diese Strafe in der aktuellen Fassung des Strafgesetzbuches nicht mehr vorgesehen war.

Sein Magen stimmte knurrend in seinen Groll auf Peter Emmerlein ein. Wer zu spät kommt, den bestraft der gierige Kollege.

Nachdem er die Personalien aufgenommen hatte, schaute Fink erst die Mutter, dann ihre Tochter erwartungsvoll an. »Frau Specht, Frau Schnabel, was kann ich denn für Sie tun?«

»Schnabelspecht«, antwortete die Tochter.

»Wie bitte?« Für gewöhnlich setzte bei Fink erst nach der Hälfte eines Gesprächs eine leichte Verwirrung ein. Dass er diesmal gleich zu Anfang nicht mitkam, war kein gutes Zeichen. Er war wohl hungriger, als er gedacht hatte.

»Meine Mutter heißt Schnabel, ich bin Frau Specht, nicht umgekehrt. Wenn Sie sich das bitte merken würden. Zwei Namen werden Sie doch sicher bewältigen können.«

»Ah, hm, ja, Entschuldigung.« Fink schrieb hinter den Namen Specht: »Grrr«.

Früher hatte er sich bei Befragungen und Verhören oft dermaßen über dumme, sture und bösartige Menschen geärgert, dass er sich auf die Aussagen kaum hatte konzentrieren können. Irgendwann hatte er bei der Vernehmung eines besonders bestrafungsresistenten Falschparkers angefangen, ärgerliche Comicgeräusche aufzuschreiben, und festgestellt, dass er damit viel ausgeglichener wurde.

Er schaute wieder hoch in ihr etwas herbes Gesicht mit den tiefen Falten um den Mund, die vom permanent mürrischen Gesichtsausdruck herrührten. »Worum geht es also?«

»Ich bin beklaut worden«, antwortete Bärbel Specht und warf ihrer Mutter einen wütenden Blick zu.

Fink hob die Augenbrauen und sah von einer Frau zur anderen. Die alte Dame saß so eingesunken auf ihrem Stuhl, dass sie wie ein Teil der Polsterung erschien. Eine Dauerwelle hatte ihre grauen Haare zu eng anliegenden kurzen Löckchen gepresst, die ihrem Kopf etwas Blumenkohlartiges verliehen. (Du musst aufhören, an Essen zu denken, Carsten!)

Dass diese verschüchterte Person sich am Eigentum ihrer Tochter vergriffen haben sollte, kam Fink äußerst fragwürdig vor. Außerdem fand er diese Art von Familienstreit höchst unerquicklich. Die Einblicke, die man dabei ins Privatleben anderer Leute bekam, waren meistens einfach nur erschütternd.

»Das war aber doch so ein freundlicher junger Mann«, sagte Constanze Schnabel und hörte sich an, als würde sich sogar ihre Stimme ducken. »Der hat mir sogar noch geholfen, das Geld in einen Umschlag zu stecken.« Sie wandte sich dem Hauptkommissar zu. »Ich bin zweiundachtzig, und meine Hände sind manchmal ein bisschen zittrig. Da hat der nette Junge die Scheine für mich in den Umschlag geschoben.«

»Herrje, Mutter!« Die Tochter knallte ihre Hände auf die Armlehnen. »Hast du's denn immer noch nicht begriffen? Der Typ hat dich abgezockt! Wie kann man nur so blöd sein.« Sie wandte sich an Fink. »Vor der Masche warnen sie doch andauernd im Fernsehen. Das müsste doch selbst dieses dumme alte Weib inzwischen mitgekriegt haben.«

Fink biss die Zähne zusammen und schrieb auf sein Blatt: »Hmpf!«. Das entspannte ihn, aber nur ein wenig.

»Frau, äh, Schnabel, erzählen Sie mir bitte mal genau, was Ihnen passiert ist.«

Die alte Frau hob zaghaft den Kopf und zog ihn gleichzeitig ein wenig zur Seite, weg von ihrer Tochter. »Also, der Tommi rief an und sagte, er bräuchte dringend Geld. Wegen seinem Auto. Das könnte er sonst nicht aus der Werkstatt abholen. Ich wusste zuerst gar nicht, wer das ist, aber dann hat er gesagt, ich bin doch dein Enkel, der Tommi, dem du früher immer die Brausebonbons geschenkt hast, und da fiel es mir auch gleich wieder ein. Der liebe, kleine Tommi.«

Bärbel Specht warf neben ihr die Arme theatralisch in die Luft. Ein paar Papiere auf Finks Tisch kamen ins Flattern. »Du hast doch gar keinen Enkel. Du hast zwei Enkeltöchter, wann kapierst du das endlich mal? Tut das eigentlich weh, wenn man so senil ist?«

Fink beugte sich tief über sein Blatt und schrieb: »Umpf!«.

»Aber er kannte doch unsere Familie«, verteidigte sich die Mutter. »Er hat genau gewusst, dass ich seine Oma bin, der liebe Junge.«

»DU BIST NICHT SEINE OMA«, schrie ihre Tochter. Fink zuckte zusammen und konnte hören, wie im Nebenraum Tastaturklappern und Gespräche kurz verstummten.

Frau Specht wandte sich an Fink. »Wussten Sie, dass Kinder in manchen Kulturen ihre alten Eltern ungestraft aussetzen dürfen?«

»Er hat aber doch gesagt, dass ich seine allerliebste Lieblingsoma bin, und er will mir aus dem nächsten Urlaub eine Karte schicken.« Die alte Dame war in einen weinerlichen Trotz verfallen. »Du schickst mir ja nie eine Karte von irgendwo. Ich bin gespannt, wohin der Tommi fährt.«

Die karottenfarbigen Federhaare auf Bärbel Spechts Kopf schwankten wie Palmen im Hurrikan, als die Frau mit beiden Fäusten auf Finks Schreibtisch hämmerte. Sein Kaffeebecher näherte sich hüpfend dem Abgrund.

»Ich wünschte, du wärst tatsächlich die Oma von irgendeinem Tommi, der könnte dich geschenkt haben. Aber: DU HAST KEINEN ENKEL! Du hast das Geld einem völlig Fremden gegeben, und wenn wir hier fertig sind, gehe ich mit dir zum Vormundschaftsgericht und lasse dich entmündigen.«

Fink überlegte, ob er hinter das Umpf noch ein paar Ausrufezeichen setzen sollte, fand es aber dringend an der Zeit, andere Saiten aufzuziehen. Aus der obersten Schreibtischschublade zog er eine laminierte Karte, die er Bärbel Specht vor das Gesicht hielt. Darauf war zu lesen:

§ 258 StGB
STRAFVEREITELUNG
Freiheitsstrafe bis zu fünf Jahren

Noch lieber wäre ihm die Aufschrift »Behinderung der Justiz« gewesen, wie die Leute es aus amerikanischen Krimis kannten, aber das gab es im deutschen Recht nicht.

»Wenn Sie Ihre Mutter nicht endlich ausreden lassen, kann ich die notwendigen Ermittlungen nicht durchführen, und Sie laufen Gefahr, sich deswegen einer Strafvereitelung strafbar zu machen.« Befriedigt registrierte er den Schrecken in Bärbel Spechts Gesicht. Unglaublich, wie viele überflüssige Diskussionen ihm dieses Kärtchen schon erspart hatte. Er sollte es wirklich einmal als Ausbildungsmaterial für Polizeischulen vorschlagen.

Während die Tochter sich mit verschränkten Armen wutköchelnd zurücklehnte, beugte sich Fink freundlich zu ihrer Mutter vor. »So, Frau Schnabel. Jetzt mal ganz in Ruhe. Da rief also ein Mann an und sagte, er wäre Ihr Enkel Tommi und bräuchte Geld.«

»Genau. Vierhundert Euro.« Sie linste zu ihrer Tochter und bekam ein bisschen Oberwasser, als sie merkte, dass von dort einstweilen keine Gefahr drohte. »Er würde das Geld auch bei mir abholen kommen. Und er hat noch gesagt, ich wäre seine liebste Omi auf der ganzen Welt«, fügte sie trotzig mit einem Seitenblick hinzu.

Ihre Tochter knirschte mit den Zähnen.

»Der Tommi hatte ja Glück, dass ich grade eine Stunde vorher meine Rente von der Bank geholt hatte. Und nach dem Anruf ist er auch gleich gekommen. Und hat mir geholfen, die Scheine in einen Briefumschlag zu stecken. So ein höflicher Junge, der Tommi.«

»Und warum haben Sie eben behauptet, Sie wären bestohlen worden?«, fragte er die Jüngere. »Es geht doch offenbar um das Geld Ihrer Mutter.«

Bärbel Specht stampfte mit dem Fuß auf. Die junge Grünlilie auf dem Fensterbrett erzitterte, vermutlich vor Schreck. »Ja, aber das geht doch alles von meinem Erbe ab, was sich dieses benebelte Frauenzimmer abknöpfen lässt!«

Als Fink »Zack! Bumm! Knuff!!!« aufschrieb, drückte sich der Kugelschreiber so tief durch, dass er auch noch die zwei darunter liegenden Blätter beschrieb. Er wunderte sich fast, dass der Stift nicht unten durch die Tischplatte stach. Noch ein weiteres Ausrufezeichen, dann konnte er wieder ruhiger atmen.

»Also, Frau Schnabel, ich muss Ihnen leider sagen, dass Sie da einem Betrüger aufgesessen sind. Was der mit Ihnen gemacht hat, nennt man Enkeltrick. Da stecken meistens junge Leute hinter, die einen alten Menschen anrufen und ihm weismachen, sie wären mit ihm verwandt und bräuchten dringend Geld, weil sie angeblich in einer Notlage sind. Das stimmt aber alles gar nicht. Das sind Fremde, die nur Ihr Geld ergaunern wollen.« Fink schaute die alte Frau mitfühlend an und ignorierte den Na-siehst-du-Blick ihrer Tochter. »Möglicherweise hat er sogar beobachtet, wie Sie mit dem Geld von der Bank weggegangen sind, und ist Ihnen gefolgt. Können Sie mir denn sagen, wie der Mann ausgesehen hat?«

»Ja, groß war er. Also, größer als ich.« Was alle männlichen Wesen über zwölf einschloss. »Und blond. Oder eher so braun. Und so nett. Mit einer kleinen Lücke zwischen den Schneidezähnen. Und das war gar nicht mein Enkel?«

»Nein, das war er nicht. Das war ein Betrüger, tut mir leid. Auf diese Masche sind schon viele reingefallen. Auch jüngere.« Er drehte den Kopf in Bärbel Spechts Richtung.

»Meinen Sie denn, ich bekomme mein Geld zurück?«

»Wir tun natürlich alles, um diesen Mann zu finden, aber selbst dann ist es fraglich, ob er das Geld noch hat.«

Vorsorglich öffnete Fink die untere Schublade, wo er eine Packung extra saugfähiger Taschentücher bereithielt. Er hatte aber grundlos mit Tränen gerechnet.

»Meine Tochter kriegt es also auch nicht?«

»Äh, nein, wenn wir den Täter nicht finden, bekommt Ihre Tochter das Geld auch nicht.«

Constanze Schnabel stand resolut auf. »Dann ist es ja gut. Muss ich noch was unterschreiben?«

»Da könnt ich echt platzen, wenn ich so was höre!« Die gesamten einhundertfünfundsechzig Zentimeter Körpergröße von Kommissarin Carina Bauer verströmten Wut, und das war ihren Kollegen Carsten Fink und Peter Emmerlein immer ein bisschen unheimlich.

»So ein altes, wehrloses Ömmeken auszutricksen ist eine Schweinerei hoch drei. Wollt ihr wissen, was ich mache, wenn ich den Kerl zu fassen kriege?«

Eigentlich wollten die beiden Männer das nicht genau wissen. Carina war eine furchtlose Frau Anfang zwanzig, vor der sich beim Kampfsporttraining alle Gegner zu drücken versuchten. Selbst kleinste Fehler und Unaufmerksamkeiten zogen für ihre Trainingspartner blaue Flecken und andere schmerzhafte Folgen nach sich. Andererseits wollte jeder Kollege in ihrer Nähe sein, wenn es im Einsatz zu brenzligen Situationen kam. Da hatte sie schon manchen rausgehauen.

»Wir hatten schon seit Jahren keinen mehr, der mit dem Enkeltrick unterwegs war.« Fink verstaute seine nützliche Strafvereitelungskarte in der Schublade. »Wir sollten einen Artikel an die Zeitung geben, damit die Leute gewarnt sind.«

Emmerlein legte die verschränkten Hände auf seinen haarlosen Kopf. »Wir nennen den Kerl: ›Der Seniorentrickser‹. Oder noch besser: ›Der Nepperenkel‹.« Er grinste. »Und wir bitten den Redakteur, ein Foto von Carina mit abzudrucken, wenn sie so wild guckt wie jetzt gerade. Das schreckt garantiert jeden Kriminellen ab. Wir schreiben: Jeder, der versucht, in Andernach einen alten Menschen abzuzocken, wird mit dieser Beamtin zehn Minuten ohne Gehörschutz allein gelassen. Ihre

Strafpredigten treiben selbst dem Christkind die Tränen in die Augen.«

Carina presste die Lippen aufeinander, musste dann aber selbst schmunzeln und sah sofort nicht mehr wie ein wütender kleiner Igel aus. Fink hätte ihren Kurzhaarschnitt richtig elegant gefunden, wenn ihre dunklen Haare nicht immer stachelig nach allen Seiten abgestanden hätten. Er wusste nie, ob das die Absicht eines ambitionierten Friseurs gewesen war oder Carinas Art, ihr völliges Desinteresse an modischen Details auszudrücken.

Fink lehnte sich zurück. »Nein, warte: Der Kerl muss eine Nacht beim ›Krummen Häns‹ verbringen. Da wird er so schnell weich wie Butter in der Sauna.«

»Wer soll das denn sein, der ›Krumme Häns‹?« Carina runzelte die Stirn. Hatte sie die Einstellung eines neuen Vernehmungsspezialisten verpasst, der sich unter Kriminellen schon einen Namen erworben hatte? He, Kumpel, warum hast du bei der Polizei nicht dicht gehalten? Ich hatte keine andere Wahl, der »Krumme Häns« hat mit der Nase gezuckt, da musste ich einfach auspacken.

Emmerlein kratzte sich mit dem Bleistiftende an der Nase. »Den kennst du nicht?« Er sah einen Kollegen über den Flur gehen. »Na, dann wollen wir doch mal Kemalpedia aufrufen.« Er beugte sich vor. »Kommst du grade mal, Kemal?«

Ein schlanker junger Mann erschien in der Tür und sah sie neugierig an. »Was gibt's denn?«

Fink deutete auf Carina. »Herr Özgür, können Sie die Frau Bauer über den ›Krummen Häns‹ aufklären?«

Das Gesicht von Polizeiobermeister Kemal Özgür leuchtete auf. Er hatte von seiner deutschen Mutter die dunkelblonden Haare geerbt und von seinem türkischen Vater das leicht entflammbare Temperament sowie ein herzförmiges Muttermal am Hals, das die sehnsüchtigen Phantasien aller Kolleginnen entfachte. Er lehnte sich in den Türrahmen, kam aber gleich wieder in Bewegung.

»Also, früher erzählte man sich von Müllern und Schmieden viele gruselige Geschichten. Die wohnten oft außerhalb der Ortschaften, weil die Mühlen so groß waren und wegen der Feuergefahr. Und weil die Dorfgemeinschaft sie da nicht dauernd im Blick hatte, wusste man nie, was die Typen so trieben. Also unterstellte man den Schmieden und Müllern allerhand finstere Sachen oder sogar schwarze Magie, und deshalb hatten die bei den Leuten gleich mal einen schlechten Ruf. Genauso ein Kerl war auch der ›Krumme Häns‹, der war ein Schmied, so vor zweihundert Jahren.« Er hielt zwei Finger in die Luft.

»Der hatte eine Schmiede zwischen Andernach und Namedy und vermietete auch Pferdekutschen. Und bei dem hatte sich der üble Ruf auch bewahrheitet, der hieß nämlich so, weil er dafür bekannt war, gern mal ein krummes Ding zu drehen. Zum Beispiel beschlug er die Pferde für viel Geld mit minderwertigen Hufeisen. Oder er vermietete den Leuten eine Kutsche, an der kurz darauf ein Rad abknickte. Das hatte er vorher angesägt. Seine Lehrlinge ließ er schwören, die Kutsche wäre tipptopp in Ordnung gewesen, und die Leute hätten sie zu Schrott gefahren und müssten nun Schadensersatz leisten.«

Kemal begleitete seine Erzählung mit anschaulichen Gesten. Er beschlug imaginäre Pferde, schwang eine unsichtbare Säge und formte Hufeisen in der Luft. Fink hörte förmlich den schweren Schmiedehammer auf den Amboss treffen. Emmerlein meinte, die Funken aus dem lodernden Feuer von seinem Arm wischen zu müssen, und Carina fühlte in der Hitze der Schmiede kleine Schweißperlen auf der Stirn.

»Und das haben sich die Leute gefallen lassen?«, fragte sie.

»Nicht so wirklich. Eines Tages stürmten einige betrogene Kunden die Schmiede und stellten etwas Unappetitliches mit heißen Hufeisen und den Füßen vom ›Krummen Häns‹ an.«

Carina sah ihren Kollegen entsetzt an. Fink und Emmerlein, die die Geschichte schon kannten, grinsten.

»Und es heißt«, Kemal beugte sich vor, und sein Raunen wurde immer dunkler, »seitdem spukt der ›Häns‹ in seiner verfallenen Schmiede, und in manchen Nächten hört man seinen Schmiedehammer auf den Amboss schlagen oder seine Geisterpferde … mit den Hufen … stampfen.«

Leises Pferdegetrappel ertönte hinter dem Schreibtisch. Carina schnellte herum und ertappte Peter Emmerlein, der mit den Händen rhythmisch auf seine Hose klopfte.

»Und in diese Ruine sollten wir unseren Seniorennepper für eine Nacht hinschicken«, befand Fink. »Danach ist der zahm wie ein Regenwurm. Ich finde sogar, man sollte das ins Strafgesetzbuch aufnehmen. Spart Zeit und Geld und läutert auch die Hartgesottenen. Willst du's mal ausprobieren, Carina?«

Drei ausgewachsene Polizisten feixten ihre Kollegin an.

Carina stand auf. »Kann es sein, dass ihr alle drei ein klein bisschen gestört seid? Ich sag jetzt jedenfalls mal dem Ulf Kissmich, er soll durch die Fußgängerzone laufen und ein paar Radler von den Rädern holen und ihnen ein Bußgeld aufbrummen. Da ist es mir jetzt richtig nach.«

»Ach ja, der hat eben angerufen.« Emmerlein erhob sich ebenfalls und streckte seine ein Meter neunundachtzig Muskelmasse. »Er kommt später, weil er mit Friedbert zum Arzt muss. Burn-out, vermutet er.«

»Ist Friedbert sein Vater?«, fragte Fink.

»Sein dschungarischer Zwerghamster.«

Fink riss seine Schublade auf und zog sein laminiertes Kärtchen wieder hervor. »Dem werd ich was erzählen, wenn er wieder da ist.«

»He, Stresserkrankungen bei Nagetieren muss man ernst nehmen.« Peter Emmerlein zog lachend sein Hemd in Form.

»Ach komm, Carsten, ärger dich nicht.« Carina deutete die zusammengepressten Lippen ihres Chefs und seinen bitteren Blick auf die aus Emmerleins Hemd herabrieselnden Brötchenkrümel richtig. Sie zog eine Papiertüte aus ihrer Tasche und legte sie vor Fink auf den Tisch. Fink knisterte sie auf und sah sich einem leicht zerdrückten, aber überirdisch duftendem Croissant gegenüber.

»Du bist gerade an die erste Stelle auf der Beförderungsliste geklettert«, sagte er, bevor er das Backwerk genüsslich seiner Bestimmung zuführte.

3

Als Fink die Haustür seiner Mutter aufschloss, klingelte gerade deren Telefon. Er schlich sich zur halb geöffneten Wohnzimmertür und hörte, wie Margit Fink abhob.

»Ja, hallo, ach wie nett, dass Sie anrufen. Wie war Ihr Name? Und in welchem Callcenter sitzen Sie, mein Lieber? Oh, das ist aber weit weg. Ich war mal mit meinem Exmann in Hamburg, also damals war er noch nicht mein Exmann, und wir haben eine Hafenrundfahrt gemacht, und ich wäre beinahe ins Wasser gefallen, ich bin da manchmal ein bisschen ungeschickt, das hat mein Sohn von mir geerbt, aber es ist trotzdem was aus ihm geworden.«

Fink lehnte sich mit verschränkten Armen im Flur an die Wand und verdrehte die Augen. Seine Mutter hatte wieder ein Opfer gefunden.

»Für welche Firma rufen Sie denn an? Ah ja, und was verkaufen die? Wintergärten? Aha, die verglasen Balkone. So was hab ich schon gesehen, meine Freundin Emmi hat einen Wintergarten, der ist herrlich, wohl ein bisschen heiß im Sommer, weil sich die Hitze da so staut. Und im Winter hat's reingeregnet, weil das Dach nicht richtig abgedichtet war, und man hat gemeint, man müsste durch einen Mangrovenwald waten, also nicht, dass meine Freundin Mangroven in ihrem Wintergarten hat, ich meine nur wegen der Überschwemmung durch das undichte Dach, aber dafür können Sie ja nichts, gell, Herzchen? Wie lange arbeiten Sie denn schon für dieses Callcenter? Ein Jahr? Das stelle ich mir furchtbar öde vor, den ganzen Tag mit Leuten reden, die sich von Ihrem Anruf genervt fühlen. Da müssen Sie sich doch sicher oft ganz unfreundliche Sachen von verärgerten Kunden anhören. Keine Angst, ich werd Sie nicht beleidigen, das tut mir nämlich so leid, wie Sie da Ihr Leben vergeuden. Haben Sie da denn auch ab und zu Zeit, um zum Friseur zu gehen? Nein? Ist es für Ihren Beruf denn nicht wichtig, gepflegt auszusehen? Ach richtig, die Leute sehen Sie ja nicht am Telefon, es sei denn, sie skypen mit Ihnen. Aber konnten Sie denn keine bessere Anstellung finden? Sie haben doch vermutlich mal was Ordentliches gelernt. Gärtner? Na, das ist doch ein wunderschöner Beruf, so mit Pflanzen und im Freien arbeiten und nicht den ganzen Tag in einem Großraumbüro mit Klimaanlage und am Telefon immer wieder die gleichen Sprüche loslassen, für die sich keiner interessiert. Wie lange wollen Sie das denn noch machen? Sie hören sich ja noch ganz jung an, wollen Sie da versauern? Was sagt denn Ihre Mutter zu Ihrem Job?«

Fink wusste nicht, ob er kichern oder sich vor Verlegenheit krümmen sollte. Es war immer wieder ein Erlebnis der besonderen Art, seine Mutter bei der Ausübung ihres liebsten Hobbys zu erleben.

»Und da hat Ihre Mama ganz recht. Was für ein Vertreterbesuch? Ach so, Sie möchten mir jemanden von der Firma vorbeischicken, der meinen Balkon ausmisst? Schätzelchen, ich hab hier gar keinen Balkon. Nein, auch keinen kleinen. Und Sie wissen doch, dass solche unaufgeforderten Werbeanrufe nicht zulässig sind, oder? Die verstoßen gegen das Gesetz gegen den unlauteren Wettbewerb. Das kann ein Bußgeld bis zu fünfzigtausend Euro geben. Hab ich erwähnt, dass mein Sohn Polizist ist? Sagen Sie mir noch mal Ihren Namen, damit ich mir den notieren kann? Und am besten buchstabieren Sie ihn. Hallo?«

Fink stieß sich von der Wand ab und trat ins Wohnzimmer. Seine Mutter saß mit angezogenen Beinen auf dem geblümten Sofa und sah aus wie eine sehr zufriedene Katze.

»Der ruft hier nicht wieder an«, verkündete sie und legte das Telefon weg. Margit Fink war eine attraktive Frau mit kurzen blonden Haaren und einer Figur, die ihr noch immer die bewundernden Blicke von Männern und – was noch wichtiger war – die neidvollen von Frauen einbrachte.

»Die Leute vom Callcenter müssen doch auch mit irgendwas ihr Geld verdienen«, gab Fink zu bedenken und nahm sich einen Apfel aus einer Glasschale auf dem Tisch.

»Dann sollen sie sich einen richtigen Beruf suchen und mich nicht belästigen.« Sie stand auf. »Magst du einen Kaffee?«

Er folgte ihr in die moderne Küche, wo der Duft nach

Schokoladenkuchen Fink veranlasste, sich suchend umzusehen. Eine abgedeckte Schüssel mit geriebenen Kartoffeln, gehackten Zwiebeln und Speckwürfeln ließ darauf schließen, dass Margit rheinischen Döppekooche für das Abendessen vorbereitete.

»Diese Leute rufen dich aber doch nicht zufällig an, Mama.« Er hatte den Kuchen neben der Spüle entdeckt und schnitt sich ein ordentliches Stück ab. »Du machst jedes Preisausschreiben mit, das dir in die Finger kommt, weil du weißt, dass die Firmen so an deine Adresse kommen und sie weiterverkaufen. Und dann wartest du, dass dich so ein armer Mensch anruft und du ihn zur Schnecke machen kannst.« Er biss in den Kuchen. »Daf iff woofnuf.«

»Was?« Margit stellte ihm eine Tasse Kaffee hin.

»Ich habe gesagt: Das ist trostlos. Danke. Der Kuchen ist lecker. Such dir mal ein neues Hobby.«

»Versuch's mal selbst, dann merkst du, wie viel Spaß das macht.«

»Vielleicht erzählst du wenigstens nicht jedes Mal, dass ich bei der Polizei bin.«

»Erstens ist es wahr, und zweitens macht es mordsmäßig Eindruck.« Sie goss sich Milch in ihren Kaffee.

Fink überlegte, wie er sein eigentliches Anliegen am besten vorbringen sollte. Das erforderte jetzt etwas Fingerspitzengefühl. »Wir hatten da vor ein paar Tagen einen schrägen Fall«, begann er. »Da ist wieder einer mit dem Enkeltrick unterwegs. Du weißt schon, ein Krimineller macht einem alten Menschen weis, er wäre ein Verwandter und bräuchte Geld. Erfahrungsgemäß bleibt das kein Einzelfall. Also, ich wollte nur sagen, dass du ein bisschen aufpassen sollst, wenn du so einen Anruf kriegst.«

Seine Mutter kniff die Augen zusammen. »Carsten Matz Fink, willst du etwa behaupten, ich hätte nicht mehr alles beieinander und wüsste nicht, wer zu unserer Familie gehört und wer nicht?«

»Diese Leute werden immer raffinierter. Ich meine nur, du sollst vorsichtig sein, mit wem du telefonierst. Gerade bei dir scheint mir dieser Hinweis angebracht.«

Margit Fink stand schwungvoll auf. »Pfft, so einen stecke ich noch allemal in die Tasche.« Sie griff nach einem Messer. »Ich schneid dir noch ein paar Stücke für Evi und Felix ab.«

»Ich nehm auch noch eins.« Als er ihr seinen Teller hinhielt, grinste er wie ein Schuljunge. Margit lächelte. Egal, wie weit Männer es in ihren Berufen brachten, für ihre Mütter blieben sie immer die kleinen Jungen mit aufgeschrammten Beinen und selbst gemalten Weihnachtswunschzetteln. Wie konnte man sie da ernst nehmen?

4

Mit triefender Dienstmütze, durchweichter Jacke und einer klammen Akte kehrte Carina Bauer zur Dienststelle zurück, wo sie gedachte, Polizeiobermeister Kemal Özgür in hohem Bogen aus dem Fenster zu werfen, als Dank für seine Aussage: »Du brauchst keinen Schirm, es bleibt heute so trocken wie der Popo von einem glücklichen Baby aus der Windelreklame.«

Als sie die Bürotür öffnete, glaubte sie im ersten Moment, in eine Art antikes religiöses Ritual zu platzen.

Peter Emmerlein kniete mit leuchtend roten Ohren vor dem Besucherstuhl und tätschelte die Hand einer heulenden jungen Frau. Hauptkommissar Carsten Fink stand mit bestürzter Miene daneben und hielt ihr eine Schachtel Taschentücher wie eine Opfergabe hin.

Carina kannte ihren Chef als einen Mann, der nicht allzu schnell in Panik geriet. Die Geburt seines Sohnes Felix hatte er weitgehend bei Bewusstsein miterlebt. In einem Geschäft in der Stadthausgalerie hatte er sich todesmutig zwischen zwei keifende Weiber geworfen, die sich schreiend und tretend um ein abstrus hässliches gelbes Kleid zankten. Noch eine Woche später hätte er ohne die Hilfe eines Maskenbildners in den Jurassic-Park-Filmen das Opfer eines Raptorenangriffs darstellen können, und seinen Bewegungen nach zu schließen hatte er sich auch genauso gefühlt.

Selbst sein Geständnis, aus Versehen die Kaffeemaschine in die Luft gesprengt zu haben (der Tathergang konnte nie in allen Einzelheiten aufgeklärt werden), war klaglos und mit nur einem halben Tag Verspätung über seine Lippen gekommen.

Aber angesichts dieser Frau, die gute Chancen hatte, den Wettbewerb für die beste Imitation der Niagarafälle zu gewinnen, sah er so aus, als würde er sich in seinem eigenen Büro gern unsichtbar machen.

»Nun mal ganz ruhig«, sagte Peter Emmerlein gerade. »Wir können Ihnen doch nur helfen, wenn Sie uns sagen, was passiert ist.«

»Wimmimi, nimmimi«, heulte die junge Frau. Sie sah aus, als habe sie noch vor vier Wochen mit Barbiepuppen gespielt. Ihre langen blonden Haare zitterten bei jedem einzelnen Schluchzer. Vor den Mustern, die ihre schwarze Wimperntusche beim Verlaufen auf ihren Wangen hinterließ, hätte sich jeder Indianer auf dem Kriegspfad zu Tode gefürchtet.

»Nun mal ganz ruhig«, probierte es jetzt auch Fink und meinte damit mindestens genauso sich selbst wie auch das aufgelöste Persönchen, das vermutlich gleich vor ihren Augen in einem salzigen Rinnsal zerfließen würde. »Sagen Sie uns einfach schon mal, wie Sie heißen. Das wissen Sie doch, oder?«, fügte er zweifelnd an und schob ihr die Taschentuchschachtel näher heran, als fürchtete er, allein schon diese einfache Frage könnte ein erhöhtes Tränenaufkommen auslösen.

»Mihihi, lohoho«, antwortete sie bebend. Eine Haarsträhne klebte an den Überresten ihres Augen-Make-ups, das aussah wie die verästelten Wasserwege des Amazonas.

»Japanerin?«, fragte Emmerlein seinen Chef über ihren Kopf hinweg.

»Ach Kerls!« Carina Bauer seufzte, schloss die Tür hinter sich und drückte Fink Mütze, Jacke und Akte in die Arme. »Mia Lomme heißt sie, hat sie gesagt.«

»Endlich kommst du!« Emmerlein stemmte sich hoch und entfaltete dabei seine beeindruckende Größe. In seiner Stimme lag so viel Erleichterung, als habe ihm der Engel der Erlösung gerade mitgeteilt, bei seiner Abordnung in die Hölle habe es sich nur um einen bürokratischen Irrtum gehandelt.

Fink versuchte mit dem ihm eigenen motorischen Ungeschick, Akte, Kleidungsstücke und Taschentücher zu sortieren. »Sie kam vor einer Viertelstunde und heult seitdem ununterbrochen. Ich wollte schon jemanden nach unten schicken, um nachzusehen, ob es durch den Boden tropft.«

»Wir sollten ihr vielleicht was zu trinken geben, ehe sie vertrocknet«, schlug Emmerlein vor und bezupfte heftig sein Ziegenbärtchen. »Nur für alle Fälle. Viel Flüssigkeit kann jedenfalls nicht mehr in ihr drin sein. Und außer dem ganzen Wasser kriegen wir nichts aus ihr raus. Wir wollten schon den

Ulf Kissmich rufen, damit der mit ihr redet, aber der macht gerade eine Fortbildung: ›Mit Kommunikation aus der Krise‹. Und ich glaub, wir können nicht warten, bis er wieder da ist.«

»Ach Kerls, also ernsthaft.« Carina nahm Fink die Tücherschachtel aus der Hand, zog sich einen Stuhl heran und setzte sich neben die leise wimmernde Mia Lomme. Sie schaute zu ihren Kollegen auf, die ihr ebenso kleinlaut wie bereitwillig Platz machten. »Für die Stelle als Frauenflüsterer müsst ihr erst noch ein paar Seminare besuchen.«

Sie schlug die Beine übereinander und beugte sich vor. »Also, Frau Lomme, ich bin Kommissarin Carina Bauer, und jetzt erzählen Sie mir mal genau, was der elende Sauhund angestellt hat, und dann überlegen wir, wie Sie dem so richtig feste in den Hintern treten können. Glauben Sie mir, bei so was weiß ich echt gut Bescheid.«

Fink und Emmerlein standen nebeneinander und schauten in stiller Bewunderung auf ihre Kollegin hinunter. Die dunklen Igelhaare standen heute kampflustig nach rechts ab, und sie vermittelte unzweifelhaft den Eindruck, als hätte sie mit der Taschentuchschachtel auch die Verantwortung für das Geschehen an sich genommen. Dass sie bei jeder Hochzeit selbst mindestens drei Packungen Taschentücher durchheulte und zwei Tage lang nicht ansprechbar gewesen war, nachdem sie Leonardo DiCaprio neben der Titanic in den Atlantikfluten hatte versinken sehen, hätte niemand geglaubt.

Mia Lomme zuppelte mit zitternden Fingern ein Tuch hervor und putzte sich die Nase. »Sauhund?«, fragte sie mit einem unsicheren Blick auf Fink.

Der runzelte die Stirn. In welche Richtung lief dieses Gespräch eigentlich gerade? Er hatte doch nur ohne das geringste Sauhund-Auftreten dagestanden und versucht, die Feuchtkrise durch beruhigendes Zureden zu bewältigen. Konnte jemand den Eindruck gewinnen, er sei ein harter Kerl, unnachgiebig und furchteinflößend? Und vielleicht sogar ein bisschen gemein? Er versuchte, grimmig zu gucken. In manchen Verhörsituationen wäre es sicher nützlich, wenn ihn Verdächtige und Zeugen für fies und hinterhältig hielten. Ey, kennst du Fink, den Bullen?

Leg dich bloß nicht mit dem an, der bringt noch den Papst dazu zu gestehen, er hätte den Petersdom geklaut und an die Japaner verscherbelt.

Er seufzte. Nein, so war er einfach nicht. Er war freundlich und umgänglich und hätte sich selbst dann kein Sauhund-Image zulegen können, wenn seine Karriere davon abgehangen hätte.

Carina war Mias Blick gefolgt. »Nee, nee, den mein ich nicht. Das ist unser Hauptkommissar Fink, der ist ein ganz lieber Schnuckel.«

Finks schmales Gesicht nahm die Farbe von bestem Qualitätsketchup an, und der Farbton vertiefte sich noch zu Ketchup de luxe, als Fink einen Blick zur Seite warf und den Kollegen Emmerlein über sein Ziegenbärtchen hinweg breit grinsen sah. Peter Emmerlein verfügte über eine Reihe lobenswerter Eigenschaften, aber das Gelübde ewiger Verschwiegenheit hatte er nicht abgelegt. Spätestens morgen würde der »Schnuckel« Fink verfolgen wie kreischende Teenager Robbie Williams, und da wäre er schon fast lieber ein Sauhund gewesen.

»Das war doch sicher so ein mistiger Typ, wegen dem Sie jetzt so von der Rolle sind«, mutmaßte Carina. »So ein richtig widerwärtiger, verblödeter, unsensibler Wicht, der es nicht wert ist, eine Frau auch nur anzugucken.« Sie spürte die erstaunten Blicke ihrer Kollegen auf sich gerichtet und wurde ein bisschen rot.

Mia aber fühlte sich endlich auf der weiblichen Ebene verstanden und holte tief Luft. »Das lag alles nur an den Ravioli. Wenn ich gestern Abend was anderes gekocht hätte, wäre der Chris noch da. Ich weiß auch nicht, aber er hätte ja mal was sagen können, dass er mit meinen Ravioli ein Problem hat. Warum können Männer über so was einfach nicht reden?« Sie schaute zu den Polizisten auf und blickte in ratlose Gesichter. Das war offensichtlich eine soziologische Frage, die Generationen von Fachleuten auch nach langjährigen Studien noch nicht geklärt hatten. Carina verstand das Problem. Fink und Emmerlein verstanden nicht, wo da überhaupt ein Problem sein sollte.

Mia seufzte. »Der Chris und ich, wir sind vor zwei Monaten

zusammengezogen. Am Anfang war auch alles ganz toll, erste gemeinsame Wohnung, weg von den Eltern, immer zusammen sein und so. Ich hab dem Chris sogar erlaubt, seine blö… also seine Modellautos in die Vitrine im Wohnzimmer zu stellen, obwohl die gar nicht zu meinen afrikanischen Bildern und der Holzgiraffe passen. Aber so macht man das, wenn man sich liebt. Ich durfte ja auch im Schlafzimmer meine Engelsammlung aufstellen.«

Sie schaute Carina an mit der ganzen Ernsthaftigkeit eines Teenagers, der glaubt, schon auf eine geballte Lebenserfahrung zurückgreifen zu können. »An unserem ersten Abend nach dem Einzug hab ich Ravioli gekocht. Das ist mein Spezialrezept, wissen Sie. Ravioli aus der Dose in die Auflaufform, geriebener Käse drüber, überbacken, fertig. Ist echt lecker. Der Chris war auch total begeistert. Das sind jetzt unsere Ravioli Romantica, hat er gesagt.«

Sie hatte beim Erzählen angefangen, ihr Taschentuch zu zerpflücken. Kleine Papierfitzelchen rieselten auf ihre Turnschuhe, auf denen Fink erst jetzt rosa Glitzerherzen und Totenköpfe entdeckte. »Also hab ich das am nächsten Abend noch mal gemacht. Und in der Woche drauf dann auch noch ein- oder zweimal. Am ersten Abend hat mir der Chris beim Essen ganz verliebt in die Augen geguckt. Das war so schöhöhöhön.«

Sie fing wieder an zu weinen, diesmal aber schon nicht mehr ganz so verzweifelt. »In der nächsten Woche fing er dann schon an, ein bisschen genervt zu gucken, als er sich an den Tisch gesetzt hat. Ich dachte, er mag meine Vanilleduftkerzen nicht, und hab sie gegen welche mit Karamellduft ausgetauscht. Er hätt ja auch mal was sagen können. Woher soll man wissen, wo man bei einem Mann dran ist, wenn die nie was sagen?«

Carina klopfte ihr aufs Knie. »Das gehört zu den ewigen Rätseln der Menschheitsgeschichte.«

Emmerlein mischte sich ein. »Und was anderes als Ravioli aus der Dose gab es die ganzen zwei Monate nicht?« In seiner Stimme klang Mitgefühl für den unbekannten jungen Mann.

»Doch klar.« Mia schnaufte. »Manchmal hatten wir auch grünen Salat mit Tofu oder Brote und Früchtetee.«

»Das läuft auf ein Kapitalverbrechen hinaus, ich sag's dir«, raunte Emmerlein Fink zu.

Mia sah sie der Reihe nach an. So große Augen hatte Fink zuletzt bei Bambi gesehen.

»Deshalb verstehe ich ja auch nicht, warum er so ausgetickt ist, als er gestern heimkommt und sieht, wie ich die Auflaufform aus dem Ofen hole. ›Nicht schon wieder dieser Romantikpamp‹, hat er gerufen. Dabei hab ich mich beim Aufmachen noch an der Dose geschnitten.« Sie hielt ihren bepflasterten Finger hoch. »Dann hat er gebrüllt, er zieht zurück zu seiner Mutter, die könne wenigstens einen anständigen Schmorbraten machen. Und da müsste er sich auch nicht mehr von meinen zweiunddreißig bescheuerten Engeln angaffen lassen. Er bekäme in unserem Schlafzimmer einen astreinen Verfolgungswahn. Dabei stimmt das gar nicht. Es sind bloß dreißig Engel, die andern zwei sind Feen. Da können Sie sehen, wie unsensibel der ist, dass er nicht mal den Unterschied merkt.«

Aus Mias Augen schoss ein zorniges blaues Funkeln. »Die verdammte Schweineborste lässt mich wegen seiner Mutter und ihrem Braten sitzen! Und dann … dann ist er ins Schlafzimmer gestürmt und hat meinen Nikki mitgenommen. Er hat meinen kleinen Nikki zu seiner Mutter entführt!«

Fink, Carina und Emmerlein schauten sich erschrocken an. Bisher hatte die Geschichte als nerviger, aber harmloser Teenagerzoff vor sich hin gedümpelt, aber jetzt nahm sie plötzlich eine ganz üble Wendung.

Finks Puls, der gerade wieder in ruhiges Fahrwasser getuckert war, schoss auf einer Stromschnelle aus Adrenalin vorwärts. Kidnapping. Lösegeld. RTL-Sensationsreporter. Er sah auch bei seinen Kollegen die Gedanken übereinanderhüpfen wie Schafe beim Wolfsalarm.

Mia schniefte. »Das blöde Mamiliebchen kann sich von mir aus zum Teufel scheren, aber mein Nikki soll nicht bei seiner Schmorbraten-Mutter bleiben. Stellen Sie sich vor, die hält mich für unreif. Wenn ich unreif bin, was ist denn dann der Christian? Der war ja schon im Kindergarten überfordert. Holen Sie mir meinen Nikki zurück, bitte!« Mit riesigen blauen Augen, die jede Mangafigur vor Neid hätten platzen lassen, starrte sie Fink an.

Die Polizisten traten am Fenster zu einer improvisierten Krisensitzung zusammen. Fink sprach extra leise, um Mias gerade wieder halbwegs eingependelte Gemütsverfassung nicht schon wieder ins Panikland zu katapultieren.

Fink klopfte mit morsenden Bewegungen gegen seine Nase, was je nach Situation ein Zeichen ausgedehnter Langeweile, gesteigerter Konzentration oder von heftigem Stress war. Die Langeweile konnte man im Moment wohl ausschließen.

»Dass ihr Freund mit dem Kind zu seiner Mutter gefahren ist, ist schon mal gut«, stellte er fest. »Die kann ein Auge darauf haben, dass die Situation unter Kontrolle bleibt und der junge Mann nicht völlig abdreht. Außerdem weiß sie, wie man ein Kind betreut.« Dieser Gedankengang beruhigte ihn fürs Erste, und er gestattete sich ein leises Aufatmen. »Ich denke mal, da besteht keine unmittelbare Gefahr.«

»Genau.« Emmerlein zupfte einen halben Kopf über ihm sein Ziegenbärtchen. »Eine Frau, die einen leckeren Schmorbraten hinkriegt, kann sicher auch gut mit Kindern umgehen.«

Für diese Bemerkung erntete er einen vernichtenden Blick von seiner Kollegin. Peter Emmerlein war auf einem Bauernhof aufgewachsen mit einer unübersichtlichen Anzahl an Eltern, Großeltern und anderen älteren Personen, deren Familienzugehörigkeit sich nicht genau belegen ließ. Sie hielten nicht nur die Tradition des Weizenanbaus hoch, sondern auch überlieferte Rollenbilder. Und obwohl Carina und seine Freundin Isabel seit Jahren hart daran arbeiteten, ihm dieses Gedankengut auszutreiben, brach es von Zeit zu Zeit immer noch einmal durch.

Er schaute Carina an. »Was denn? Das sind bewundernswerte weibliche Instinkte.«

»Warte, wenn ich das Isabel erzähle, schläfst du eine Woche lang auf dem Sofa.«

»Hallo, Herrschaften, jetzt mal Schluss mit dem Gedöns«, zischte Fink. »Carina und ich fahren bei der Mutter jetzt vorbei.

Die Frau Lomme nehmen wir mit, die kann auf den jungen Mann einreden und heulen, was das Zeug hält. Die Wirkung sollten wir nicht unterschätzen. Mich hat sie damit jedenfalls schon ziemlich weich gekriegt.«

Alle drei drehten sich zu Mia um, die wütend die Totenköpfe auf ihren Turnschuhen anstarrte und darin vermutlich den zukünftigen Idealzustand ihres Exfreundes sah. Carina ging zu ihr, informierte sie über den gemeinsamen Besuch bei Ravioliverweigerer Chris und ging mit ihr voraus in den Flur.

»Au ja, das sollten wir machen.« Emmerlein griff nach seiner Jacke. »Die brauchen doch sicher Kinderbettchen und Wickelkommode und ein Laufställchen. Ich kenn da jemanden, der hat jede Menge total günstige gebrauchte Teile auf Lager.« Peter Emmerleins große Leidenschaft waren Flohmärkte und Auktionen aller Art. Der Einsatz konnte noch so vertrackt sein, sein geschulter Blick taxierte die Umgebung automatisch auf geschäftstaugliche Gegenstände.

»Nein, nein, wir brauchen dich hier.« Fink legte keinen Wert darauf, als Sturmtruppe über einen vermutlich verwirrten Jüngling, seine ratlose Mutter und einen übernächtigten und daher übellaunigen Säugling hereinzubrechen. »Du rufst das Jugendamt an, damit die sich für alle Fälle schon mal bereithalten.« Dabei wurde er das Gefühl nicht los, dort müsste man sich nicht nur um das Baby, sondern auch um zwei schon ziemlich große Kinder kümmern.

Während der Fahrt am mit grünen Pflanzen eingefassten Ententeich und der mittelalterlichen Stadtmauer entlang erkundigte sich Fink nach Nikkis Alter. Das war ihm bisher irgendwie durchgegangen.

»Ich hab ihn letztes Jahr an Michelsmarkt bekommen«, antwortete Mia vom Rücksitz aus und bezog sich damit auf den großen, sechshundert Jahre alten Jahrmarkt, der immer Ende September in Andernach stattfindet.

Fast ein Jahr, dachte Fink und erinnerte sich an die noch nicht allzu lange zurückliegende Säuglingszeit seines Sohnes.

»Er ist so schön weich«, erzählte Mia mit zitternder Stimme.

Wie Felix, dachte Fink mit einem warmen Gefühl.

»Und er guckt so lieb«, fuhr Mia fort.

Wie Felix, dachte Fink.

»Und man kann so toll mit ihm knuddeln«, teilte Mia mit.

Genau wie mit Felix, dachte Fink und setzte den Blinker.

»Und er hat so was von süße Schlappohren«, sagte Mia.

Wie Felix, wollte Fink eben denken, stutzte dann aber und warf Carina auf dem Beifahrersitz einen fragenden Blick zu.

»Das kann man sicher operieren, wenn es größer ist«, murmelte seine Kollegin, aber Fink war irritiert.

»Ihr Kind hat Schlappohren?«, fragte er und suchte Mias Blick im Rückspiegel.

Mia Lomme schaute ihn unter ihren langen blonden Ponyfransen nun ehrlich überrascht an. »Was denn für ein Kind? Ich red doch die ganze Zeit vom Nikki. Der Nikki ist ein Hund. Was haben Sie denn gedacht? Ich hab nie was von einem Kind gesagt.«

Alle ruckten zur Seite und dann nach vorn, als Fink das Auto an den Fahrbahnrand lenkte und auf die Bremse trat. Er drehte sich zu Mia um, soweit sein Sicherheitsgurt es zuließ. »Der Nikki, den Ihr Freund mitgenommen hat, ist ein Hund? Kein kleines Kind?«

»Natürlich nicht! Wir haben doch noch gar keine Kinder, der Chris und ich. Wir sind doch beide grade erst achtzehn und in der Ausbildung, das ist doch noch viel zu früh für Kinder.« Ihre Stimme kletterte unaufhaltsam auf die Hügel der Panik. »Und dafür ist die Wohnung ja auch viel zu klein, und so viel Geld haben wir auch gar nicht, für die Möbel mussten wir uns Geld von unseren Eltern leihen, und wir haben uns doch grade erst den DVD-Player und die teure Espressomaschine angeschafft!«

Sie fing an, leicht zu hyperventilieren. »Mit einem Baby könnten wir ja auch nicht mehr mal so einfach ins Kino oder zu einer Party gehen oder samstags lange ausschlafen, und der Chris will bestimmt auch keine Windeln wechseln, und ich weiß doch gar nicht, wie man ein Fläschchen macht, und vielleicht würden dem Chris die Namen gar nicht gefallen, die ich aussuche. Können Sie mir jetzt bitte meinen Nikki zurückholen? Der Chris hat ihn mir geschenkt, ich will ihn wiederhaben, jetzt gleich.«

Als sie wieder anfuhren, hatte Carina schon das Handy am Ohr. Emmerlein meldete sich sofort. Wahrscheinlich hatte er mit dem Hörer in der Hand am Schreibtisch gesessen und gehofft, sein sofortiger Einsatz als Beschaffer eines Babybettchens wäre doch noch erforderlich.

»Peter, du kannst beim Jugendamt Entwarnung geben. Wir haben hier keine Kindesentziehung, sondern eine Art, äh, Hundenapping. Warte mal.« Fink hatte ihr ein Zeichen gemacht und drehte sich halb zu Mia um.

»Zu welcher Rasse gehört denn der Hund?« Zwergschnauzer, bat er die himmlischen Mächte. Bitte ein Zwergschnauzer. Oder ein Zwergpudel, ein ganz winziger, alter, ohne Zähne.

Seit der kleine Carsten Fink dem Rauhaardackel seiner Nachbarn versehentlich auf den Schwanz getreten war und ihm sowohl Hund wie Herrchen ewige Rache geschworen hatten, war Finks Verhältnis zu Hunden im Allgemeinen und den Nachbarn seiner Eltern im Besonderen etwas getrübt.

»Dogge, glaub ich«, antwortete Mia. »Jedenfalls ganz groß, da hat der Chris fast keinen Platz mehr im Bett. Er hat immer Witze gemacht, der Nikki würd mich so gut bewachen, dass er sich gar nicht an mich rantraut.« Sie schniefte schon wieder. Lieber Himmel, dachte Fink, wenn sie wieder anfängt zu heulen, muss ich der Versicherung einen Wasserschaden melden.

»Pass auf, gleich knurrt er, hat Chris immer gesagt, und dann haben wir gelacht.« Mia biss sich auf die Unterlippe. »Der Chris kann so total lustig sein.« Und schon schluchzte sie wieder.

Carina nahm das Handy wieder hoch. Sie flüsterte, um die junge Frau nicht noch weiter aufzuregen. »Peter, jemand von der Hundestaffel soll sich bereithalten und ein Tierarzt, vielleicht brauchen wir sogar ein Betäubungsgewehr.«

»Braucht ihr vielleicht auch ein Hundehalsband? Ich könnte ein ganz stabiles aus rotem Leder mit Schmucksteinen beschaffen.« Peter Emmerlein war ein Mann, der seine Chancen zu nutzen wusste.

»Wir melden uns wieder«, rief Fink Richtung Handy. Er verspürte den heftigen Wunsch, mit den Fingern gegen seine Nase zu trommeln, sah aber ein, dass er das am Steuer eines fahrenden Autos besser lassen sollte. Stattdessen begnügte er sich damit, sich eine mit »grr« und »humpf« gefüllte Sprechblase vorzustellen.

Fünf Minuten später standen sie vor der Wohnung, die Mia ihnen genannt hatte. Carina Bauer klingelte, und Fink stellte erleichtert fest, dass kein bedrohliches Bellen folgte. Vielleicht hatte der liebe Nikki Chris gefressen und war jetzt damit beschäftigt, ihn träge zu verdauen.

Die Tür öffnete sich. Ein junger Mann schaute vorsichtig heraus, und Fink fragte sich spontan, ob er überhaupt alt genug wäre, um ohne Erlaubnis seiner Mutter die Tür aufzumachen. Ein dünnes Fläumchen bemühte sich nach Kräften, aber ohne Erfolg, die Oberlippe zu bedecken. Schwarze Ringe wie Gullydeckel unter den Augen zeugten von einer schlaflosen Nacht, was nach Carinas mitleidiger Einschätzung auf heftigen Liebeskummer zurückzuführen war, nach Finks Dafürhalten auf ein winselndes Hündchen. Karierte Bermudashorts schlackerten um stelzige weiße Beine, und ein einzelner goldener Ohrring blitzte unter langen hellbraunen Haaren hervor, für die er offenbar eine Karriere als Dreadlocks geplant hatte. Bei Mias Anblick fiel der Jüngling fast in Ohnmacht.

Fink zeigte seinen Dienstausweis. »Hauptkommissar Fink, und das ist meine Kollegin Bauer.«

»GIB NIKKI RAUS, DU SCHWEIN«, schrie Mia, die hinter ihnen stand, ohne Vorwarnung an Finks Ohr vorbei. Das sorgte sofort für ein Klingeln im polizeilichen Hörorgan, bei dem sich ein ganzes Rudel Baskerville-Hunde auf Fink hätte stürzen können, ohne dass er ihr Heranpreschen hätte hören können. Er klopfte sich behutsam gegen seine Ohrmuschel.

»Frau Lomme hat uns gebeten, mit Ihnen über den Hund Nikki zu reden«, übernahm Carina mit ruhiger Stimme. »Dürfen wir mal reinkommen?«

Chris trat einen Schritt zur Seite und ließ alle an sich vorbeimarschieren. Fink ging als Letzter, um bei möglichen

Tätlichkeiten gleich einschreiten zu können. Im Flur bauten sich alle in umgekehrter Konstellation wieder auf, Chris auf der einen Seite, Fink, Carina und Mia als Dreigestirn auf der anderen.

»Gib ihn raus!«, giftete Mia über Finks Schulter. Fink bewegte vorsorglich seine Hand in Richtung Ohr.

»Ich denk ja gar nicht dran«, antwortete Chris, und seine Stimme wusste nicht, ob sie dem Trotz oder der Einschüchterung die Oberhand überlassen sollte. Er verschränkte die Arme vor der Hühnerbrust, fünfzig Kilogramm geballtes Fliegengewicht unter einem ausgebleichten grünen T-Shirt, in dem er sich anscheinend eine Nacht um die Ohren geschlagen hatte. »Rettet die Natur« stand bogenförmig über einem Wal, der mit seiner Flosse winkte.

Carina schielte zu Mia Lomme hinüber und brachte ihre psychologische Armbrust in Stellung. »Sie sehen ziemlich fertig aus, Chris«, sagte sie sehr sanft. »Die ganze Aufregung hat Sie sicher ziemlich mitgenommen, was?«

Fink warf seiner Kollegin einen erstaunten Blick zu. War das die sturmerprobte Polizistin, die vor zwei Wochen einen flüchtenden Einbrecher mit einem Hechtsprung zu Fall gebracht, ihm Handschellen angelegt, ihn auf die Beine gezerrt und durchsucht hatte – alles innerhalb von zwei Minuten?

Er konnte auch sofort die Wirkung von Carinas Worten beobachten. Mia biss sich auf die blasse Unterlippe, von der inzwischen jeder Rest Lippenstift verschwunden war. Ihr fiel der elende Zustand ihres Freundes oder Exfreundes oder Wasauchimmer erst jetzt nach Carinas zartem Wink auf.

»Ich will ihn aber wiederhaben«, beharrte sie, wenn auch schon mit viel weniger Überzeugung.

»Er gehört mir«, widersprach Chris unsicher.

»Können wir den Hund mal sehen?«, schaltete Fink sich ein, um die Sache voranzutreiben und dem spätpubertären Geplänkel ein Ende zu bereiten. Lieber Himmel, stand ihm so ein Affentheater mit Felix auch irgendwann mal bevor? Mit einem Stecker im Ohr seines Sohnes konnte er leben, aber bitte, bitte keine Dreadlocks. Oder höchstens, falls sich Felix mal in der Reggaeszene einen Namen machen und es zu soliden Einkünften bringen sollte.

»Ich hab ihn geschossen«, sagte Chris unvermittelt.

Fink sackte innerlich zusammen. Ach bitte nicht! Verwaistes Hundehalsband. Hysterische Mia. SAT-1-Sensationsreporter. Er schob sich zwischen die beiden und holte aus seinen Schultern alles an Breite heraus, was sie hergaben, um ein Blutbad zu verhindern, aber Mia reagierte erstaunlich beherrscht.

»Ich will ihn trotzdem zurück.« Sie warf ihre langen blonden Haare zurück und fixierte Chris mit einem herausfordernden Blick.

Fink und Carina sahen sich bestürzt an. Mia war offensichtlich ein Fall für die psychologische Beratung und Hundchen für den Tierpräparator.

Chris drehte sich mit einem Ruck um und verschwand in einem der Zimmer. Fink wappnete sich gegen den Anblick einer schlappen Hundeleiche. Sollte er Mia die Bambiaugen zuhalten? Sollte er sich selbst die Augen zuhalten? Er wusste, dass er dazu neigte, über den Anlass hinaus emotional zu reagieren. Als er eines Tages im Sommer aus Versehen mit dem Rasenmäher das grün gepunktete Schnuffeltuch geschreddert hatte, das Felix im Gras hatte liegen lassen, mussten Evi und Felix ihn gemeinsam trösten, und Evi musste beiden einen Becher Wackelpudding bringen.

Dann tauchte auf einmal ein gigantischer brauner Plüschhund auf, den Chris nur mit Mühe durch die Tür bugsieren konnte. Die Pfote blieb an der Klinke hängen und löste sich erst, als Chris mit seinem ganzen, kaum vorhandenen Gewicht dagegen drückte.

»Nikki«, hauchte Mia.

Fink spürte eine rote Welle über sein Gesicht schwappen. Das da war der legendäre Nikki, der sie bis jetzt einen halben Nachmittag und mehrere tausend hochwertige Polizistennerven gekostet hatte? Stoff, Sägespäne und aufgenähte Knopfaugen?

Ehe Fink platzen konnte, berührte Carina seinen Arm und schüttelte leicht den Kopf.

»Weißt du noch, die Schießbude auf dem Marktplatz, letztes

Jahr beim Michelsmarkt?«, fragte Chris mit dünner Stimme. Eine von seinen Locken fiel ihm ins Auge, aber er hatte keine Hand frei, um sie wegzuschieben. Er versuchte, Mia treuherzig anzusehen, wurde aber durch Nikkis gewaltigen Kopf mit der heraushängenden Zunge dabei stark behindert.

Mia nickte. »Du hast ihn für mich geschossen. Dreiundsiebzig Schuss hast du gebraucht. Ich war total stolz.«

»Du hast gesagt, er hat genauso kluge braune Augen wie ich«, murmelte Chris, sichtlich von der Erinnerung ergriffen.

Carsten Fink verspürte eine deutliche und rasante Abnahme seines Geduldsakkus, etwa im gleichen Maß wie beim Auftauchen gutlauniger Volksmusikgruppen im Fernsehen. Für ihn strahlten Nikkis Plastikaugen genauso viel Intelligenz aus, wie man es von einem Stofftier erwarten durfte. Eher noch weniger. Als er das seiner Kollegin mitteilen wollte, erkannte er in ihren feuchten grünen Augen die gleiche Rührung, die das nasse Dahinscheiden von Leonardo DiCaprio bei ihr ausgelöst hatte.

»Der Platz von Nikki auf unserem Bett ist ganz leer und sooo einsam«, flüsterte Mia tränenverhangen und trat einen Schritt auf Chris und das Ungetüm zu.

»Ich glaub, er vermisst dich, genauso wie ich«, nuschelte Chris mit seelenschmelzendem Welpenblick, bei dem Nikki aber so was von einpacken konnte. Chris und Mia bildeten jetzt ein Sandwich mit Nikki in der Mitte.

»Das ist bescheuert«, flüsterten Finks Männerchromosome in Carinas Ohr. Sie grinste ihn an und flüsterte zurück: »Ich sage nur: Erdbeereis.«

Fink schrumpfte ein wenig. Tatsächlich gab es da eine Episode aus der Zeit, als Evi und er frisch verliebt gewesen waren und sich seine Zurechnungsfähigkeit daher auf unbestimmte Zeit im Urlaub befunden hatte. In diesem warmen Sommer waren sie oft zu einer Eisdiele auf der Hochstraße gegangen. Irgendwann bekam Fink den Eindruck, dass das Lächeln des Eisverkäufers bei Evis Bestellung jedes Mal schmachtender und ihre Eisbällchen größer wurden. Finks Eifersucht fand eines Nachmittags ihren Höhepunkt, als der smarte Italiener Evi fünf rosa Kugeln in der Größe von Tennisbällen auf dem Hörnchen zu einem kleinen Turm aufhäufte und es ihr mit einem gehauchten »Bella Signorina« zum Preis eines einzigen Bällchens überreichte. Fink riss seinen Dienstausweis aus der Hemdtasche, hielt ihn dem verdutzten Verkäufer unter die Nase und sagte: »Ich nehme Sie vorläufig fest, wegen zu großer Erdbeereisbällchen.«

Fink seufzte. Ach ja, junge Liebe. Aber Erdbeereis konnte er seitdem nicht ausstehen. Er wandte sich wieder dem Geschehen um Mia und ihren Spargelromeo zu.

»Kommst du wieder zurück?«, wisperte Mia.

»Wenn du versprichst, einen Monat lang keine Ravioli mehr zu kochen«, antwortete Chris strahlend. Mia lachte, und dann versuchten sie, sich über, neben oder unter Nikki zu küssen.

Carsten Fink atmete tief durch. Von dem Hin- und Hergeschmachte hatte er einen ganz trockenen Mund bekommen.

»Ja, schön, dass sich alles so aufgeklärt hat«, flötete er munter. »Dann kommt ihr drei ja jetzt ohne uns klar.«

Carina wischte sich auf dem Weg zur Wohnungstür ein Tränchen weg und dachte, dass solche Momente die Pöbeleien, Handgreiflichkeiten und unerfreulichen Szenen in ihrem Beruf wieder wettmachten. Das ersetzte doch locker einen Rosamunde-Pilcher-Film.

Als Fink sich ebenfalls zur Tür drehte, hörte er Mia sagen: »Möchtest du heute Abend Rotbuschtee oder Mineralwasser zu deinen Schnittchen?«

Na danke, da war der nächste Einsatz ja schon vorprogrammiert, und diesmal würde Chris vielleicht etwas wirklich Wichtiges wie die neue Espressomaschine mitnehmen.

Er drehte sich noch einmal um. »Wie wär's, wenn Sie zusammen einen Kochkurs besuchen? Gemeinsam kochen hat so was, hm, Verbindendes.«

»Das ist eine tolle Idee.« Mia strahlte. »Das ist bestimmt ganz irre romantisch. Sollen wir Sie dann mal zum Essen einladen?«

Auf dem Weg zur Dienststelle lachte Carina. »Wenn du mal bei der Polizei aufhörst, kannst du als Paartherapeut anfangen. Kochst du mit Evi auch gemeinsam?«

Fink steckte sein Handy ein, mit dem er bei Peter Emmerlein

Entwarnung bezüglich Tierarzt und Betäubungsgewehr gegeben hatte – und nein, das rote Hundehalsband wurde auch nicht benötigt. Er lehnte sich im Beifahrersitz entspannt zurück. »Jetzt verrate ich dir mal das Geheimnis meiner glücklichen Ehe.«

»Ja?«

Er lächelte zufrieden. »Wir mögen beide keine Ravioli.«

5

Verdienstorden der Bundesrepublik Deutschland, umgangssprachlich auch Bundesverdienstkreuz genannt. Von Bundespräsident Theodor Heuss in den Fünfzigern gestiftet. Erster Klasse. Nicht schlecht. Glänzend poliert und in hervorragendem Zustand. Allerdings brachte so ein Teil bei Ebay nicht viel. Mehr als fünfzig Euro waren da kaum drin, dafür waren zu viele in Umlauf. Das wurde ja an alle möglichen Leute für ihre Verdienste um Kultur, Wirtschaft, Politik und Ehrenamt verliehen. Beim Großen Verdienstkreuz mit Stern würde das natürlich schon anders aussehen. Und beim Großkreuz käme bei der Versteigerung schon richtig was zusammen.

Peter Emmerlein fuhr aus seinen Überlegungen hoch und merkte, dass er den Orden an der linken Brust des alten Mannes schon eine ganze Weile versonnen angestarrt hatte. Das rote Kreuz mit dem Bundesadler in der Mitte hielt sich dort an seinem Jackett ebenso aufrecht wie sein grauhaariger Träger.

»Junger Mann, ich bin auf infamste, dreisteste und empörendste Weise betrogen worden.« Die Gesichtszüge des alten Mannes glichen einer furchigen Steilwand in den Pyrenäen. »Das werde ich nicht auf mir sitzen lassen!« Einer Steilwand, über der gerade die grauschwarzen Wolken eines Unwetters aufzogen.

»Fangen wir mal mit dem Namen an.« Emmerlein sah ihn erwartungsvoll an, seine Finger schwebten über der Computertastatur.

»Jawohl. Und nennen Sie mir auch Ihren Dienstgrad.«

»Was? Ach so, ich bin Oberkommissar Peter Emmerlein, aber eigentlich wollte ich *Ihren* Namen wissen.«

»Und ich wollte eigentlich *Ihren* militärischen Dienstgrad wissen.« Der alte Mann starrte ihn an.

»Äh, ich hab nicht …«

Die alten grauen Augen feuerten erste Funken in Emmerleins Richtung.

»Also ich war nicht …«

Die Funken wurden zu Stichflammen.

Emmerlein begann, auf seinem Stuhl herumzurutschen. »Ich hab Zivildienst im Altenheim geleistet«, murmelte er.

Sein Gegenüber schnalzte mit der Zunge. »Nun ja, vielleicht wird ja trotzdem noch ein lebenstüchtiger Mensch aus Ihnen.« Er klopfte mit seinem Stock auf den Boden. Emmerlein registrierte automatisch den fein ziselierten Silberknauf.

»Ich bin Oberst a. D. Heinrich Carl Freesenbeck. Ich bin hier, weil ich auf dreisteste, empörendste und infamste Weise betrogen worden bin. Man hat meine militärischen Kenntnisse zu kriminellen Zwecken ausgenutzt.« Er fuhr sich mit der knochigen Hand über seine stoppelkurzen Haare und senkte die Stimme. »Wenn das publik wird, ist der Schaden für die Bundesrepublik Deutschland gar nicht abzuschätzen. Möglicherweise muss eine erhöhte Sicherheitsstufe ausgerufen werden.«

Peter Emmerlein, der schon wieder in die Betrachtung des Ordens versunken gewesen war, schaute ihn erstaunt an. Er fühlte ein Prickeln auf seiner Glatze. Lief das auf Spionage hinaus? Stand ausgerechnet hier, in der kleinen Dienststelle am Stadtgraben in Andernach, eine historische Enthüllung bevor, über die noch in Jahrzehnten Dokumentationen im Fernsehen berichten würden? Würde die Verteidigungsministerin heute Abend noch im Amt sein, nachdem Oberst a. D. Freesenbeck seine Informationen preisgegeben hatte? Der Polizist sah einen kurzen Moment lang sein eigenes Foto in der Zeitung, wie er tumultartig von Kameras und Mikrofonen belagert wurde, und darunter die Überschrift: »Der Mann, der half, die Ministerin zu Fall zu bringen«. Er begann, hektisch an seinem Ziegenbärtchen zu zupfen. Woher bekam er jetzt auf die Schnelle die Nummer vom Militärischen Abschirmdienst?

»Können Sie, ähm, frei darüber sprechen?«, flüsterte er.

Freesenbeck straffte sich. »Jawohl, es muss sein. Das bin ich als Offizier meinem Land schuldig.« Er holte tief Luft. »Ich bekam einen Anruf.«

»Von der Ministerin«, fiel Emmerlein aufgeregt ein.

»Was? Nein!«

»Vom Topspion der Russen. Oder der Chinesen.«

»Junger Mann, nun bewahren Sie doch Haltung. Ich bekam einen Anruf von meinem Enkel. ›Hier ist dein Enkel Friedrich‹, sagte er. ›Großvater, ich brauche deinen Rat als Soldat.‹« Auf seinen schmalen Wangen glühten rote Punkte auf. »Natürlich, mein Junge, hab ich gesagt. Ich stehe dir jederzeit zur Verfügung, soweit ich damit keine militärischen Geheimnisse ausplaudere.«

Ich hab's doch gewusst, dachte Emmerlein. Durfte er sich das überhaupt anhören? Er lugte zur Tür des Büros. Vielleicht hockte da schon einer vom Bundesnachrichtendienst, um ihn nach Freesenbecks Eröffnungen mitzunehmen. Dabei hatte er heute Abend mit Isabel chinesisch essen gehen wollen. Ausgerechnet chinesisch!

»Der Friedrich hat mich aber gleich beruhigt. Es würde alles mit rechten Dingen und völlig korrekt und gesetzeskonform zugehen. Er wollte sich nämlich einen Panzer kaufen.«

Emmerlein stutzte. »Einen Panzer? Wozu? Will er eine Privatarmee aufmachen?«

»Keineswegs. Er sagte mir, er wolle den Panzer von Schule zu Schule fahren und bei den Schülern der Abschlussklassen Interesse an der Bundeswehr wecken. Nach der Aussetzung der Wehrpflicht leidet unser Land unter einem erheblichen Mangel an jungen Leuten, die den Soldatenberuf ergreifen wollen.« Er brachte noch einmal klopfend seinen Stock zum Einsatz. »Die mangelnde Bereitschaft, unserem Vaterland zu dienen, würde ihm zunehmend Sorge bereiten, sagte mein Enkel, aber er sei sicher, dass er mit der richtigen Motivation in Form dieses eindrucksvollen Gerätes Zugang zu den jungen Leuten finden könnte.«

»Woher bekommt man denn einen Panzer?«, fragte Emmerlein mit erwachendem Interesse. In ihm stieg die Erinnerung an einen James-Bond-Film hoch, in dem der Agent einen überdimensionalen Waffenflohmarkt für Kampfhubschrauber, Flugzeuge und Raketenwerfer in die Luft gejagt hatte.

Die alten grauen Augen funkelten lebhaft. »Der Junge erzählte, er habe die einmalige Gelegenheit, einen Leopard-Zwo-Panzer zu übernehmen, der wegen Hagelschadens ausgemustert wurde. Er nannte mir einige technische Details, die ganz hervorragend klangen. Ich habe ihm zu dem Kauf geraten.«

Emmerlein kamen Bedenken. Hagelschaden? »Was kostet denn so ein Panzer?«

»Der Neuwert liegt bei zehn Millionen. Aber dieser hier war natürlich ein Sonderangebot für hundertfünfzigtausend Euro. Das meiste hatte der Friedrich schon durch Spenden zusammen, und jetzt fehlten ihm noch viertausend Euro. Da habe ich ihm angeboten, ihm mit dem Betrag auszuhelfen. Sollte ja für eine gute Sache sein.«

Dem Polizisten wurde langsam klar, worauf das hinauslief. »Sie haben ihm das Geld bereits übergeben?«

»Jawohl, er kam es eine Stunde später abholen, nachdem ich auf der Bank gewesen bin. Ein sehr schneidiger junger Mann, der Friedrich. Erstklassige Haltung. Kleine Zahnlücke, aber es gibt hervorragende Zahnärzte bei der Truppe. War gerade in Zivil, ist aber natürlich Offizier beim Heer. Er fürchtete, andere Interessenten könnten ihm nachspionieren und bei dem Panzerschnäppchen zuvorkommen, wenn er in Uniform unterwegs wäre. Hat sogar salutiert, als ich ihm das Geld gegeben habe.«

»Und dann ist er mit dem Geld weg?«

»Erst, nachdem er mir den Erhalt ordnungsgemäß quittiert hat. Darauf hat er sogar selbst bestanden.« Freesenbeck zog ein Blatt Papier aus der Jackettasche und legte es vor Emmerlein auf den Schreibtisch.

»Ich bestätige den Erhalt von viertausend Euro von meinem Großvater zwecks Erwerbs eines Panzers. Die deutsche Bundeswehr ist dir dankbar. Dein Enkel Friedrich«.

»Und dann ist Ihnen später eingefallen, dass Sie gar keinen Enkel haben«, mutmaßte Emmerlein.

»Junger Mann, halten Sie mich für verkalkt?« Freesenbeck straffte sich, scheinbar über seine eigentliche Körpergröße hinaus. »Natürlich habe ich Enkel, zwei Stück sogar. Prächtige Jungs.«

»Und einer von denen heißt Friedrich, kauft Panzer und hat eine Zahnlücke?«

Der frühere Soldat behielt seine stolze Haltung bei, schluckte aber. »Nein, die heißen Marcel und David. Und meine Töchter haben mir verboten, ihnen Spielzeugwaffen zu schenken, weil das nicht in ihr erzieherisches Konzept passt. Meine Enkel sind acht und zehn.« Seine Stimme war leiser geworden. »Ist mir aufgefallen, als ich ihr Foto im Regal gesehen habe, nachdem der andere gegangen war. Ich habe dann meine Töchter angerufen und gefragt, ob sie vielleicht inzwischen noch irgendwoher einen fünfundzwanzigjährigen Sohn bekommen hätten, das haben sie aber verneint und mir dringend geraten, die Polizei aufzusuchen.«

Emmerlein seufzte in echtem Bedauern. »Tut mir leid, Herr Freesenbeck, aber da sind Sie Opfer eines Betrügers geworden.« Er fing an, auf seiner Computertastatur zu tippen.

Der alte Mann nickte traurig. »Ich dachte es mir schon. Eine empörende, infame und dreiste Tat. Das ist ein herber Schlag. Das Ansehen der Bundeswehr wird großen Schaden nehmen, wenn die Bevölkerung annehmen muss, dass ihre Angehörigen nicht voll auf der Höhe sind.«

»Ach, da machen Sie sich mal keine Gedanken.« Am Ansehen der Bundeswehr haben diverse Minister bereits mehr gesägt, als du das je könntest, dachte Emmerlein. Er hob den Blick von der Tastatur, schaute in ein eingefallenes Gesicht und nahm Freesenbeck gegenüber eine aufrechte Haltung an.

»Herr Oberst, die Bevölkerung ist Ihnen für Ihre Mithilfe bei der Verfolgung eines Straftäters zu Dank verpflichtet. Durch Ihre Angaben und Ihre mutige Anzeige ohne Rücksicht auf Ihr eigenes Ansehen können weitere Betrugsfälle hoffentlich verhindert werden.« Er überlegte kurz, ob er aufstehen und militärisch grüßen sollte, fand das dann aber doch übertrieben.

Der alte Freesenbeck rang sich ein Lächeln ab. Ein ganz kleines, aber immerhin. »Wirklich schade, dass Sie nicht gedient haben, mein Junge. Sie denken in größeren Maßstäben. Aus Ihnen hätte ein Offizier werden können. Natürlich hätten Sie dafür dieses Bärtchen abnehmen müssen.«

Peter Emmerlein und sein Ziegenbärtchen, das war eine Liebe fürs Leben. Dafür, fand er, war eine sausen gelassene Karriere bei der Bundeswehr nur ein kleines Opfer.

»Noch ein Enkelfall?« Carinas schwarze Haarspitzen der Marke »Wütender Igel« ragten diesmal über die Stirn nach vorn. Sie schnupperte an einem der Schokoladenmuffins, die Polizeiobermeister Kemal Özgür zu seinem Geburtstag gestiftet hatte. Nebenan schilderte der junge Polizist unter allgemeinem Gelächter anschaulich, wie er eigenhändig das, was seine Nichten und Neffen von der flüssigen Glasur übrig gelassen hatten, auf die Törtchen verteilt hatte.

Fink schälte seinen Muffin kreisförmig aus der Papierhülle. »Und der hatte auch eine Zahnlücke, so wie das schon die Damen Schnabelspecht oder Spechtschnabel erzählt haben?«

Emmerlein konnte sich nicht zwischen Zitrone und Schokolade entscheiden. »So sieht's aus.« Sein Finger wackelte zwischen zwei Törtchen hin und her. Offenbar versuchte er, eine Entscheidung mittels eines stummen Abzählreims herbeizuführen.

»Der ist schlau, dieser Typ.« Fink knabberte genüsslich ein winziges Tröpfchen Glasur ab. »Der hat genau gewusst, worauf der Oberst anspringen würde.«

»Woher wusste der denn, dass der alte Mann Soldat gewesen ist?«, fragte Carina.

Emmerleins Entscheidung war zugunsten der Zitronenvariante gefallen. »Da brauchte er nur das Telefonbuch zu bemühen. Carl-Heinrich Freesenbeck steht als Oberst a. D. drin. Außerdem gibt es ein paar Interneteinträge über ihn, feierliche Verabschiedung in den Ruhestand durch sein Regiment und so.«

»Sauerei!« Der unschuldige Muffin büßte für die Untaten des Betrügers, indem er ärgerlich und fast in einem Stück in Carinas Mund gestopft wurde.

»Haben wir schon den Artikel mit einer Warnung an die Zeitung rausgegeben?«, fragte Fink.

»Ja, ich hatte mit jemandem von der Zeitung telefoniert, die haben aber nur eine kurze Notiz gebracht und keinen richtigen Artikel«, sagte Carina.

»Dann soll das unser Pressesprecher jetzt gleich mal machen.«

»Seit wann haben wir einen Pressesprecher?«, fragte Emmerlein. »Nobel, nobel.«

»Seit ich gerade den Ulf Kissmich in Abwesenheit dazu ernannt habe«, antwortete Fink und schleckte seinen Finger ab.

»Der Ulf hat heute Morgen angerufen, der hat eine Brandblase, die er ärztlich versorgen lassen muss«, wusste Emmerlein.

»Hat er versucht, seinen Hamster zu flambieren?« Carina warf ihr Muffinpapierchen in den Abfallkorb.

Peter Emmerlein kicherte. »Nee, das Wärmepflaster, das er auf seine verspannte Schulter geklebt hat, hätte sich überhitzt und angefangen zu rauchen. Und er käme nicht vor Donnerstag zurück.«

Fink lief rot an. Er stand auf und ging zur Tür.

»Herr Özgür, kommen Sie mal, ich hab einen neuen Posten und einen wichtigen Auftrag für Sie.«

»Ach, Carsten, bevor ich's vergesse.« Emmerlein griff hinter sich und zog ein bedrucktes Blatt Papier aus dem Regal. »Wo sollen wir das hinhängen?« Er hielt es in die Höhe. Carina verschluckte sich und bekam einen Schluckauf.

Es war ein Fahndungsplakat, in dessen Mitte Finks Foto prangte. Darüber stand: »Gesucht: Carsten Matz Fink, genannt ›Der Schnuckel‹. Halten Sie sich von diesem Mann fern, sprechen Sie ihn nicht an, verständigen Sie die Polizei.«

»Soll ich das zu den anderen hängen?«, fragte Emmerlein mit breitem Grinsen.

Fink schnellte vor, griff danach und steckte es zusammengefaltet in seine Hosentasche. Er würde im Haus herumgehen müssen, um zu sehen, ob schon welche von diesen subversiven Dingern verbreitet worden waren.

Kindsköpfe!

6

»Grüß dich, Carsten. Ui, das sieht ja schmerzhaft aus.« Ines Gonzaga-Wollhof jonglierte mehrere Pizzaschachteln und in Alufolie eingepackte Döner aus dem Kebabhaus am Stadtgraben, das der Polizeidienststelle am Rand einer Grünanlage schräg gegenüber lag. Zwei blonde Frauen, die entweder späte Mütter oder frühe Großmütter waren, saßen plaudernd und Eishörnchen knabbernd auf einer Bank vor der sträucherumsäumten alten Stadtmauer, die sich an vielen Stellen noch immer gut erhalten über zwei Kilometer durch die Stadt zog, und schoben gemächlich ihre Kinderwagen vor und zurück. Von dem Bouleplatz in der Nähe klang das dumpfe Aufprallen der Kugeln im Sand zu ihnen herüber.

Fink hielt inne und drehte sich mit dem ganzen Körper in Richtung der Frau, die ihn angesprochen hatte. Wie immer sahen ihre hüftlangen schwarzen Haare aus, als würde sie für ein hochwertiges Shampoo Werbung machen. Fink hatte gehofft, auf dem kurzen Weg hinüber niemandem zu begegnen, den er kannte, denn das ging in der Regel nicht ohne die Notwendigkeit vonstatten, den Kopf zumindest ein bisschen zu bewegen und zu grüßen. Und darauf hätte er gern verzichtet. Er bemühte sich, den Kopf in eine annähernd aufrechte Position zu bringen, und schnupperte in Richtung der Pizzaschachteln, denen ein Aroma von Basilikum, Oregano und Knoblauch entströmte. »Das ist mal sicher: Vampire werden heute bei euch im Ordnungsamt keine einfallen.«

Ines grinste. »Bist du auch ein Voodoo-Opfer?«

So jämmerlich sah er aus? Tatsächlich hatte er das Gefühl, sein Kopf liege komplett auf der linken Schulter auf. Er versuchte ihn noch ein wenig zu heben, ohne dass ihm sofort die Tränen in die Augen traten. »Wieso Voodoo?«

»Bei uns im Amt hat neulich jemand einen Fall von schwarzer Magie gemeldet, bei dem wir unbedingt einschreiten müssten. Eine Frau würde gewerbsmäßigen Zauber betreiben und anderen Leuten im Auftrag Pickel und Mundgeruch und fremdgehende Ehemänner anhexen.«

»So was gibt's?« Er ertappte sich dabei, wie er tatsächlich einen Moment darüber nachdachte, ob ihm jemand Böses wollte.

»Nach meiner Erfahrung brauchen Ehemänner keinen Zauber, um fremdzugehen.« Die große Frau lachte kehlig und riss sich ein Stückchen Fladenbrot ab. »Aber du weißt ja, meine Mutter kommt aus Spanien, da gehört bei vielen Leuten ein bisschen Zauberei noch in die Hausapotheke. Jedenfalls waren wir da, und das ist eine ganz nette junge Frau, die ihr Geld mit Kartenlegen verdient und schwört, sie hätte noch nie, wie hat sie gesagt, Schadenszauber betrieben. Aber wenn ich dich so ansehe, vielleicht liegt doch irgendwo ein Carsten-Fink-Püppchen herum mit einer Nadel im Nacken. Jetzt muss ich aber los. Wenn das Essen kalt ist, legen meine Kollegen womöglich zusammen, um für mich bei Ebay einen Fluch zu ersteigern.«

Sie drehte sich noch einmal im Gehen um, und ihre glänzenden Haare schwangen mit. »Du könntest die Stelle ein paar Tage lang mit weichgekochten Zwiebeln belegen. Das hat aus meiner Schwiegermutter einen neuen Menschen gemacht.«

Und vermutlich auch einen einsamen, dachte Fink und schob sich vorsichtig die Stufen zur Dönerbude hoch.

Carsten Fink hatte noch nie an die Wirkung von Hypnose geglaubt, allenfalls wenn es um die walnussbraunen Augen von Evi ging. An diesem Nachmittag versuchte er aber schon seit einigen Minuten erfolglos, die magische Anziehungskraft zu durchbrechen, die seinen Blick auf die nackten Oberschenkel schweißte, mit denen Oberbürgermeister Franz-Hubert Schwalm durch sein Arbeitszimmer marschierte.

Während Peter Emmerlein verzückt die Vitrinen mit Gastgeschenken befreundeter Gemeinden bestaunte, hafteten Finks Augen auf den Dellen der bleichen Politikerbeine. Noch nie war ihm so klar geworden, wie dankbar man der Modeindustrie für die Bedeckung menschlicher Körperteile sein musste. Darüber vergaß er fast die Schmerzen in seinem Nacken.

»Mir fehlen die Worte«, tönte Schwalm bei seiner zweiten

Runde. »Als Politiker aus dem Volk für das Volk arbeite ich unermüdlich zu seinem Wohl, ohne Pause, ohne Rücksicht auf mein persönliches Wohlergehen, ohne mir je Urlaub zu gönnen.«

Fink betrachtete die Fotografien, die in Silberrahmen die Wände schmückten und den Volkspolitiker beim Schnorcheln auf den Malediven, neben Sebastian Vettel und seinem Formel-1-Wagen an der Rennstrecke von Monte Carlo und auf den Stufen einer Mayapyramide im Dschungel von Yucatán zeigten.

»Natürlich habe ich in dreißig Jahren leidenschaftlicher und aufopferungsvoller Parteiarbeit erfahren, dass die Kommunalpolitik nichts für harmoniesüchtige Wohlfühlhansel ist.« Seine erstaunlich schwarzen Haare, um die jeder andere Vierundsechzigjährige ihn genauso beneidet hätte wie mancher Panther, standen wuschelig nach allen Seiten ab, als sei er nach dem Alptraum von einer verlorenen Wahl eben aus dem Bett gekrochen.

»Aber eine solch infame Aktion hätte ich selbst meinen politischen Gegnern nicht zugetraut. Ich hoffe, wir können die Angelegenheit diskret behandeln. Keinesfalls will ich diesen unglaublichen Angriff zu Wahlkampfzwecken ausschlachten, wie es die Hansel von der Opposition zweifellos tun würden.«

»Guck mal, eine Menora«, flüsterte Peter Emmerlein aufgeregt. »Ein siebenarmiger ritueller Leuchter aus Israel. Kultisch-religiöser Gegenstand. Symbolisiert Erleuchtung und ist im Staatswappen von Israel abgebildet. Messing mit hebräischer Inschrift.« Der hätte auf dem Flohmarkt sicher zweihundert Euro gebracht, wobei sich Emmerlein auf hundertachtzig hätte herunterhandeln lassen. Und aus Gründen der religiösen Rücksichtnahme hätte er ihn natürlich nur an einen würdig aussehenden Kunden verkauft, am besten an einen mit Kippa auf dem Kopf.

Weil Fink es nicht schaffte, den Kopf so weit zu drehen, dass er seinem Kollegen einen bösen Blick zuwerfen konnte, knurrte er ihn nur leise an.

Franz-Hubert Schwalm blieb vor einem Monster von

Schreibtisch aus Chrom und Glas stehen. Er drückte mit energischer Geste auf den Knopf einer Telefonanlage, mit der man ohne Weiteres eine Boeing hätte landen können. »Sind die Pressehansel schon angerückt, Frau Robst?«

»Noch nicht.« Auch Fink und Emmerlein konnten die Sekretärin ausgezeichnet verstehen, denn die Verbindungstür zum Vorzimmer stand weit offen. »Die sind noch bei dem Interview mit den Stripperinnen von der O-la-la-Bar über ihren Betriebsausflug zum Kölner Dom. Aber Ihre Frau ist schon mit einer neuen Hose unterwegs.«

»Die brauch ich erst nach dem Zeitungsfoto. Rufen Sie noch mal bei der Zeitung an, die sollen mindestens eine halbe Seite im Lokalteil reservieren.«

Er baute sich breitbeinig vor dem schwarzledernen Besuchersofa auf, zu dem er die Polizisten genötigt hatte, und erfreute die beiden mit einem ungehinderten Blick auf seine Boxershorts, auf denen sie erst jetzt aus der Nähe kleine Supermänner erkannten, die in wehenden roten Capes kreuz und quer über die delikaten Stellen der Oberbürgermeister-Anatomie flogen.

Emmerlein unterdrückte einen prustenden Laut; Fink flüchtete sich in die Aufgabe, möglichst umständlich einen Kugelschreiber aus seiner Hemdtasche zu ziehen und den Blickkontakt mit den fliegenden Kerlchen zu vermeiden.

»Dann schildern Sie uns doch jetzt bitte mal den Vorfall«, sagte Fink und heftete verbissen den Blick auf den Block auf seinen Knien.

Schwalm holte tief Luft. Dadurch wölbte sich sein beeindruckender Bauch über den Unterhosenbund. »Ich komm heute Morgen mit meinem Dienstwagen hier an und will gerade die Tiefgarage verlassen, da stülpt mir jemand von hinten einen Sack oder etwas Ähnliches über den Kopf, schubst mich um, und als ich auf dem Boden liege, reißt er mir meine neue Hose herunter und türmt. Vierhundertzweiundneunzig Euro hat die gekostet.«

Das leise Pfeifen war Emmerlein entschlüpft, bevor er die Lippen aufeinanderpressen konnte. Mit so viel Geld hätte er ein halbes Jahr lang die Standgebühren auf dem Flohmarkt bezahlen können.

Schwalm bedachte ihn mit einem herablassenden Blick. »Ich bin eine Person des öffentlichen Lebens und repräsentiere meine Heimatstadt, unser geliebtes Andernach, im In- und Ausland. Ich bin fast jeden Tag in den Medien, gebe Fernsehinterviews, eröffne Kindergärten und Ausstellungen im Stadtmuseum und werde auf der Straße von meinen Bürgern, also meinen Mitbürgern, angesprochen. Da kann ich mich nicht aus dem Altkleidersack einkleiden. Luxus, wo er hingehört.«

Fink und Emmerlein warfen sich einen fragenden Blick zu, der beim Hauptkommissar mangels Beweglichkeit eher aus den Augenwinkeln kam.

»Gesehen haben Sie also niemanden?«, forschte Fink weiter. »Oder sonst eine Beobachtung gemacht, die auf eine bestimmte Person hindeuten könnte? Ein Geräusch? Ein Geruch, nach Rasierwasser oder bestimmten Lebensmitteln vielleicht? Hat der Täter gesprochen?« Sein Nacken verspannte sich noch schmerzhafter, weil es seiner Autorität abträglich erschien, die ganze Zeit auf seinen Block zu starren. Stattdessen bemühte er sich, dem vor ihm aufragenden Schwalm ins Gesicht zu sehen, auch um die höhnisch grinsenden Unterhosenkerlchen aus seinem Blickfeld zu halten. Er wäre gern aufgestanden, aber Schwalm hatte ihn auf dem Sofa in die Enge getrieben.

»Oder hat er gehustet?«, schaltete Emmerlein sich ein, während er sein Ziegenbärtchen um den Finger rollte. »In einer Fachzeitschrift stand neulich ein Bericht über einen Raub, der aufgeklärt werden konnte, weil sich das Opfer an den Husten des Täters erinnern konnte.« Er nickte dem stirnrunzelnden Fink eifrig zu. »Da gibt es den bellenden Husten, den keuchenden Husten, den pfeifenden ... Wir könnten ihn den ›Keucher‹ nennen oder den ›Röchler‹. Hat er geröchelt?«

»Der hat nicht gehustet, und geröchelt hätte er nur, wenn ich ihn in die Finger gekriegt hätte. Bei dem feigen Überfall war ich nämlich gerade ganz in Gedanken. Ich ging im Kopf noch mal meine Rede vor der Bürgerversammlung durch zum Thema: ›Vom guten Gefühl, den Gürtel enger zu schnallen‹.« Schwalm nestelte an der goldenen Rolex an seinem Handgelenk. »Und hinterher hatte ich ja den Sack über dem Kopf und hab nur die Schritte des Attentäters gehört, als er mit meiner Hose das Weite suchte. Bis ich den Kopf wieder raus hatte, war der Kerl schon über alle Berge.«

»Und die Schritte, wie waren die?« Peter Emmerlein war im kriminalistischen Rausch. »Es gibt schleppende Schritte, schlurfende Schritte, hüpfende –«

»Was?« Schwalm trat mit einem verwirrten Gesicht einen Schritt zurück.

Fink nutzte die Gelegenheit, um aufzuspringen, auch auf die Gefahr hin, dass sein Kopf gleich vom Hals brechen und durch den Raum kullern würde.

»Wie haben denn die Absätze geklungen?« Emmerlein stand ebenfalls auf. »Klappernd, flatschend oder beide ungleichmäßig?«

»Sie haben zu viel CSI geguckt, junger Mann.« Schwalm stemmte die Hände in die Hüften. »Ich hoffe, der Tatort wird schon jetzt kriminaltechnisch untersucht. Fingerabdrücke, DNA-Analyse, dreidimensionale Fotos, Personensuchhunde und solche Sachen. Ich muss nicht betonen, dass für Ihre Aufgaben und Gehälter das Geld hart arbeitender Steuerzahler ausgegeben wird.«

Fink musste schwer an sich halten, um sich nicht vorzubeugen und dem Politiker vor lauter Ärger die Boxershorts vom supermannbehosten Hinterteil zu ziehen. Schwalms Partei hatte nach der letzten Wahl trotz vollmundiger Versprechen für erhebliche Einsparungen bei Personal und Ausstattung der Polizei gesorgt.

Stattdessen riss er seinen Block hoch und schrieb: »Zack! Bumm! Knuff!«

Der Oberbürgermeister trat ans Fenster, schaute über die roten Geranien hinaus und winkte dann jemandem unten in der Fußgängerzone zu. Dabei setzte er ein gnädiges Lächeln auf und machte eine Geste, die er sich offenbar bei der Queen abgeguckt hatte. Als Fink sich räusperte und auf seine eigene Hose deutete, sah Schwalm an seinen nackten Beinen hinunter und sprang mit einem Quietschen vom Fenster weg.

»Ist außer der Hose sonst noch etwas gestohlen worden?«,

fragte Emmerlein. »Hatten Sie irgendwelche Gegenstände in den Hosentaschen? War ein Gürtel dran?«

»Nein, ein Gürtel war keiner dran. Und drin war nur ein Papiertaschentuch.«

»Herr Schwalm, die Leute von der Zeitung sind jetzt da«, rief seine Sekretärin laut und deutlich durch die offene Tür.

Schwalm ging zu seinem Schreibtisch und betätigte die Cockpitsteuerung. »Was haben Sie gesagt, Frau Robst?«

Sie hob die Stimme und rief: »Die Presseleute kommen gerade.«

Diese Ankündigung zündete Franz-Hubert Schwalm wie das Streichholz die Silvesterrakete. »Ja, meine Herren, dann machen wir jetzt noch ein Foto für die Zeitung, wie Sie neben mir stehen und ermitteln, am besten halten Sie in einer Hand Ihr Sprechfunkgerät und in der anderen die gezogene Waffe. Und dann gehen Sie und nehmen sofort Ihre Untersuchungen auf. Irgendwo da draußen läuft ein Schwerkrimineller mit meiner dunkelgrauen Hose mit kleinen hellgrauen Streifen herum. Vierhundertzweiundneunzig Euro. Frau Robst gibt Ihnen die Adressen der Oppositionshansel. Nehmen Sie sie ordentlich in die Zange und halten Sie mich auf dem Laufenden.«

Er schenkte Fink ein vertrauliches Lächeln. »Ich an Ihrer Stelle würde meinen Hals mit Wodka einreiben, Herr Hauptkommissar. Also mich bringt das immer schnell wieder auf die Beine. Wir, die wir im Auge der Öffentlichkeit stehen, können uns keine langen Auszeiten leisten, nicht wahr?«

Auf dem Weg durch Schwalms Vorzimmer wedelte Emmi Robst heftig mit ihrer roten Lesebrille zu Fink hinüber. »Grüß deine Mutter von mir, Matz. Sag ihr, ich komme am Dienstag und bringe eine Flasche Eierlikör mit.«

Fink lächelte gequält. Die Vorstellung, was seine Mutter ihren Freundinnen alles über ihn an peinlichen Jugenderinnerungen erzählte, war ihm jedes Mal unangenehm. Und wenn er bei einer zufälligen Begegnung von den Damen mit einem breiten Grinsen gemustert wurde, wusste er genau, dass seine Mutter wieder die Kinderfotos von ihm als zweijährigem Nackedei im Planschbecken herumgezeigt hatte. Wenn die Welt von Müttern und ihren Freundinnen beherrscht wurde, war es kein Wunder, dass es mit der Autorität bei Männern nicht weit her war.

Als Fink und Emmerlein auf den Flur traten, waren sie so aufgedreht, dass sie wie die Schuljungen herumalberten. Emmerlein mimte mit gestrecktem Arm und geballter Faust den fliegenden Superhelden, während Fink etwas unbeholfen den hinteren Teil seiner Uniformjacke anhob, um ein flatterndes Cape darzustellen.

Auf dem Weg zur Treppe hörten sie aus einem der Dienstzimmer eine aufgebrachte Frauenstimme.

»Das ist doch völlig bescheuert, da müssen Sie doch nur mal drüber nachdenken und ein bisschen Klarheit in Ihren Geist bringen. Am besten geht das übrigens mit Weihrauch-Räucherstäbchen, dann merken Sie selbst, wie bescheuert das ist. Ich hab noch nie irgendeinen magischen Trank hergestellt, weil das Blödsinn ist und ich da nicht im Traum auf so eine Idee käme, und schon gar nicht mit geschützten Froschohren, also ich mein den Ohren von geschützten Fröschen. Und meiner Meinung nach haben Frösche gar keine solchen Ohren, und die sind doch knuffig, die Frösche, die gehören an den Teich und nicht in irgendwelche Tränke, und das ist doch echt eine widerliche Vorstellung – wir sind doch nicht in dem bescheuerten Dschungelcamp im Fernsehen!«

Die Tür öffnete sich, und eine junge Frau mit langen, rot gesträhnten braunen Haaren und einem bodenlangen Kleid trat rückwärts heraus. »Irgendjemand hat es auf mich abgesehen und traktiert mich mit diesen krass erfundenen Behauptungen, ich würde alle Leute verhexen und eklige Tränke herstellen, und wir leben doch nicht im Mittelalter, oder haben Sie irgendwo im Hof schon einen Scheiterhaufen angefeuert? Ich lege Karten und tue keinem was, im Gegenteil, ich helfe überall, und das ist ein völlig legales angemeldetes Gewerbe. Gucken Sie in Ihrem Computer nach, da zahle ich auch Steuern. Ich hab sogar Kunden hier aus dem Rathaus, die würden Sie sogar kennen, aber ich sag Ihnen natürlich nicht die Namen, weil ich total seriös arbeite. Aber da würden Sie echt gucken und staunen, wie viele wichtige Entscheidungen hier mit Hilfe der Karten getroffen werden. Weil die Leute nämlich gemerkt haben, was für eine wertvolle Hilfe das ist. Suchen Sie mal lieber den Eumel mit den unentspannten Schwingungen, der mir da was anhängen will.«

Sie drehte sich um und rauschte an den Polizisten vorbei, wehende Haare, wehendes Kleid und wehender Rosenduft.

»Holla, was war das denn?«, fragte Emmerlein.

»Die könnten sie im Operationssaal einsetzen«, antwortete Fink und rieb sich vorsichtig den Nacken. »Die könnte jeden innerhalb von fünf Minuten in die Besinnungslosigkeit quatschen.« Irgendwie kam ihm an diesem Vorfall etwas bekannt vor, aber Schwalms abhandengekommene Hose besetzte gerade die vordere Reihe seiner Aufmerksamkeit und verdrängte Hexentränke und Froschohren auf die hinteren Plätze.

Auf dem Weg zur Dienststelle mussten sie sich an einem Wagen vorbeiquetschen, der den Gehweg zur Hälfte zugeparkt hatte. Fink blieb stehen und zeigte auf eine Karte, die hinter die Scheibenwischer geklemmt war.

Liebes Mitglied des Raumschiffs Enterprise!
In Ihrem Jahrhundert können Sie sich von einem Ort zum nächsten beamen. Ich kann das mit meinem Rollstuhl nicht. Stellen Sie Ihren Wagen also beim nächsten Mal so ab, dass Rollstühle und Kinderwagen daran vorbeipassen.

»Guck mal, Peter, deine Freundin war hier.«

»Ja, über solche Idioten kann sich Isabel grün und blau ärgern. Für Leute, die ohne Ausweis auf Behindertenparkplätzen stehen, hat sie Kärtchen mit einem Krieg-der-Sterne-Aufdruck. Ich weiß ja nicht, ob die was bewirken, aber seit sie die Karten an die Autos klemmt, ist sie viel gelassener, wenn sie nach Hause kommt.«

7

Am nächsten Tag war Carina Bauer wieder im Dienst, und Fink versprach sich endlich ein bisschen Mitleid für seinen angeschlagenen Zustand.

»Ach, du Armer, was hast du denn mit deinem Hals gemacht?« Na also, auf Carina war Verlass. »Du solltest ein warmes Kirschkernkissen auflegen.«

»Das hab ich mir vorgestern bei der Märchenaufführung im Kindergarten geholt.« Endlich konnte er von seiner Leidensgeschichte erzählen. Bisher hatte sich im Büro niemand von der egozentrischen Bande dafür interessiert. »Fünfzig Eltern, Großeltern und Kleinkinder, die sich in einem stickigen Raum auf der Pelle hingen. Irgendwann hat jemand Fenster und Türen aufgerissen, und ich saß eine Stunde lang im Durchzug.«

»Ach, wie süß. Was hat Felix denn gespielt?«

Fink seufzte. Die Erwähnung eines kleinen Jungen drängte bei Frauen jegliches Mitgefühl mit den Schmerzen des Vaters in den Hintergrund. Immerhin stellte sie eine Tasse Kaffee vor ihn hin und ging nach nebenan, um Peter Emmerlein die Tüte mit Salamibrötchen zu entreißen.

»Einen Schneewittchenzwerg.«

»Davon musst du mir unbedingt Fotos zeigen. Hat's ihm Spaß gemacht?«

»Er hat zwei Wochen lang genörgelt, weil er lieber ein Wolf sein wollte.«

»Bei Schneewittchen gibt's keinen Wolf«, gab Carina zu bedenken.

»Wahrscheinlich haben die Leute deshalb so erstaunt geguckt, als Felix sich in seiner Zipfelmütze auf Schneewittchen stürzte und schrie: ›Na warte, jetzt fresse ich dich auf!‹«

Carina blätterte die Akten auf dem Eingangsstapel durch. »Sind wir eigentlich in der Enkelsache weitergekommen? Waren auf der Quittung, die der Kerl dem alten Oberst gegeben hatte, Fingerabdrücke?«

»Nee, der hatte Handschuhe an, das hatte uns der Oberst Freesenbeck schon erzählt.«

Ehe sie sich erneut in einen kollektiven Ärger über den kriminellen Enkel hineinsteigern konnten, wurden in der Eingangshalle plötzlich Stimmen laut. Bevor Carina nachsehen oder Fink sich nur von seinem Sessel erheben konnte, wankte Polizeiobermeister Kemal Özgür herein und hatte alle Hände voll zu tun, einen zerzausten blonden Mann, der seinen Arm um Kemals Schulter gelegt hatte, zu stützen. Kemal ließ ihn etwas unsanft auf einen Stuhl fallen und zog seine schief hängende Krawatte wieder zurecht.

»Überfall«, krächzte der Zerzauste, während er erbarmungswürdig auf dem Stuhl hing. Carina holte ihm einen Becher Wasser, und Emmerlein erschien neugierig in der Tür.

»Das ist der Herr Günnel«, schnaufte Kemal. »Der ist gerade bei uns reingestolpert und sagt, er wär überfallen worden.«

»Überfall«, hauchte der Blonde zwischen zwei Schlucken aus dem Wasserbecher, den Carina ihm mit fürsorglicher Miene hinhielt.

»Das ist der Inhaber vom Autohaus Günnel«, erklärte Kemal. »Ich kenn ihn, weil ich letzten Monat mit meinem Schwager bei ihm im Geschäft war, als sich mein Schwager ein neues Auto gekauft hat.« An Emmerlein gewandt, fügte er leise »Schrottkarre« hinzu und verließ den Raum.

Die Erwähnung seines Geschäfts wirkte außerordentlich belebend auf den Mann. Er sprang auf, strich seine kinnlangen Locken aus dem Gesicht und zückte aus seiner Anzugtasche mehrere Visitenkarten, die er Fink, Emmerlein und Carina jeweils mit einem festen Händedruck überreichte. Dabei fielen Fink die überlangen Arme auf, die ein ganzes Stück aus den Ärmeln des marineblauen Anzugs herausragten.

»Manfreda Günnel, Autohaus Günnel, Neu-, Gebraucht- und Jahreswagen«, informierte er die Polizisten in dem geschäftsmäßigen Tonfall, in dem er sich vermutlich auch am Telefon meldete.

Er erinnerte Fink entfernt an einen schmalzigen Geiger, der häufig in Volksmusiksendungen zu sehen war und der Finks

Mutter aus unerfindlichen Gründen tiefe Seufzer des Dahinschmelzens entlockte. Die Männer registrierten das widerwärtig gute Aussehen des Autogünnel und fanden ihn gleich von Herzen unsympathisch.

Peter Emmerlein betrachtete neidvoll Günnels lockige Haarpracht. Bei ihm selbst hatte die Natur bereits im Alter von dreißig Jahren beschlossen, ein so groß und kräftig gebauter Kerl sei Manns genug, mit einem spärlichen hellbraunen Haarflaum durchs Leben zu gehen. Weil er kein Freund von halben Sachen war, hatte er sich den auch noch abrasiert und sich als eine Art Ausgleich ein Ziegenbärtchen wachsen lassen.

Jetzt bemühte er sich, das breite Grinsen als Interesse zu tarnen. »Manfreda? Das ist ja mal ein ungewöhnlicher Name für einen Mann.«

Günnel wurde rot und wies beleidigt auf die Visitenkarte in Emmerleins Hand. »Manfred A Punkt Günnel. Das A steht für Aloisius.«

Fink neidete dem Autohausinhaber seinen Haarschopf nicht. Der Hauptkommissar wusste es nicht, aber er erinnerte viele Leute ein bisschen an Robin Hood, was vermutlich an seinen welligen, im Nacken etwas längeren Haaren lag. Er bot Günnel mit einer Geste an, sich wieder zu setzen. »Wie können wir Ihnen helfen, Herr Günnel?«

Prompt fiel Manfred Günnel sein traumatisches Erlebnis wieder ein. »Überfall«, stöhnte er, und seine Beine gaben unter ihm nach. Carina schob ihm geistesgegenwärtig einen Stuhl unter den Allerwertesten, platzierte ihn mit einem resoluten Griff an den Schultern mittig darauf und eilte davon, um ihm mit einer Tasse Melissentee, die noch unbenutzt auf ihrem Tisch stand, die Nerven zu stärken. Er nahm sie mit einem dankbaren Lächeln entgegen, unter dem Carina sanft errötete. Nach Emmerleins Eindruck hätte nicht viel gefehlt, und seine Kollegin hätte dem Autoverkäufer die Tasse eigenhändig zum Mund geführt. Die Spitzen ihrer Igelstacheln schienen sich zu weichen Löckchen zu rollen.

Fink sah es mit Unglauben. Diese Frau hatte vor drei Wochen bei einem Besuch des Freibades einen Mann, der über den Zaun klettern wollte, um den Eintrittspreis zu sparen, mit einem Hechtsprung vom Maschendraht heruntergepflückt, hatte ihn, während sie einen Abhang hinunterkollerten, im Schwitzkasten gehalten und ihn anschließend mit Handschellen an einen Fahrradständer gefesselt. Warum sie Handschellen in ihrer Badetasche mit sich führte, war Gegenstand angeregter Diskussionen in der Dienststelle gewesen.

Dass diese unerschrockene Frau sich am abgestandenen Charme eines wehleidigen Autoverkäufers wärmte, gehörte für Fink zu den unergründlichen weiblichen Mysterien. Vielleicht sah sie bei ihm eine Ähnlichkeit mit Leonardo DiCaprio.

»Dann lassen Sie mal hören, bitte«, sagte er etwas unfreundlicher als beabsichtigt.

Manfred Günnel beugte sich vor. »Ich bin überfallen und beraubt worden«, flüsterte er. »Stellen Sie sich das vor! Das war mein schlimmstes Erlebnis seit dem Tag, an dem sich der kleine Junge in meinem teuersten Ausstellungswagen übergeben hat.« Er lehnte sich bleich zurück.

»Wann war das?«, fragte Fink.

»Na, das wird schon zwei Jahre her sein. Ich musste den Wagen mehrmals komplett von innen reinigen lassen, aber ganz ist der Geruch nie rausgegangen. Ich habe monatelang mit den Eltern prozessiert, weil das Auto hinterher natürlich nur noch einen Bruchteil wert war. Man sollte Kindern keine vier Hamburger kaufen, bevor man sich ein Auto aussuchen geht. Genau genommen sollte man Kindern niemals vier Hamburger kaufen.«

Fink seufzte. »Ich meine, wann Sie überfallen wurden.«

»Gleich heute Morgen, als ich das Autohaus aufschließen wollte.« Günnel streckte den langen Arm aus und zupfte an seiner Manschette. »Ich stieg aus dem Auto, ging zur Tür, und als ich den Schlüssel ins Schloss stecken wollte, bekam ich von hinten einen Sack über den Kopf gezogen.«

Fink und Emmerlein schauten sich an. Peter Emmerlein begann, sein Ziegenbärtchen zu kraulen, und warf in Erinnerung an den Raub der Bürgermeisterhose einen raschen Blick auf Günnels Beine. Obwohl er sich sagte, dass es doch sicher aufgefallen wäre, wenn der Autoverkäufer die ganze Zeit halb nackt hier gesessen hätte. Und tatsächlich waren die Beine von seiner blauen Anzughose ordentlich bedeckt.

»Dann reißt mir der Mensch meinen Mantel vom Leib, stößt mich um und rennt weg. Hier, ich hab mir beim Fallen das Knie aufgeschürft.« Er rollte ein Hosenbein hoch und entblößte nun doch noch sein mehlweißes Bein mit den blassblonden Härchen. Carina riss ein Papiertuch aus einer Box und beugte sich über Günnels Knie, um eine unsichtbare Schramme zu betupfen.

Emmerlein grunzte und wandte sich ab.

»Hatten Sie Wertgegenstände in Ihrem Mantel?«, fragte Fink. Er beobachtete Carinas caritative Bemühungen um das Autohausknie und das Teenagerlächeln, mit dem sie Günnel bedachte, und rieb sich den Nacken. Um seine Bedürfnisse machte niemand so viel Aufheben.

»Höchstens ein paar Papiertaschentücher. Meine Brieftasche, das Smartphone und den neuesten Autoprospekt hab ich hier in der Anzugtasche. Wollen Sie ihn mal ansehen? Top-Angebote für die aktuellen Modelle in den Trendfarben Galaxisschwarz und Sumpfgrün zu supergünstigen Finanzierungsbedingungen. Hab ich hier bei mir.« Er klopfte auf sein marineblaues Jackett.

Carsten Fink gab gern zu, dass er nichts von Mode verstand, aber einen Anzug in dieser scheußlichen Farbe hatte er zuletzt bei seiner Erstkommunion gesehen. Und die war ihm auch wegen eines Vorfalls mit seiner davonrollenden Kommunionskerze und dem ihren Weg unglücklich kreuzenden Priester unangenehm in Erinnerung.

»Ich hab's!«, rief Emmerlein so plötzlich, dass alle zusammenzuckten. Aus Günnels Tasse schwappte etwas Tee auf seine Hose. »Der Täter hat starken Schnupfen und raubt sich jetzt einen Vorrat an Taschentüchern zusammen. Haben Sie während des Überfalls ein Niesen gehört?« Er nickte dem Autohausinhaber aufmunternd zu. »Oder ein Schniefen? Vielleicht ein Schnauben? Oder so eine Art Tröten? Wir könnten ihn dann den ›Schniefer‹ nennen. Oder den ›Tröter‹, was meint ihr?«

Fink funkelte ihn drohend an. »Was mein Kollege meint, ist,

ob der Täter oder die Täterin gesprochen oder irgendwelche Geräusche von sich gegeben hat.«

»Oder konnten Sie hören, ob er ungewöhnlich gegangen ist, gehinkt hat oder etwas in der Art.« Carina hatte die Verarztung beendet und beteiligte sich wieder an der Aufklärungsarbeit, obwohl sie sich nach Emmerleins Eindruck beherrschen musste, um keinen tröstenden Kuss auf Günnels Knie zu drücken.

Manfred Günnel schaute verwirrt von einem zum anderen. »Nein, da ist mir nichts aufgefallen. Ich war natürlich furchtbar aufgeregt und erschrocken, und dann hatte ich ja diesen Sack über dem Kopf.« Er stand auf und zog ein großes Stück Stoff aus seiner ausgebeulten Hosentasche. Fink, Emmerlein und Carina stöhnten gemeinsam auf über die unsachgemäße Behandlung des Beweisstückes. Auseinandergefaltet erwies es sich als Kartoffelsack aus braunem Leinen. Genauso einer war auch in der Tiefgarage gefunden worden, in der Oberbürgermeister Schwalm überfallen worden war.

Carina eilte mit einem Beweismittelbeutel herbei und hielt ihn Günnel hin, damit er den Sack hineingleiten lassen konnte. Der bedachte sie mit einem zuckrigen Lächeln, das bei ihren beiden Kollegen kollektive Zahnschmerzen auslöste.

»Es wurde also nur Ihr Mantel entwendet?«, fragte Fink.

»Na hören Sie, was heißt da ›nur‹? Den hab ich erst vergangene Woche gekauft. Zweitausendzweihundertzehn Euro hat der gekostet. Luxus, wo er hingehört. Er ist höhlenschwarz mit Silberknöpfen. Den hätte ich gern zurück.«

Carsten Fink fuhr sich durch die Haare und wusste nicht, was ihn mehr aus der Fassung brachte: dass jemand so viel Geld für einen Mantel ausgab oder dass es eine Farbe mit der Bezeichnung »höhlenschwarz« gab und ein Mann diese Bezeichnung auch noch kannte.

»Na gut, dann fahren die Kollegen jetzt mit Ihnen zum Autohaus und sehen sich dort um.« Alle erhoben sich, und Fink musste eine zombiehafte Körperdrehung vollführen, um Günnel die Hand schütteln zu können.

»Wenn Sie den Hals mit einem halben Liter Motoröl einreiben, flitzen Sie morgen wieder wie ein Lamborghini«, versicherte Günnel.

»Äh, ja, danke.« So weit kam es noch, dass Fink sich Gesundheitstipps von einem gelockten Schönling mit überlangen Armen holte, der sein Geld für höhlenschwarze Mäntel verpulverte.

8

Als Fink am nächsten Tag ins Büro kam, vermummt mit einem blauen Schal mit eingewebten Teddybären, sprang Carina von ihrem Stuhl auf.

»Du brauchst dich gar nicht erst hinzusetzen.« Sie schob ihn aus der Bürotür zurück auf den Flur und griff im Hinausgehen nach einem Aluminiumkoffer neben der Tür, der Utensilien für die Spurensicherung enthielt. »Sehr kleidsam, das Teil.«

»Evi sagt, ich soll den Nacken warm halten, und ich hatte die Auswahl zwischen ein paar Damenschals mit Blumen, Schmetterlingen und Parfumfläschchen drauf und dem hier von Felix. Der schien mir das kleinere Übel zu sein.«

»Du armer Mensch hast keinen eigenen Schal? Da hab ich ja schon was, das ich mir für deinen Geburtstag vormerken kann.«

»Wohin müssen wir denn eigentlich?«

»Diebstahl in der Bahnhofstraße. Da können wir zu Fuß hingehen. Und keine Angst, ich beschütze dich vor den finsteren Mächten.«

»Wovor willst du mich beschützen?«

Sie verließen das Gebäude mit den auffällig blau gestrichenen Fassadenflächen und gingen an dem großen, schneckenförmig gerollten Kunstwerk vorbei, das vor der Polizeiinspektion lag und dessen tiefere Bedeutung im Laufe der Zeit vermutlich verloren gegangen war – so wie der genaue Verbleib des Nibelungenschatzes.

»Das Opfer ist eine Wahrsagerin, der man die Karten geklaut hat.«

»Ja klar, Wahrsagerin. Du weißt, dass ›Veräppeln des Vorgesetzten‹ eine schwere Straftat ist, auf die zweimaliges Mitbringen von selbst gebackenem Apfelkuchen steht.«

»Nein, ganz ehrlich. Davon gibt's jede Menge. Die werben sogar in den Andernacher Lokalblättern dafür.«

»Du meinst, es laufen heute noch Wahrsagerinnen und Hellseher frei herum, so mit Kristallkugel und Tarotkarten und so einem Zeug?«

Sie passierten die Hähnchenbraterei, bogen beim Reformhaus um die Ecke und schafften es unter Aufbietung aller Selbstdisziplin, nicht dem Lockruf der frischen Croissants in der Bäckerei auf der anderen Straßenseite zu folgen.

»Das ist ein gigantischer Markt.« Carina nahm den Alukoffer in die andere Hand. »Mit Esoterik werden Millionen umgesetzt. Da geht's schon lange nicht mehr um Hexen, die mit dem Besen ums Feuer tanzen, und Kräuterweiblein, zu denen man sich heimlich in den Wald schleicht, um sich ein Liebestränklein brauen zu lassen.« Sie machten einer Mutter mit Kinderwagen und brüllendem Inhalt Platz. »Esoterikmessen, Bücher, Seminare, Hilfsmittel. Hast du noch nie die Liveberatung beim Astrosender gesehen?«

»Äh, nö. Was soll das sein? Hellsehen im Fernsehen?« Fink lachte.

»Ganz genau.«

Fink schaute seine Kollegin unsicher an, aber anscheinend meinte sie es ernst. Er wunderte sich, was da alles an ihm vorbeilief. Wahrscheinlich sah er sich in dieser Zeit mit seinem Sohn die Sesamstraße an.

»Du kannst da rund um die Uhr anrufen, und die Hellseherin erzählt dir was über deine Zukunft. Ob deine Herzensfrau sich endgültig vom Acker gemacht hat oder nach fünf Jahren noch mal von den Bahamas zu dir in deine Zweizimmerwohnung zurückkommt. Oder du erfährst von den Priestern von Atlantis, ob du dieses Jahr nach sieben Anläufen endlich die Führerscheinprüfung bestehst.«

Fink hätte gern ungläubig den Kopf geschüttelt, aber die versunkenen Tempeldiener hätten ihm sicher davon abgeraten.

»Logisch, auf diese Frage warten die alten Atlantispriester seit zweitausend Jahren. Echt fortschrittlich, die Knaben.«

»Und dann gibt's natürlich noch das Engel-Channeling, wo du deinen Schutzengel nach einer Botschaft fragen lassen kannst. Und den Chakrenausgleich. Das sind so Energiewirbel in deinem Körper. Soll unheimlich gut für die innere Harmonie sein. Es ist ja nicht jeder so ausgeglichen wie ich. He«, schrie sie plötzlich. »Dafür stehen hier überall Mülleimer rum. Hebt das sofort auf und schmeißt es ordentlich weg, sonst macht ihr Bekanntschaft mit unserer Arrestzelle!«

Drei schlaksige Jugendliche in schlabbrigen Hosen drehten sich grinsend um, verloren ihre Provokationslaune aber auf der Stelle beim Anblick zweier uniformierter Polizisten und beeilten sich, die fallen gelassenen Kaugummipapierchen einzusammeln.

Engelsbotschaft und wirbelnde Energie! Fink beschloss, die Strafe auf drei Apfelkuchen mit Schlagsahne hochzusetzen.

Vor dem Haus neben der Buchhandlung war ein schütterhaariger Mann dabei, hingebungsvoll den Gehweg zu fegen. Als er die beiden Beamten sah, richtete er sich auf. »Das wird auch Zeit, dass Sie endlich mal nach dem Rechten sehen.« Er baute sich breitbeinig mit seinem Besen vor der Eingangstür auf. Mit seinen hervortretenden, weit auseinanderstehenden Augen erinnerte er Fink an Sid, das Faultier aus »Ice Age«.

»Im Mittelalter hat man diese Weiber als Hexen verbrannt, und das völlig zu Recht, wenn Sie mich fragen.« Er stampfte mit dem Besen auf wie ein Herold.

Finks Blick fiel auf das Messingschild an der Hauswand. Er hatte es vorhin schon bemerkt und es wegen seiner Seriosität für den Hinweis eines Rechtsanwalts oder Steuerberaters gehalten. Jetzt merkte er beim Lesen, dass er sich geirrt hatte. Dort stand in geradlinigen Buchstaben:

Isolde Müller-Möller
Spirituelle Lebensberatung

Darunter war ein gelbes Blatt Papier in einer Klarsichthülle mit Klebestreifen an der Wand befestigt. In fröhlich-zappeliger roter Computerschrift wies das Schild hin auf:

Susanne Dinke
Zukunftsdeutung, Erkenntnis, Lebensoffenbarung

»Sie reden von diesen beiden Damen?«, fragte Fink, deutete auf die Schilder und kniff vor Schmerz die Augen zusammen.

»Allerdings. Ich bin der Vermieter, Probst, Arnold Probst. Und wenn ich gewusst hätte, was ich mir da für einen Ärger ins Haus hole, hätte ich gleich die Finger davongelassen. Ich hab wegen der Sache mit der Hexenverbrennung schon bei der Kirche angerufen. Der evangelische Pfarrer hat gleich abgelehnt. Der katholische überlegt noch.«

»Was machen die denn, dass Sie sich so aufregen?«, fragte Carina, während sie für sich beschloss, das Thema Hexenverbrennung lieber nicht zu hinterfragen.

Fink trat ein wenig zur Seite, um durch das Schaufenster in die Buchhandlung sehen zu können. Tatsächlich entdeckte er Evi ohne Schwierigkeiten. Ihre aprilgrüne Jeans unter dem roten Blazer konnte auch kaum als Tarnkleidung durchgehen. Seine Frau stand mit einem älteren Ehepaar vor einem Regal mit Kochbüchern und führte ein angeregtes Verkaufsgespräch, drehte ihm aber den Rücken zu. In jeder Hand hielt sie ein Buch, das sie abwechselnd mit der Geste einer biblischen Prophetin hochhielt. Fink lächelte. Es hätte ihn nicht gewundert, wenn sich wie durch ein Wunder die Regalwand vor ihnen geöffnet hätte.

»Ach, die Müller-Möller geht ja noch.« Probst vollführte ein paar Kehrschwenker mit dem Besen. »Die wohnt ja auch schon lange hier. Natürlich durchgeknallt, aber ganz ruhig und ordentlich, auch ihre Kundschaft, kriegt man kaum was von mit. Das geht da alles sehr gesittet zu. Aber vor ein paar Monaten ist die andere Hexe eingezogen, die kleine Dinke, und seitdem ist hier die Hölle los.«

Carina stellten sich unter ihrer Dienstmütze die Haare auf, ohne dass sie mit Gel hätte nachhelfen müssen. Frauen als Kleine oder Mädel zu bezeichnen, kam in ihrer Gegenwart wirklich nicht gut an. Sie holte tief Luft und wirkte gleich fünfzehn Zentimeter größer und einen Meter furchteinflößender. Probst trat einen Schritt zurück.

»Was tut denn die *Frau* Dinke?«, fragte Carina betont und fixierte den Vermieter.

»Na, die ist ja auch so eine, die mit Karten und Kaffeesatz die Zukunft vorhersagt. Aber während bei der Frau Müller-Möller eher so gesetzte Herrschaften vor der Tür stehen, betreibt die Dinke«, er schielte eingeschüchtert zu Carina hinüber, »also die Frau Dinke so was wie Partyhellsehen, wie's scheint. Da geben sich lauter so ausgeflippte Typen die Klinke in die Hand. Da ist immer Stimmung, Musik und Halligalli, man hört es ganz deutlich, wenn man das Ohr dicht an die Wohnungstür legt. Und die ist ständig gut gelaunt und grüßt und winkt, wenn sie mich sieht. Mal ehrlich, das ist doch nicht normal, oder? Wenn Sie mich fragen, da geht es nicht mit rechten Dingen zu.«

Er wies mit seinem Besenstiel nach oben in den ersten Stock. »Als ich ihr die Wohnung vermietet hab, wusste ich das mit dem Hellgesehe ja auch gar nicht. Das hat mal grade zwei Wochen gedauert, da hat sich die Frau Müller-Möller bei mir beschwert, dass ich so eine Konkurrenz auf demselben Flur gar nicht hätte zulassen dürfen. Jetzt liegt sie mir ständig in den Ohren.«

»Gibt es denn ruhestörenden Lärm aus dieser Wohnung? Bezahlt Frau Dinke die Miete unregelmäßig?«

Arnold Probst kratzte sich mit dem Ende des Besenstiels am Ohr. »Nee, das nun nicht gerade. Die Ruhezeiten hält die kleine, äh, die Frau Dinke schon ein. Und zahlen tut sie auch pünktlich. Aber immer so freundlich und gut drauf, das kennt man doch hierzulande gar nicht.«

»Na, dann machen wir uns mal selbst ein Bild«, sagte Fink und setzte sich hölzern in Bewegung. Probsts Besen schien gegen ihn ein Gummimännchen zu sein.

»Sie sollten sich den Hals mit feuchten Essigtüchern umwickeln«, rief Probst ihnen nach. »Das hat mein Opa immer mit seinen Hühnern gemacht.«

Ein Geruch von Farbe empfing sie im Flur und begleitete sie bis in den ersten Stock mit den beiden Wohnungen. Bei der rechten Tür befand sich über der Klingel das gleiche Messingschild, das sie schon draußen gesehen hatten und das Isolde Müller-Möller als spirituelle Lebensberaterin auswies.

Als Fink klingelte, materialisierte sich in seinem Kopf die Vorstellung von einer hochgewachsenen, rassigen Frau mit schwarzen Locken, die silberne Amulette mit astrologischen Symbolen an einer langen Kette trug und den Kontakt zur unsichtbaren Welt herstellte, indem sie ihm gefühlvoll die Schläfen massierte.

Die Realität öffnete die Tür weit weniger malerisch in Gestalt einer hageren Dame in den Fünfzigern mit kurzen weißblonden Haaren. Sie trug einen knielangen weißen Kaftan über einer weißen Flatterhose und über einem neongrünen Schal eine Aura von Unnahbarkeit.

»Herr Hauptkommissar Carsten Fink, Frau Kommissarin Carina Bauer, guten Morgen. Kommen Sie bitte herein. Ich hatte eben ein Bild, das Ihnen weiterhelfen wird.«

Fink war tatsächlich ein bisschen beeindruckt. Er war ganz sicher, die Frau nicht zu kennen, und trotzdem hatte sie die beiden korrekt angesprochen. Sollte er wirklich zum ersten Mal Zeuge einer übernatürlichen Gabe werden? Oder kannte sie sich bloß mit den Dienstabzeichen aus?

Sie betraten die Wohnung und folgten der spirituellen Dame durch einen hellen, klinisch aufgeräumten Flur in ein Arbeitszimmer. Isolde Müller-Möller nahm hinter ihrem Schreibtisch auf einem riesigen Sessel aus poliertem Holz und rotem Polster Platz. Fink kannte solch ein Möbelstück bisher nur aus dem Fernsehen, wo es der Queen dazu diente, den ausländischen Gästen bei feierlichen Staatsbanketten auf subtile Weise die Vormachtstellung des British Empire zu demonstrieren.

Den Polizisten wies sie mit gnädiger Geste die zwei niedrigen Stühle vor dem Schreibtisch zu. Isolde thronte dadurch ein wenig über ihnen, die gefalteten Hände auf der Tischplatte und den Blick streng auf Fink und Carina gerichtet. Fink zupfte an seiner kleinen Nase und fühlte sich ein bisschen eingeschüchtert.

Er hatte ein vollgestelltes Wohnzimmer mit vielen Kerzen und einem runden Tisch mit sternbedrucktem Tuch erwartet. Auch eine Katze, die um seine Beine strich, hätte ihn nicht gewundert. Weil ihm der Geruch von seinen eigenen Katzen Corpus und Delicti und außerdem von Katzenleckerlis anhaftete, erfreute er sich bei schnurrenden Vierbeinern sogar großer Beliebtheit.

Stattdessen saßen sie in einem sonnigen Raum mit hellem Parkett, dessen heitere Stimmung durch die frostige Ausstrahlung seine Bewohnerin heruntergekühlt wurde. Fink musste an die Kreditabteilung einer Bank denken. Carina fühlte sich an das Zimmer ihrer ehemaligen Direktorin am Bertha-von-Suttner-Gymnasium erinnert, wo sie auf den halbjährlichen Rüffel wartete, weil sie dem Rabaukenkönig der Klasse gegen das Schienbein getreten hatte.

Der Schreibtisch war leer bis auf einen Laptop, ein Smartphone und eine Schale mit farbigen Glasmurmeln.

Carina stupste Fink mit dem Ellbogen an und deutete auf ein Sideboard unter dem Fenster, auf dem allerhand verstörende Gegenstände aufgebaut waren. Die einzigen Dinge, denen er einen Sinn entnehmen konnte, waren einige halbkreisförmig angeordnete Engelsfiguren, die den Besucher milde anlächelten. Den Zweck der Kristallschädel, die in verschiedenen Größen und Farben daneben standen, konnte er ebenso wenig nachvollziehen wie den Wunsch, sich so hässliche und morbide Teile ins Regal stellen zu wollen. Besonders ein kleines, grimmig dreinschauendes Schädelchen mit dem Schild »King Egbert« ließ ihn gruseln. Die bunten Glaspyramiden in der nächsten Abteilung fand er dagegen zwar sinnfrei, aber zumindest recht dekorativ. Vor den roten stand ein Schildchen mit der Aufschrift »Liebe«, die grünen waren mit »Geld« beschriftet, und die blauen dienten offenbar der »Vitalität«, wie auch immer sie das anstellen mochten.

Die Präsentation wirkte sehr organisiert und höchst professionell. Fink überlegte schon, einen der Engel für Felix zu kaufen, als ihm das Preisschild mit einem dreistelligen Betrag auffiel und er nur mit Mühe die Schnappatmung unterdrücken konnte. Im Hintergrund versprachen Bücher, wie man in nur vier Wochen mit der Wünschelrute zum Millionär werden könnte und andere fragwürdige Dinge. Fink entdeckte außerdem ein Buch mit dem Titel »Schamanenwissen für Manager«.

Vom grimmigen Schädel ging sein Blick zum kaum weniger grimmigen Gesichtsausdruck Isolde Müller-Möllers. Fink startete einen Versuch, die unterkühlte Atmosphäre aufzulockern.

»Woher kennen Sie denn unsere Namen und Dienstbezeichnungen? Haben Sie die in einer Kristallkugel gelesen?« Er lächelte freundlich zum Zeichen seines Wohlwollens.

Isolde verdrehte die Augen. »Lieber Himmel, natürlich nicht. Kein Mensch kann etwas aus Kristallkugeln lesen, das ist völliger Humbug.«

Carsten Fink entspannte sich. Na also, sie hatten es doch mit einem vernünftigen Menschen zu tun.

Isolde griff in die Schublade ihres Schreibtischs. »Man kann nur aus Karten präzise Aussagen herauslesen. Ich persönlich habe auch schon recht gute Erfahrungen mit dem Pendel gemacht, aber das reagiert sehr empfindlich auf Störungen der atmosphärischen Präsenz.« Sie legte einen Stapel bunt bedruckter Karten vor sich hin und schaute Fink in die Augen.

»Ah, atmosphärische Prä…dings«, antwortete er. »Ja, gut. Aber Ihre Karten sind ja wohl wieder aufgetaucht, oder?« Er deutete auf den Stapel.

»Keineswegs, Herr Hauptkommissar. Wenn Sie sich intensiver mit der Materie befasst hätten, würden Sie wissen, dass die meisten Kartenlegerinnen mehrere Kartendecks besitzen. Wir haben aber fast immer ein Deck, das besonders intensiv zu uns spricht, weil es mehr als andere energetisch auf unserer Ebene schwingt. Viele schlafen mit ihren Karten unter dem Kopfkissen. Und je nach Art der Frage eignen sich Tarotkarten, Kipperkarten, Skatkarten oder Zigeunertarot besser, um die Tiefen auszuloten.«

Fink spürte Carinas Tritt unter dem Tisch, der ihm entweder anzeigen sollte, dass sie die Ausführungen komplett abgedreht fand, oder dass Fink seinen offen stehenden Mund schließen sollte. Vermutlich beides.

»Die Tarotkarten, die mir gestohlen wurden, hat mir meine Urgroßmutter väterlicherseits vererbt. Sie sollen ursprünglich Filipetto von Lampedusa gehört haben, der mit ihnen im Jahr 1721 die Erfindung des Kaugummis mit Zitronengeschmack und den deutschen Sieg bei der Fußballweltmeisterschaft 1974 vorhergesagt hat.«

»Wow«, sagte Carina. Ihr Kinn wackelte kaum merklich,

und nach Finks Erfahrung konnte das bei Frauen alles Mögliche bedeuten, vom Gähnen über unterdrücktes Lachen bis hin zur tiefsten Rührung. Die Deutung von weiblichen Ausdrucksmöglichkeiten war nicht einfach.

»Können Sie uns zeigen, wie das mit dem Kartenlegen funktioniert?«, fragte Fink. »Damit wir uns mit Ihrer Arbeitsweise vertraut machen und die, ähm, also die Schwingungen aufnehmen können.« Fink bemühte sich um einen aufrichtig interessierten Gesichtsausdruck.

Isolde sah ihn an, als hätte er ihr einen unsittlichen Antrag gemacht. »Für gewöhnlich mache ich keine Legung einfach so ohne ernstes Anliegen. Die geistige Welt sollte nicht grundlos oder nur zum Spaß bemüht werden. Eine Beratung kostet bei mir zweiundneunzig Euro, ich verplempere meine Kräfte nicht sinnlos. Aber, na gut, wenn es der Aufklärung dient.«

Sie mischte die Karten mit der Geschicklichkeit einer professionellen Pokerspielerin. »Geben Sie mir ein Stopp, wenn es sich für Sie richtig anfühlt.«

»Ja, dann stopp jetzt.«

Frau Müller-Möller hörte mit dem Mischen auf und legte einige Karten mit dem Bild nach oben in einer Kreuzformation auf den Tisch und vier weitere Karten in einer Reihe untereinander neben das Kreuz.

»Ich lege Ihnen ein ›Keltisches Kreuz‹. Es gibt viele verschiedene Legevarianten, je nach Fragestellung, und der große Rundumblick mit sämtlichen Karten ist natürlich die Königsdisziplin jeder Kartenlegerin, aber das ›Keltische Kreuz‹ ist sozusagen der Klassiker.« Sie ließ ihren Blick rasch über die Karten schweifen. »Ah ja, sehen Sie, hier liegt gleich die ›Drei der Stäbe‹ unter dem Hohepriester. Das steht für Ihre Kreativität. Sie wollen sich selbst ausdrücken, Ihrem Inneren Raum geben. Spielen Sie Harfe?«

Fink versuchte, den Kopf zu schütteln, kam aber nicht weit. »Als Kind hatte ich mal eine Trillerpfeife.«

»Nein, nein, Sie fühlen sich zu Saiteninstrumenten hingezogen, unterdrücken Sie diese Emotion nicht. Der Hohepriester hier symbolisiert Ihren Lehrer.«

»Meinen Harfenlehrer?«, fragte Fink. Vor lauter Anstrengung, das Glucksen aus seiner Stimme herauszuhalten, traten ihm Tränen in die Augen.

Isolde warf ihm einen irritierten Blick zu. »Nun ja, ich würde auch eine Laute für möglich halten, auf jeden Fall ein altes Instrument, das die Aura vieler früherer Inkarnationen aufgesaugt hat. Sie sollten sich da nicht zu sehr auf eine Sache fokussieren. Der Ritter der Münzen hier deutet auf eine positive Entwicklung in Ihren Finanzen. Die Mondkarte zeigt zwar, dass Sie Zweifel haben, aber Sie können Ihrer Intuition vertrauen. Haben Sie in letzter Zeit von Aktien geträumt?«

»Schon länger nicht mehr«, bekannte Fink heiser.

Carina schaltete sich ein, damit Fink durchatmen und seine Haltung zurückgewinnen konnte.

»Die Karten, die Ihnen gestohlen wurden, waren das auch so welche?«

»Ja, mein bestes Tarotdeck. Achtundsiebzig Karten mit einem blau-goldenen Sternenmuster am Rand und auf der Rückseite, in einem blauen Samtsäckchen. Sie liegen immer in dieser Schublade.«

»Haben Sie schon nachgesehen, ob Sie sie versehentlich irgendwo anders hingelegt haben?«, fragte Fink. Er dachte an den Lehrer, der vor drei Wochen in heller Aufregung seine Schwiegermutter als vermisst, vermutlich gekidnappt gemeldet hatte. Wie sich bei einer von Finks berühmten tiefenentspannenden Befragungen herausgestellt hatte, hatte der Mann die Dame in den Baumarkt mitgenommen und dort über der Entdeckung einer vollelektronischen Bohrmaschine schlicht vergessen.

»Da bin ich ganz sicher. Meine Nachbarin hat sie nämlich am Montag gestohlen.«

Die Polizisten schwiegen einen Moment lang verblüfft.

Dann gab Carina ein leises Schnauben von sich, das Fink diesmal problemlos übersetzen konnte als: Warum erzählst du dösige Trulla das nicht gleich und ersparst uns damit das ganze Rumrödeln?

»Sie wissen, wer die Karten genommen hat?«, fragte Carina entsprechend angesäuert. »Haben Ihnen das die Kristallschädel telepathisch verraten?«

»Das hätten sie sicher«, antwortete Isolde ungerührt und deutete auf einen giftgrünen Glasschädel, der hinter ihr im Regal stand und einem bekifften Neandertaler nicht unähnlich sah. »Don Ramon ist in dieser Hinsicht sehr auskunftsfreudig. Es war aber gar nicht nötig, ihn zu befragen, weil ich selbst dabei war. Susanne Dinke heißt die Diebin, sie wohnt gleich nebenan. Sie hält sich für eine Lebensberaterin, aber es ist lachhaft, was sie da drüben an Hokuspokus treibt. Sie hat mir von Anfang an meinen Erfolg und meine Fähigkeiten geneidet. Am Montag ist sie hergekommen, hat mich vor meinem Kunden beschimpft und dann einen unbewachten Augenblick genutzt, um die Karten an sich zu bringen.«

»Haben Sie gesehen, wie Frau Dinke sie genommen hat?«, fragte Fink.

»Nein. Sie klingelt, und als ich aufmache, stürmt sie an mir vorbei hierher ins Arbeitszimmer und keift und pöbelt, davon machen Sie sich gar keine Vorstellung.« Sie strich sich das sehr kurz geschnittene helle Haar aus der Stirn. »Ich war gerade mit meiner Beratung fertig und hatte die Karten noch in der Hand. Die Dinke ist richtig auf mich losgegangen. Mein Kunde hat auf sie eingeredet, da hat sie sich ein bisschen beruhigt.«

Sie zog die Schreibtischschublade auf. »Ich habe die Karten hier hineingelegt und meinen Kunden zur Tür begleitet, damit er nicht noch mehr von der Furie mitbekommt. So ein Auftritt wirkt sich nicht gerade geschäftsfördernd aus. Zu der Zeit war sie ein paar Minuten allein hier im Zimmer. Das hat sie wohl genutzt, um die Karten zu nehmen. Als ich zurückkam, hat sie sich entschuldigt und ist friedlich gegangen. Da hätte ich gleich was merken müssen.« Sie schaute auf ihre Armbanduhr. »Ich habe aber erst heute Morgen wieder in die Schublade gesehen und den Verlust bemerkt. Einen anderen Kunden hatte ich in der Zwischenzeit nicht, und es war auch niemand außer mir in der Wohnung.«

»Und Sie haben jetzt gerade den Griff angefasst, an dem vielleicht auch der Täter gezogen hat?«, rief Carina. »Och nö. Das hätten Sie besser nicht gemacht.« Sie stand auf und ging mit dem Spurensicherungskoffer um den Tisch herum.

Isolde sah sie bestürzt an. »Sie meinen, ich habe damit wichtige Spuren unbrauchbar gemacht? Fingerabdrücke und so?« Sie schob ihren Stuhl nach hinten und betrachtete den Schubladengriff. »Oje.«

Fink war schon aufgestanden. »Kümmer du dich um die Spuren, ich geh rüber zu Frau Dinke.«

»Hier ist Farbe am Griff«, sagte Carina. »Das haben Sie nicht gemerkt?«

»Ich war zu schockiert über den Verlust meiner Karten. Die energetischen Kräfte, die sich in diesen Karten im Laufe der Zeit angesammelt haben, sind unersetzbar. Es wird ohnehin schon schwierig genug sein, eine wirksame Aurareinigung an ihnen durchzuführen, wenn ich sie wiederhabe. All die negativen Schwingungen, die diese Karten bei Frau Dinke aufgenommen haben, lassen sich nur mit Mühe neutralisieren.«

Sie trat um den Tisch herum. »Ach, jetzt fällt es mir ein: Die Hexe da drüben streicht gerade ihre Wohnung. Sie hatte sicher Farbe an den Händen, als sie herkam und mein Tarotdeck gestohlen hat. Und ich kann Ihnen auch sagen, dass Sie in einem grünen Schrank in ihrem Eingangsbereich suchen müssen. Das war das Bild, das mir vorhin die Vitalkugeln übermittelt haben.« Sie deutete auf das Schälchen mit Murmeln auf dem Schreibtisch.

Carina öffnete ihren Koffer, und Isolde begleitete Fink zur Wohnungstür.

»Gegen Ihren steifen Hals könnte ich Ihnen einen Lebensflussausgleich mit der Kraftpyramide machen. Offenbar kreisen Ihre Energiewirbel nicht synchron. Ich werde in meinem Terminkalender nachsehen, vielleicht kann ich Sie dazwischenschieben, ich bin immer sehr ausgebucht.«

»Schade, das kann ich nicht machen.« Fink wurde auf der Suche nach einer Ausrede ein bisschen rot. »Sie sind Beteiligte an einer laufenden Untersuchung, da darf ich einen Lebensdings, also einen Wirbelfluss nicht bei Ihnen machen lassen. Das könnte wie Vorteilsannahme aussehen.«

»Ja, ich verstehe. Vielleicht wenden Sie sich nach der Aufklärung der Angelegenheit noch mal an mich. Wenn ich Ihre

Chakren erst synchronisiert habe, wird sich Ihre Aufklärungsrate verdoppeln.«

Fink stand schon in der Tür, als ihm noch etwas einfiel. Er zögerte kurz, weil er sich ein bisschen albern vorkam, aber er wollte sich später nicht vorwerfen, er habe nicht alle Möglichkeiten ausgeschöpft.

»Sagen Sie, Frau Müller-Möller, hat sich in letzter Zeit einer Ihrer Kunden wegen seines Enkels von Ihnen beraten lassen?«

Die Hellseherin starrte ihn ausdruckslos an. Die Zeit schien sich zu dehnen. Fink begann zu schwitzen.

»Viele Großeltern befragen mich wegen ihrer Enkel«, erlöste sie ihn endlich.

Finks Gesicht hellte sich auf. Seine Schweißdrüsen fielen wieder in den Wintermodus. »Tatsächlich?« Sollte an der Sache mit Eingebungen doch etwas dran sein?

»Ja, ich werde sogar oft zurate gezogen, wenn es darum geht, ob beispielsweise ein Enkelkind das Gummientenrennen im Kindergarten gewinnt.«

Fink unterdrückte ein Schnauben beim Gedanken an sein Gespräch mit Rosemarie Nill, der Leiterin des Kindergartens, die ihm die ehrenvolle Leitung ebendieses epochalen Ereignisses hatte aufs Auge drücken wollen.

»Und ich wurde auch schon über die Aussichten eines Enkelsohns auf Aufnahme in die amerikanische Basketball-Liga befragt. Leider lag die Turmkarte auf dieser Frage.« Sie strich sich mit großer Geste das Haar aus der Stirn. »Na ja, bei einer Körpergröße von einem Meter sechzig und einem Alter von sechsundvierzig Jahren braucht man da eigentlich keine Karten für eine Antwort.«

Fink trat von einem Fuß auf den anderen und hoffte, dass Carina drinnen noch eine Weile beschäftigt sein würde. »Ich meine auch eher, ob Großeltern Sie gefragt haben, ob ein bestimmter junger Mann tatsächlich ihr Enkel ist. Da kann es ja schon mal zu, äh, Unsicherheiten kommen.«

Isoldes Gesicht nahm einen lehrerhaften Ausdruck an. »Es gibt keine Unsicherheiten im Universum. Es gibt immer einen Grund, warum uns die geistige Welt bestimmte Personen familiär zur Seite stellt.«

»Ja, aber ich meinte auch mehr ein geistloses Zusammenstellen. Also, ein ungeistiges.« Er wurde rot. »Hat jemand Sie nach einem Enkel gefragt, der kein Enkel ist?«

»Jeder ist ein Enkel des großen Urwesens«, antwortete sie sanft.

Es klang so weihevoll, dass Fink versucht war, ein Amen darauf zu erwidern. »Also niemand von Ihren Patienten, Entschuldigung, Kunden hat Ihnen von einem jungen Mann berichtet, der sich als ihr Enkel ausgegeben und Geld verlangt hat?«

»Natürlich nicht.« Isolde betrachtete Fink mitleidig. »Und sobald ich für die Beteiligten eine Astralwäsche durchgeführt habe, begegnen sich alle in reiner Liebe und Harmonie.«

Fink bedankte sich und ging. War ja auch eine blöde Idee gewesen. Was hätte er auch in den Bericht schreiben sollen, wenn Isolde tatsächlich einen Enkeltrickbetrüger in ihren Karten gesehen hätte? Ob es eine spezielle Karte für die gab?

Jedenfalls hätten die Kollegen ihn für einen jecken Dappes gehalten, wenn er ihnen mit einem Hellsehertipp gekommen wäre. Da war er fast schon ein bisschen erleichtert.

9

Fink ging den Flur entlang in Richtung der Hellseherin Nummer zwei. Ein Hauch von Popmusik und intensiver Farbgeruch schlugen ihm durch die geschlossene Tür entgegen. Dabei fiel ihm ein, dass er seiner Mutter seit einem halben Jahr versprochen hatte, ihr Treppengeländer zu streichen. Das ging mit seinem steifen Hals ja jetzt wirklich nicht. Noch ein Grund, auf den Ausgleichswirbel zu verzichten. Wenn das nächste Mal jemand bei seiner Mutter anrief und ihr Wintergärten oder Kunstdrucke von gotischen Kathedralen oder ein Abonnement für holländischen Ziegenkäse verkaufen wollte, konnte sie ja diesen Callcenter-Menschen dazu überreden, zu ihr zu kommen und die Streicharbeiten zu übernehmen.

Auf sein Klingeln öffnete ihm eine sommersprossige junge Frau, um gleich wieder aus seinem Blickfeld zu verschwinden. Das Wenige, das er dabei von ihr zu sehen bekam, kam ihm entfernt bekannt vor.

»Komm ruhig rein, aber pass auf, die Farbe ist vielleicht noch nicht überall trocken. Ich hab an ein paar Stellen noch mal nachgestrichen. Auf der Packung steht zwar was von hoher Deckkraft, aber Pustekuchen. Wie gefällt dir denn das Gelb? Im Eimer konnt ich's mir erst nicht so richtig vorstellen, aber jetzt find ich's total supi, gell? Warum sag ich das eigentlich? Ich find so Worte wie supi oder Schoki oder Dom Rep so was von bescheuert. Aber jedenfalls macht das Gelb doch echt gute Laune, viel besser als rot.«

Noch bevor Fink die Frau sehen konnte, erinnerte er sich anhand des Wortschwalls, dass sie ihm auf dem Flur der Stadtverwaltung begegnet war, als er mit Emmerlein vom hosenlosen Bürgermeister gekommen war. Sie hatte sich bei einem Mitarbeiter dort darüber beschwert, dass jemand sie beschuldigt hatte, Hexentränke aus Froschohren zu brauen.

Vorsichtig betrat er eine kleine, bis auf den letzten Zentimeter vollgestellte Diele. Sämtliche Möbelstücke waren von den Wänden abgerückt, in die Mitte geschoben und mit Kunststoffplanen und Tüchern bedeckt. Ein schmaler Trampelpfad führte um die Teile herum in die Wohnung. Von den Wänden strahlte ihm ein so intensives Gelb entgegen, dass er automatisch begann, in seiner Jackentasche nach einer Sonnenbrille zu suchen, um Schäden an seinen Sehnerven zu vermeiden.

Susanne Dinke war derweil auf einen wackligen Stuhl geklettert und wies mit einem großen Pinsel zur Zimmerdecke. »Das hier ist 'ne ganz besonders blöde Stelle, da kommt dauernd die Tapete runter, schon seit ich eingezogen bin. Ich hab dem Probst, also das ist mein Vermieter, dem hab ich schon zwanzigmal gesagt, er soll da mal nachgucken, weil da vielleicht die Wand feucht ist, ganz lieb und höflich und all so was, musst du aber nicht meinen, dass er sich drum kümmert. Genauso mit dem Türschloss, das schließt nicht richtig. Aber wenn nebenan die Mü-Mö bloß mit den Augen rollt, dann springt er und repariert ihr den abgesprungenen Lack auf ihren Fingernägeln. Ist doch echt nicht gerecht, oder? Ich glaub, der hat nur Angst, dass sie ihm sonst statt einer Nase 'ne Zitrone ins Gesicht flucht.«

Ein Handy klingelte mit der Harry-Potter-Musik. Die junge Frau kramte mit der freien Hand das pinkfarbene Gerät aus ihrer Hosentasche hervor.

»Entschuldige mal 'nen Moment. Hallo, Sunsi hier. Ja? Ach, ist ja echt blöd. Wart mal.« Sie reichte den Pinsel zu Fink hinunter und zog aus der anderen Hosentasche einen Stapel Karten hervor. Sie klemmte das Handy zwischen Ohr und Schulter, mischte die Karten, fächerte sie in einer Hand auf und zog drei heraus. »Doch, kannst du machen, da liegen die Blumen drauf, das klappt. Aber pass auf, ich hab den Fuchs hier gezogen, da ist einer nicht ganz ehrlich zu dir. Ja, bis dann.«

»Frau Dinke?«, schob Fink rasch in ihren Redefluss, nachdem er zwischen seine Schuhe und den tropfenden Pinsel einen möglichst großen Abstand gebracht hatte.

Sie hüpfte vom Stuhl herunter, streckte ihm über einen aufgerollten Teppich hinweg die Hand entgegen und strahlte mit der Farbe um die Wette. Sie trug mehrere bunte Tücher um den Kopf gewickelt, unter denen ein schwarzer Pony bis an die

Augen reichte, den sie sich ständig aus dem Blickfeld pustete. Über die Lachfältchen rund um ihre braunen Augen waren gelbe Farbspritzer verteilt.

»Genau, also ich bin die Sunsi Dinke, kannst aber Sunsi sagen. Manche Kartenlegerinnen geben sich ja selbst so ganz überkandidelte Namen, so wie Sachmet-Nut, das sind ägyptische Göttinnen, oder Hekate, das war eine trojanische Königin, oder Kassandra, das war eine Seherin, der keiner geglaubt hat, auch aus Troja, und es ist doch schon ziemlich doof, sich nach einer Hellseherin zu nennen, die jeder für bekloppt gehalten hat, jedenfalls halt ich da nix von, sich so einen Namen zu geben, und darum bin ich einfach die Sunsi. Also, hihi, eigentlich Susanne, aber Sunsi ist da noch ziemlich nah dran, find ich. Ich leg mal eben den Pinsel weg, gib mal her, dann können wir in die Küche gehen. Soll ich was Spezielles für dich nachgucken, Liebe, Beruf, Geld? Wart mal.«

Während Fink anfing, bunte Pünktchen zu sehen, die sich vor seinen Augen drehten, zog Susanne Dinke ihre Karten noch einmal aus der Hosentasche, mischte und zog wieder drei. »Och, wie süß, guck mal, ich hab das Kind, die Schlange und den Baum gezogen. Also, wenn du noch ein Babybettchen rumstehen hast, würd ich das noch nicht verschenken, das braucht ihr noch mal, und zwar innerhalb von einem Jahr. Und rosa Decken wären gut.« Sie grinste. »Wir könnten uns auch ins Wohnzimmer setzen, die Küche ist aber gemütlicher, da riecht's auch nicht so stark nach Farbe, und da leg ich dir die Karten zu einem Rundumblick aus, der ist ganz ausführlich. Magst du Tee? Ich hätte grünen Tee mit Ingwer da.« Sie schaute ihn erwartungsvoll an.

Obwohl während der ganzen Zeit nur die junge Frau geredet hatte, fühlte Carsten Fink sich leicht atemlos. »Frau Dinke, ich bin Hauptkommissar Carsten Fink …«

»Das ist ja süß. Ich find Tiernamen als Nachnamen ja total knuffig. Neulich hatte ich eine Kundin, die hieß mit Zunamen Schneckchen. Ungelogen, die hat mir ihren Ausweis gezeigt. Eigentlich verrat ich sonst die Namen von meinen Kunden nicht, aber du sagst es ja keinem weiter.«

Fink holte tief Luft. »Ich ermittle in einem Diebstahlsfall. Frau

Müller-Möller vermisst ihre Tarotkarten und ist der Meinung, dass Sie die genommen haben könnten.«

Einen sehr kurzen Moment lang konnte Fink von sich behaupten, einer der wenigen Menschen zu sein, die Susanne Dinke sprachlos erlebt hatten. Dann stemmte sie die gelb gesprenkelten Hände in die Hüften.

»Also jetzt mal ganz piano. Ich bin immer total nett zu der, ich grüße, ich winke, ich hab sogar selbst gebackene Kekse und ein Glücksamulett rübergebracht, weil ich dachte, sie braucht ein paar freundliche Schwingungen, damit sie nicht dauernd so miesmuffelig dreinschaut, und die macht mich immer bloß blöd an. Und mal ehrlich, was soll ich mit Tarotkarten? Kein Mensch kann ernsthaft irgendwas aus Tarotkarten lesen.«

Fink hatte geglaubt, er würde sich an diesem merkwürdigen Morgen über gar nichts mehr wundern, aber diese Aussage verblüffte ihn nun doch. »Kann man nicht?«

»Nö, nicht die Bohne. Also bitte, wie will man mit Karten arbeiten, die ›Acht der Stäbe‹ oder ›As der Kelche‹ heißen?«

»Ja«, antwortete Fink verwirrt, aber erleichtert. »Ist ja auch eine komische Idee, mit ein bisschen bedruckter Pappe die Zukunft vorhersagen zu wollen.«

»Ich arbeite nur mit Lenormandkarten«, erklärte Susanne. »Damit kann man viel mehr in die Tiefe gehen. Es gibt das große Deck mit vierundfünfzig Karten, aber ich benutze lieber das kleine mit sechsunddreißig. Ich hab festgestellt, dass es die Leute echt wuschig macht, wenn ich zu viele Karten auflege. Die kommen aus Frankreich.«

»Wer?« Sollte es tatsächlich Menschen geben, die aus dem Ausland anreisten, um in den Genuss von Susanne Dinkes Kartenlesekunst zu kommen?

»Die Lenormandkarten. Benannt nach Marie-Anne Lenormand, die war zur Zeit von Napoleon eine berühmte Wahrsagerin und hat seiner Frau Joséphine die Zukunft vorhergesagt. Es heißt, manchmal hat sie einen ganzen Tag gebraucht, um ein Kartenbild zu interpretieren, ist das nicht krass, dafür hat ja heute keiner mehr Zeit. Die Karten haben auch viel hübschere Bilder als beim Tarot und sind viel aussagekräftiger. He, ich hab eine Idee. Ich befrag meine Karten, wer das Tarot von der Mü-Mö geklaut hat.«

Fink schaute sich um, legte einen Stapel alte Zeitungen zur Seite, schob einen Stuhl in die Ecke, hob einige Plastikplanen hoch und wurde fündig. »Das Kartenlesen ist noch nicht in den Katalog der üblichen Ermittlungsmethoden aufgenommen worden«, sagte er und zog ein paar dünne Gummihandschuhe an. »Darf ich das mal aufmachen?« Er beugte sich mit etwas Mühe zu einem grünen Holzschränkchen hinunter und zog eine Tür auf. Mit dem ersten Griff hinein hielt er ein blaues Samtsäckchen in der Hand. Er fand darin einen Stapel Karten mit bunten Bildern, die Münzen, mittelalterlich gekleidete Personen, Schwerter und Gestirne darstellten. Sie hatten einen blau-goldenen Rand und Rücken, auf den Sterne gedruckt waren.

Susanne quietschte auf. »Das sind nicht meine!«

»Richtig. Nach der Beschreibung, die wir bekommen haben, gehören die Karten Ihrer Nachbarin. Ich würde dann gern in einer Stunde auf der Dienststelle am Stadtgraben mit Ihnen darüber reden, wie die Karten hierhergekommen sind. Das Gebäude mit der schwarz-blauen Fassade, das finden Sie auch ohne Karte.«

Nachdem er bei Isolde Müller-Möller die Bestätigung abgeholt hatte, dass es sich tatsächlich um ihre vermissten Karten handelte und Carina ihre Spurensuche abgeschlossen hatte, saßen sie beide eine Stunde später mit Susanne Dinke im Büro. Während Fink Kaffee holte, belehrte Carina die junge Frau über ihre Rechte.

Susanne seufzte. »Als ich eingezogen bin, hab ich gleich gemerkt, dass die Frau ein fettes Muffligkeits-Problem hat. Die lächelt nie, stiert mich immer nur so an. Haben Sie mal gesehen, wie die ihre Lippen zusammenkneift?« Sie machte es treffend nach, und Carina schaffte es nicht, ein Grinsen zu unterdrücken. Fink stellte fest, dass Susanne angesichts der neuen Situation zum »Sie« übergegangen war.

»In den ersten Tagen ging's ja noch. Sie war zwar nicht freundlich, aber sie hat zumindest mit dem Kopf geruckt, als sie mich getroffen hat, und ich hab angenommen, das sollte eine Art Begrüßung sein.« Sie spielte mit einem kleinen türkisfarbenen

Ohrstecker. »Aber sobald mein Beratungsschild an der Tür hing, hatte sie mich auf dem Kieker. Zehn Minuten, nachdem ich es aufgehängt hatte, ernsthaft, bloß zehn Minuten später klingelt sie bei mir und hält mir mein Schild unter die Nase. Ich meine, eigentlich ist es ja kein richtiges Schild, so wie sie eins hat, meins ist ja nur ein Blatt Papier in 'ner Klarsichthülle, aber trotzdem. Das hatte sie abgerissen und wedelt damit vor meinem Gesicht rum und fragt, ob das ein dummer Witz sein soll. Sie wäre hier die einzige Wahrsagerin, und ob ich überhaupt eine Lizenz hätte, und sie hätte sich auf so eine Konkurrenzsituation gar nicht einstellen können.«

Sie wickelte das grüngelbe Tuch ab, das sie um den Kopf geschlungen hatte, wuschelte die braunen Haare mit den roten Strähnchen mit beiden Händen auf und legte sich das Tuch um die Schultern. »Ich mein, ich tu doch keinem was. Sie hat ihre Kundschaft, ich hab meine, wir nehmen uns gegenseitig nichts weg. Es gibt genug Leute, die Beratung aus der geistigen Welt gut gebrauchen können. Und davon mal ganz abgesehen, wenn sie wirklich so 'ne gute Wahrsagerin wäre, hätte sie doch vorhersehen müssen, dass eine Kollegin einzieht.«

Sie rieb die Hände aneinander und wechselte zu dem Stecker im anderen Ohr. »Sie nimmt zweiundneunzig Euro für die Beratung, also jetzt echt mal, das ist doch krass. Ich nehm zehn oder auch mal zwanzig, je nachdem, wer's ist und wie gut betucht einer aussieht. Da kommt immer so eine alte russische Omi zu mir in ausgelatschten Hausschuhen, 'ne ganz Liebe, die bringt mir immer so selbst gemachte klebrige Bonbons mit als Bezahlung. Warten Sie mal, vielleicht hab ich welche dabei.« Sie wühlte in einer großen blauen Leinentasche, wurde aber nicht fündig.

»Na, jedenfalls fingen dann vor drei oder vier Wochen diese Anzeigen an. Zuerst stand jemand vom Gewerbeaufsichtsamt bei mir vor der Tür, weil sich einer beschwert hatte, ich würde Schwarze Magie betreiben und Leute verhexen. Dann kam einer vom Veterinäramt, weil ich angeblich Tränke mit lebenden Tieren brauen würde. Da steckt garantiert die Mü-Mö dahinter, und da sehen Sie doch schon, auf was für abgedrehte Ideen die kommt. Wem fällt denn ein, knuffige lebende Tiere in einen

Trank zu werfen? Und auch welche, die nicht knuffig sind, also Spinnen und Fliegen und so, die würd ich auch nirgendwo reinwerfen, weil jeder hat doch ein Recht zu leben und auf einen Platz, wo's ihm gut geht. Und jetzt will sie mir das mit den Karten anhängen.«

»Sie sagt, Sie hätten die Karten am Montag mitgenommen, nach einem hässlichen Auftritt in ihrer Wohnung«, sagte Carina. Fink setzte sich und ließ seine Kollegin machen. Zu jungen Frauen hatte sie auf ihre lockere Art einfach den besseren Draht.

Susanne nahm einen Schluck von dem Kaffee, den Fink ihr hingestellt hatte.

»Also, am Sonntag hab ich ihr einen Artikel über Perlmutt in den Briefkasten geworfen. Ich wollt ihn ihr selbst geben, aber sie war nicht da. Perlmutt wirkt als Heilstein auf das seelische Wohlbefinden und sorgt für Freude und bewirkt, dass man das Leben leichter nimmt. Ich dachte, das könnte sie doch gut gebrauchen, um in ihre Mitte zu kommen.« Sie zwirbelte wieder an ihrem Ohrring. »Am Montag hab ich mit Timothy meinen Flur gestrichen.«

Sie lächelte unter ihrem dunklen Pony hervor. »Das ist mein Freund, er ist Schotte, aus Stirling, da hat mal Maria Stuart gewohnt, glaub ich, aber die hat ja anscheinend überall in Schottland gelebt, das ist jedenfalls total schön und romantisch da, alte Burgen und Klosterruinen, Felsen, Schafe, Kaminfeuer, da sollten Sie unbedingt mal hinfahren. Im Baumarkt konnte ich mich zuerst nicht so richtig zwischen zwei Farben entscheiden, aber dann hab ich doch die eine genommen, und die sah auch ganz gut aus an der Wand. Nachmittags ist Timothy nach Hause gegangen, also nicht nach Schottland, hihi, er wohnt in Koblenz. Danach klingelt so ein Typ bei mir, der wollte zur Mü-Mö und hatte sich in der Wohnung geirrt. Also hab ich ihn rübergeschickt und sehe dabei, dass unter meiner Tür ein Umschlag durchgeschoben ist.«

Sie drehte mit einer Hand den Ohrstecker und griff mit der anderen nach der Tasse. Fink bewunderte die Multitasking-Fähigkeit von Frauen. Er selbst hätte sich bei dieser Aktion vermutlich den Kaffee ins Ohr geschüttet.

»Ich war grad am Kochen, also hab ich den Umschlag erst eine halbe Stunde später aufgemacht, und da drin finde ich meinen Perlmutt-Artikel. Sie hatte ihn in lauter kleine Fitzelchen gerissen und einen bitterbösen Brief dazugelegt, in dem stand, sie bräuchte keine Ratschläge von einer durchgeknallten Hobbyhexe und geistig verwirrten Möchtegernberaterin, die selbst dringend Beratung braucht. Und ich wär eine völlig ahnungslose Hochstaplerin. Hat sie wörtlich geschrieben, kann ich Ihnen zeigen. Ich war so was von sauer. Ich bin rüber und hab ihr die Meinung gesagt. Ist doch wahr!«

»Und dann haben Sie die Karten mitgenommen?«, fragte Fink. »Weil Sie sich über Frau Müller-Möller geärgert haben?«

Susanne sah ihn entnervt an. »Hab ich nicht. Ich hab ein bisschen rumgeschimpft, das schon. Die Mü-Mö hatte aber noch diesen Kunden da, der sich vorher zu mir verlaufen hatte, und vor dem wollte ich sie nicht so runterputzen. Ich hab nämlich Manieren und weiß, was sich gehört. Ich meine, der arme Kerl ist ja auch so schon schlimm genug dran, wenn er sich von der Mü-Mö beraten lässt. Sie hat ihn dann zur Tür gebracht, und als sie zurückkam, hatte ich mich schon wieder beruhigt. Ich halte nix von so einem Zoff, der frisst nur Energie. Also hab ich mich entschuldigt, und sie war ja auch gleich wieder ganz friedlich. Also bin ich gegangen. Und mitgenommen hab ich gar nichts.«

Fink massierte sich nachdenklich den Nacken. »Und wie kommen die Karten dann in Ihren Schrank?«

Susanne seufzte. »Mensch, das weiß ich ja auch nicht. Ehrlich.«

»Na gut.« Fink stand auf. »Frau Bauer nimmt Ihre Aussage auf, und dann können Sie nach Hause gehen. Wir werden der Diebstahlsanzeige weiter nachgehen. Wenn noch Fragen sind, melden wir uns.«

»Ja, gut.« Susanne pustete die Haare aus der Stirn. »Und ich befrage die Karten und sag Ihnen Bescheid, was dabei rauskommt.«

10

»Du hättest diese Kristallschädel sehen sollen«, sagte Fink zu Peter Emmerlein. »Brr, waren die scheußlich. Wenn ich so einen in der Wohnung hätte, würde ich mir immerzu vorstellen, wie er mich durch die Wände hindurch anstarrt.«

»Kristallschädel? Erzähl mal. So esoterisches Zeug läuft in letzter Zeit auf dem Flohmarkt und im Internet wie verrückt.« Emmerlein fuhr sich mit der Hand über den kahlen Kopf. »Was meinst du, ob mir wieder wallendes Haar nachwächst, wenn ich mir einen zulege?«

»Für das Geld, das so ein Ding kostet, kannst du dir zwei Jahre lang zu Harfenklängen die Kopfhaut mit Schwanenfedern von zwei Bauchtänzerinnen massieren lassen. Ist genauso wirkungslos, macht aber mehr Spaß.« Fink legte Papier in den Drucker.

»Ach Kerls.« Carina speicherte ihren Bericht ab. »Nun zeigt euch doch mal ein bisschen aufgeschlossen für die spirituellen Dimensionen in eurem Leben.«

Die Männer teilten sich ein Grinsen. Diese unerschrockene Frau war vor einigen Tagen an einer alten Efeuranke zu einem Balkon geklettert, um eine Frau von der Klippe eines Nervenzusammenbruchs herunterzuholen. Die war von ihrem Freund eingesperrt worden, einem schrankähnlichen Typen mit zusammengewachsenen Augenbrauen, dem offenbar noch niemand erzählt hatte, dass Frauen nicht Eigentum ihrer Männer waren und auch nicht demütig auf die Heimkehr ihres Kerls warten mussten. Er hatte sich aufgemacht, um mit seinen Kumpels um die Häuser zu ziehen. Seine Freundin hatte auf dem Balkon gestanden, in Panik sämtliche Nachbarn herbeigeschrien und Anstalten gemacht, über die Brüstung zu steigen und sich nach unten zu hangeln, als Carina eintraf. Nach der Kletteraktion und der Befreiung durch den Schlüsseldienst hatte Carina den amüsierfreudigen Mann in seiner Kneipe aufgespürt und ihn am Jackenkragen hinausgezerrt, und dabei hatten nur noch seine

Absatzkanten Bodenkontakt gehabt. Ihre Standpauke über den respektvollen Umgang mit Frauen hatte eindeutig mehr reale als spirituelle Dimensionen gehabt.

»Gibt es dir nicht zu denken, dass Frau Müller-Möller unsere Namen und Dienstbezeichnungen korrekt kannte, als wir kamen?«, fragte Carina.

»Ist ja unglaublich«, stieß Emmerlein hervor. »Dann hätte sie ja gar nicht hier anzurufen brauchen, nachdem ihr heute Morgen zu ihr unterwegs wart, um sich zu erkundigen, welche Beamten zu ihr kommen.« Er lächelte Carina hämisch an.

»Ein Mysterium weniger«, meinte Fink. »Eigentlich schade. Dann lassen wir uns jetzt von der Müller-Möller den Namen ihres Kunden geben, der am Montag bei ihr war und der Susanne Dinke in Aktion erlebt hat. Morgen geht dann einer von uns bei dem vorbei. Vielleicht bringt uns dieser Zeuge das atlantische Erleuchtungslicht.«

Am nächsten Morgen herrschte aber erst einmal Hektik wegen eines Unfalls. In der Nähe des Schulzentrums war ein Transporter mit Eiswaffeln umgekippt und hatte einen Teil seiner Ladung verloren. Jetzt waren die meisten Beamten damit beschäftigt, die Unfallstelle zu sichern und beim Einsammeln der Eispäckchen schneller zu sein als die Schulkinder und einige Lehrer.

Bevor Emmerlein sich mit einer großen Kühlbox auf den Weg machte, hatte er gerade noch Zeit, Fink einen Zettel in die Hand zu drücken.

»Scheint, der unheilige Martin hat wieder zugeschlagen.«

»Wer?« Fink, der seinem Sohn daheim noch schnell geholfen hatte, zwei bemalte Steine zu einer Schildkrötenskulptur für den Kindergartenbasar zusammenzukleben, versuchte, den Kleber durch Rubbeln von den Händen zu bekommen.

»Na, der heilige St. Martin hat seinen Mantel mit dem armen Bettler geteilt. Der Typ hier reißt den Leuten ihre Klamotten vom Leib und nimmt sie mit. Das ist doch wohl unheilig.«

Der Hauptkommissar schaute seinem Kollegen mit gerunzelter Stirn nach. Manchmal fragte er sich ernsthaft, ob Emmerleins Gehirn wegen der fehlenden Haare zu viele UV-Strahlen abbekam.

Die hellen Tuffsteine der Christuskirche leuchteten in der Sonne, als Fink und Kemal Özgür das Bürogebäude in der Nähe des hohen spätgotischen Baus betraten. Dort wuselten gefühlte dreißig Leute um eine auf dem Sofa ausgestreckte Frau herum. Tatsächlich waren es aber nur fünf oder sechs, einschließlich des Hausmeisters und einer hochgewachsenen Ärztin mit toastblondem Pferdeschwanz, die gerade zusammengepackt hatte und zu ihnen in den Flur trat.

»Gibt es Verletzte?«, fragte Fink.

»Ach wo.« Die Medizinerin in den Sechzigern sprach mit einem leichten osteuropäischen Akzent und hielt einen räumlichen Abstand zu ihrem Gesprächspartner für überbewertet. In einer Hand trug sie ihre schwarze Arzttasche, in der anderen ein Stethoskop, mit dem sie beim Sprechen in Finks Richtung stach.

»Jemand hat der Frau einen Schal oder ein Tuch oder so etwas vom Hals gezogen und ihr einen Sack übergestülpt. Oder umgekehrt, erst Sack drüber, dann Tuch weg, obwohl, das wird wohl schwieriger sein, müssen Sie selbst herausfinden.« Sie berührte Fink mit dem kalten Instrument am Hals, und er zuckte zurück, soweit der Türpfosten in seinem Rücken das zuließ. »War jedenfalls nicht sehr feste. Keine Schrammen, keine Schürfwunden, nicht mal ein richtiges Aua.« Sie schaute verächtlich zu dem hingeschmolzenen Opfer hinüber.

»Also auch keine Strangulationsmale?«, erkundigte sich Fink.

Die Ärztin stieß ein lautes gackerndes Lachen aus. »Überhaupt nichts! Da haben meine Patienten in der Praxis mehr Strangulationsmale, wenn ich ihnen einen Halswickel gegen Erkältung mache.«

Das glaubte ihr Fink ohne Weiteres.

Vom Sofa hörten sie ein gedämpftes Stöhnen.

»Muss sie nicht ins Krankenhaus?«, fragte Kemal.

»Ach wo.« Die Ärztin deutete mit dem Stethoskop zum Sofa hinüber. »Jetzt liegt sie da und jammert, ist aber nur Schreck und Wehleidigkeit. Bemitleiden Sie sie bloß nicht, sonst wird es nur schlimmer.« Das Instrument wanderte wieder zu Fink. Die Ärztin beugte sich zu ihm vor und klopfte ihm damit auf die Brust wie ein Specht auf den Baumstamm. Er hielt sich selbst nicht für besonders wehleidig, aber das Klopfen tat weh. »Ist wie bei einem kleinen Kind, das hinfällt. Wenn man nichts sagt, steht es wieder auf und lacht. Wenn man großes Trara drum macht und sagt, ach du armes Kind, hast du dir wehgetan, und streichelt und verhätschelt, fängt es an zu heulen.«

Fink hatte inzwischen ein rotes Gesicht bekommen. Er schielte in noch immer etwas schiefer Kopfhaltung von oben auf das Stethoskop, das auf seine Brust hämmerte, und stellte sich vor, es über seinem Knie zu zerbrechen. Die Ärztin packte es schließlich ein, bevor er seine Idee umsetzen konnte.

»Das werden Sie operieren lassen müssen«, sagte sie und deutete mit dem Kinn auf seinen Hals. »Schnipp, schnapp, ein paar Sehnen durchschneiden und neu vernähen, schon fertig. Mach ich zu Hause auf dem Küchentisch.« Damit ging sie.

Fink starrte ihr mit glühendem Blick nach. »Haben Sie mal ein Stück Papier für mich, Herr Özgür?«

Kemal kramte in seinen Taschen. »Nee, ich glaub, Moment mal, ah, hier hab ich was. Gibt's denn schon was Ermittlungstaktisches aufzuschreiben? Ich mein, so was Wichtiges hat sie doch gar nicht gesagt, oder hab ich was verpasst?« Er reichte Fink einen kleinen Block mit blauen Klebezetteln.

»Das ist eine ganz entscheidende polizeiliche Maßnahme«, antwortete Fink, schrieb auf den ersten Zettel in großen Buchstaben »Uff«, auf einen zweiten »Zuff« und auf den dritten »Zack!!!«. Er riss alle drei ab und klebte sie untereinander an den Türpfosten. Dann atmete er tief durch.

Kemal schüttelte den Kopf. »Was hat die überhaupt für Methoden der Kindererziehung?«

Fink zupfte seine Jacke in Form und ging mit Kemal in den Raum hinein. Er dachte an Felix und seine beim Fußball aufgeschürften Knie und in Hecken zerkratzten Arme. »Ich sag's nicht gern, aber ganz unrecht hat sie nicht. Wenn kleine

Kinder kein Publikum haben, ist das Heulen gar nicht mehr so spannend.«

»Ich find das grausam. Meine Nichten und Neffen werden von der ganzen Familie gedrückt und begluckt wie verrückt. Ich werd später mal toll mit meinen eigenen Kindern klarkommen. Ich bin jetzt schon ein Kinderexperte.«

Fink schmunzelte. »Damit es so weit kommt, müssen Sie erst mal Frauenexperte sein.«

Sieglinde van Simmering lag unbequem ausgestreckt auf einem winzigen Biedermeiersofa im Büro ihrer Werbeagentur. Ihre Jugend und sie hatten sich schon vor ein paar Jahren voneinander getrennt. Schwarze Haare mit einem Blauschimmer umrahmten ihr blasses Gesicht mit einem fernöstlich anmutenden strengen Bob, der ihr die Aura von kühler Eleganz verlieh. Ihre Beine baumelten über die Lehne, und ein junger Mann im weißen Hemd mit roter Weste legte ihr gerade einen feuchten Lappen auf den Hals.

»Frau van Simmering, ich bin Hauptkommissar Fink, das ist mein Kollege Özgür. Können Sie uns ein paar Fragen beantworten?«

Sie stöhnte mit geschlossenen Augen. Dafür gab es auf Kemals Skala nur ein halbes Plärr. Das war eine Maßeinheit für menschlichen Lärm, die er selbst erfunden hatte. Sie kam zur Anwendung bei nölenden Betrunkenen, aufgebrachten Autofahrern, zankenden Streithanseln und aufgeregten Zeugen, und die Beamten verglichen nach ihren Einsätzen gern, wer von ihnen es auf höhere Werte gebracht hatte. Mit einem halben Plärr brauchte Kemal aber erst gar nicht anzutreten. Das wurde von jedem Nachbarschaftsstreit um ein Vielfaches übertroffen.

Ein junger Latino mit gegelten Haaren trat mit einem Cognacglas neben Sieglinde. Sie schaute kurz auf, nahm das Glas und kippte den Inhalt hinunter. Das schien sie so weit zu beleben, dass sie nun sprechen konnte.

»Jemand hat mir unten im Flur aufgelauert, so ein durchtriebener Dreckskerl, elende Pickelratte. Plötzlich hatte ich einen Sack über dem Kopf, und er reißt mir mein Tuch vom Hals.

Furunkel soll er am Hintern kriegen!« Damit fand die kühle Eleganz ein abruptes Ende.

Während Fink sich an der farbigen Ausdrucksweise erfreute, bemerkte er am Ende des Sofas einen stark behaarten Mann im Muskelshirt, dessen Oberarme aussahen, als wären sie aufgepumpt. Er massierte Sieglinde van Simmerings Füße.

Der Täter, diese verdammte Schleimschnecke, war rasend schnell zu Werke gegangen und hatte weder gesprochen noch gehustet, geniest oder geröchelt.

»Und er hat nicht Ihre Tasche mitgenommen? Keine Geldbörse, kein Handy oder Laptop?«, fragte Kemal. Sieglinde öffnete ein Auge in seine Richtung, erkannte einen attraktiven jungen Mann und stemmte sich ein wenig höher. »Nichts, nur das Tuch«, hauchte sie.

Ihr schwarz umrandeter Blick schwebte zu ihm hinüber, und Kemal fühlte sich wie mit klebrigen Fingern betastet. Er warf Fink einen irritierten Blick zu. Auf der Polizeischule hatte ihm keiner den Umgang mit einer Frau beigebracht, die seine Mutter hätte sein können und ihn unverhohlen anmachte. Jetzt fiel ihm auch auf, dass sämtliche Angestellten, die sich um Sieglindes Wohlergehen bemühten, Männer waren.

Fink sah sich um. An den Wänden hingen Fotos von Werbekampagnen für ortsansässige Unternehmen. Einige kamen ihm bekannt vor. Das Bild von dem knusprigen Brötchen hatte er erst vor Kurzem in der Zeitung gesehen und sich schon da über den Slogan der Bäckerei gewundert: »So viel Genuss hätten Sie uns nicht zugetraut.« Darunter entdeckte er ein Bild des lächelnden Manfred A. Günnel in seinem Autohaus vor einem glänzend polierten Wagen und der Aussage »Wagen von Günnel – immer ein Abenteuer«.

»Was war denn das für ein Tuch, das der Täter mitgenommen hat?«, fragte Kemal.

Sieglinde schwang die kurzen Beine vom Sofa und stand auf. Selbst als sie in ihre Schuhe schlüpfte, musste sie noch zu Fink und Kemal hochschauen. Fink hatte den merkwürdigen Eindruck, dass Sieglindes Kopf unter Auslassung eines Halses gleich auf den Schultern saß.

»Das war allerfeinstes Kaschmir mit Seide, rot mit gelben Wellen.« Sie warf Kemal einen langen Blick zu. »Ganz weich und flauschig auf der Haut.«

Kemal bekam eine Gänsehaut und trat näher an Fink heran, um bei ihm Deckung zu finden.

»Teuer?«, fragte Fink, obwohl er sich die Antwort denken konnte.

»Zweihundertachtzehn Euro neunundsiebzig. Dieses verdammte Schweinsferkel«, antwortete Sieglinde und nahm einen weiteren Cognac von dem jugendlichen Halbgott entgegen. Das wandelnde Anabolikum am Sofaende hatte inzwischen mangels Massagetätigkeit die Finger frei, um sich damit im Ohr zu bohren.

»Und was haben Sie gesehen?«, fragte Fink ihn.

Das Lächeln verschwand. »Gar nix. Ich war im ersten Stock und hab Glühbirnen ausgewechselt. Ich bin der Facility-Manager.«

»Der was?«

»Na, der Housekeeper.«

»Was soll das sein?« Fink hatte schon eine Vorstellung davon, womit Dr. Muskel sein Geld verdiente, konnte aufgetakelte englischsprachige Begriffe aber nicht ausstehen.

»Äh, der Hausmeister. Hier, ich hab den Sack aufgehoben, den die Frau van Simmering über dem Kopf hatte. Den brauchen Sie doch sicher.«

Fink bedeutete ihm, den Sack auf den Tisch zu legen. Dann fiel sein Blick auf eine weitere Anzeige an der Wand, und er stutzte. Neben einem alarmierend grünen Kleid stand: »Boutique Hellweg. Luxus, wo er hingehört«. Verflixt, das hatte er doch erst vor Kurzem gehört. Sogar mehrmals.

»Wo haben Sie das Tuch denn gekauft?«, fragte er.

»Bei Hellweg am Markt, vergangene Woche erst. Dem Stinktier gehören alle Zähne ohne Narkose auf einmal gezogen.«

Nach diesen frommen Wünschen schickte Fink seinen Kollegen mit dem Beweissack zurück zur Dienststelle und rief Emmerlein an.

»Peter, frag doch mal den Günnel und den Schwalm, wo und wann sie die Kleidungsstücke gekauft haben, die ihnen gestohlen wurden.«

»Amf kra.«

»Kaust du grade irgendwas?« Er hörte Emmerlein deutlich schlucken.

»Die Leute von dem umgekippten Eislaster haben uns jede Menge kostenloses Eis mitgegeben. Fing ja schon an zu schmelzen und wär sonst umgekommen. Vanille ist besonders lecker, ich weiß nur nicht, ob noch was da ist, wenn du zurückkommst.«

Fink legte auf. Verfressene Bande!

Zehn Minuten später meldete sich Emmerlein mit der Nachricht, dass beide Teile aus der Boutique Hellweg stammten. Die Oberbürgermeisterhose war vor zwei Wochen gekauft worden, der Autohausmantel vergangenen Donnerstag. Vanille war inzwischen aus, aber von Schokolade und Erdbeere war noch etwas übrig.

Die Boutique war doch mal eine richtig vielversprechende Spur, fand Fink und machte sich auf den Weg zum Marktplatz. Auf Erdbeereis konnte er verzichten, aber von Schokolade hätte er gern was abgehabt. Er konnte sich aber schon denken, dass er bei seiner Rückkehr nur noch leere Eispapierchen vorfinden würde.

11

Ehrlich gesagt war ihm dieses Geschäft noch nie aufgefallen. Was vielleicht an seiner emotionslosen Einstellung zu Kleidung und deren Erwerb im Allgemeinen lag. Finks persönlicher Rekord beim Kauf neuer Herrenschuhe vom Betreten des Schuhhauses über das taktische Umschiffen aller Verkäuferinnen, das zielsichere Anvisieren und Probieren des einzigen in Frage kommenden Paars im Regal bis hin zum Bezahlen, Abwehren von Pflegeprodukten und Verlassen des Geschäfts lag bei sechseinhalb Minuten.

So betrat er auch forschen Schrittes die Boutique, ohne die Auslagen im Fenster zu würdigen.

Selbst er als Mode-Ignorant bemerkte sofort, dass er sich eher in einem Couture-Sternerestaurant als in einem Klamotten-Fastfood befand. Nur wenige Kleidungsstücke ruhten jeweils nach Farben sortiert in den Regalen. Vereinzelt standen Kleiderständer mit dem Charme eines snobistischen Butlers herum, in deren Nähe Fink sich kaum wagte. Zwischen den Regalen hingen abstrakte Collagen aus Papierfetzen und metallischen Kleinteilen aus dem Baumarkt, in denen Fink Kunst vermutete. Instinktiv schob er sein Portemonnaie tiefer in seine Tasche und brachte trotzig den Bärchenschal seines Sohnes in Form.

Dann steuerte er auf die einzige Verkäuferin im Laden zu, die gerade mit dem Rücken zu ihm Pullover in ein Fach sortierte. Beim Anblick ihrer ergrauten Haare dachte er, dass es erfreulich war, statt kichernder junger Hühnchen auch mal eine Verkäuferin im fortgeschrittenen Alter zu sehen. Die älteren Damen strahlten so viel Sachkenntnis, Erfahrung und Sicherheit aus.

»Hauptkommissar Fink, guten Tag.«

Die Frau schrak mit einem spitzen Schrei zusammen, schleuderte dabei grüne und violette Pullover in die Luft und suchte keuchend an einem Kleiderständer voller Hemden Halt.

Fink war erschrocken zur Seite gesprungen. So heftig reagierten heutzutage nicht mal mehr Teenager, die beim Ladendiebstahl erwischt wurden, auf den Anblick eines Polizisten. Unschlüssig zupfte er an seiner kleinen Nase. Einerseits wollte er niemanden in Panik versetzen, andererseits war es aber doch ganz befriedigend, als Amtsperson ein bisschen Respekt entgegengebracht zu bekommen.

»Wollen Sie etwas kaufen?« Die Frau ließ ihren verängstigten Blick an ihm entlangwandern. Sie hatte versucht, ihre blasse Haut mit etwas zu viel Rouge aufzuhübschen, und trug ein langes pinkfarbenes Kleid, für das sich eine Zwanzigjährige schon zu alt gefühlt hätte.

»Sie sind zu dünn für unsere Hosen, das sag ich Ihnen gleich. Vielleicht ein Hemd, aber das müsste ich erst an Ihnen sehen, bevor ich es Ihnen verkaufen kann. Wollen Sie ein Hemd kaufen?« Sie war so atemlos, dass er befürchtete, sie würde gleich umkippen. Die kurzen Haare klebten ihr schweißnass im Nacken, und sie stellte sich schützend vor die Hemden wie der edle Filmheld vor seine von Monstern, Schurken oder Vulkanausbrüchen bedrohte Herzensdame.

Carsten Fink trat noch einen Schritt zurück, um ihr etwas Raum zu verschaffen, hob einige der heruntergefallenen Pullover auf und reichte sie ihr. »Ich bin wegen einer Ermittlung hier und habe nur ein paar einfache Fragen.« Er lächelte und verlegte sich auf einen betont ruhigen Tonfall. »Erinnern Sie sich, in den vergangenen zwei Wochen eine grau gestreifte Herrenhose, einen Mantel in der Farbe, ähm, Höhlenschwarz und ein rot-gelbes Kaschmirtuch verkauft zu haben?«

»Ja?« Sie antwortete nicht nur mit einem Fragezeichen, sie schaute ihn auch mit einem an.

»Und kannten Sie die Personen, die diese Sachen gekauft haben?«

»Ja?«

»Wer waren die denn?« Er merkte, dass er sich einer Stimmlage näherte, mit der er zu Felix gesprochen hatte, als der noch ein Baby war, sehr deutlich und geduldig-aufmunternd.

»Oberbürgermeister Schwalm, Hose zu vierhundertzweiundneunzig; Auto-Günnel, Mantel zu zweitausendzweihundertzehn; Frau von Simmering von der Werbeagentur, Kaschmirtuch zu zweihundertachtzehn neunundsiebzig.«

»Ich wünschte, alle meine Zeugen hätten so ein gutes Gedächtnis«, sagte Fink ehrlich beeindruckt.

Die Verkäuferin lächelte zaghaft. »Wir sind ein sehr exklusives Geschäft, zu uns kommen hauptsächlich Stammkunden. Die kennt man dann schon.«

»Wissen Sie denn auch noch, ob sich zu der Zeit, als Sie diese Kunden bedient haben, noch andere Personen hier aufgehalten haben?«

Sie dachte kurz nach. »Als der Herr Schwalm da war, kam noch die Frau Egelin mit ihrem Baby rein und schaute sich um. Die beiden anderen waren jeweils allein da.«

Finks Blick wurde von etwas angezogen, das aussah wie zwei gestrickte lange Socken in Regenbogenfarben, die keine Fußteile hatten, wozu auch immer so etwas gut sein mochte. Er musste Evi danach fragen.

Also, eine Frau mit einem Säugling war als Täterin vermutlich auszuschließen. Trotzdem notierte er sich ihren Namen. Er verließ den Edelladen ein bisschen frustriert. Das hatte jetzt noch nicht wirklich viel gebracht, aber hier gab es ganz offenbar eine Spur durch die kriminelle Wildnis. Er brauchte nur noch einen guten Spurenleser.

Fink ging ein paar Schritte über das Kopfsteinpflaster des baumgesäumten Marktplatzes. Sein Blick fiel auf das griechische Restaurant, vor dem ein junger Mann mit schwarzen Locken gerade mit lässigen Bewegungen Tische und Stühle zurechtrückte. Vor Finks innerem Auge tauchten sofort Speisen mit so wunderbaren Namen wie Helenenspieß, Artemisteller und Poseidonpfanne auf. Er rieb sich den Nacken. Der mediterranen Küche wurde ja eine ungemein gesundheitsfördernde Wirkung nachgesagt. Eine leckere Zeus-Folienkartoffel und ein dampfender trojanischer Nudelauflauf mit Feta wären für seinen verspannten Nacken sicher sehr heilsam.

Fink steuerte schon fast auf den Eingang zu, um für Evi und sich einen Tisch für den Abend zu reservieren, als er aus den

Augenwinkeln eine rasante Bewegung wahrnahm. Im nächsten Moment umklammerte eine grauhaarige Frau mit beiden Händen seinen Arm und rüttelte an dem Polizisten wie Aschenputtel an dem magischen Baum.

»Verhaften Sie mich, Herr Hauptkommissar, ich bin der Betrüger. Ich bin der Enkel, der den alten Leuten das Geld abnimmt. Nehmen Sie mich fest.«

Da sie ihren Wunsch mit trompetender Stimme kundgetan hatte, waren einige Passanten stehen geblieben und starrten zu den beiden hinüber. Der griechische Stühlerücker lehnte sich gegen einen der Tische und verschränkte die Arme in Erwartung eines Spektakels.

Fink befreite sich mit ein paar Windungen aus der Umklammerung und schob die aufgeregte Frau sanft, aber bestimmt von sich weg. Eine falsch zugeknöpfte regenbogenfarbige Strickjacke umschlackerte ihre dünne, fünfundsechzigjährige Gestalt.

»Frau Nose«, begann Fink, wurde aber sofort unterbrochen. »All diese armen, armen alten Menschen, es tut mir so leid, Herr Hauptkommissar, ich habe ihnen Schaden zugefügt, sie über den Tisch gezogen, ich habe sie um ihr sauer erspartes Geld geprellt.« Sie zog ein Papiertaschentuch aus dem Ärmel und wischte sich die Tränen aus dem Gesicht, bevor sie hineinschnäuzte.

Inzwischen waren noch mehr Menschen auf sie aufmerksam geworden. Einige hatten Restaurantstühle in ihre Richtung gedreht und sich niedergelassen. Das Personal nutzte die Gelegenheit und schwärmte bereits aus, um die Schaulustigen mit Getränken zu versorgen.

Fink versuchte es erneut. »Frau Nose, Sie sind nicht der Enkeltrickbetrüger, den wir suchen.«

Diese Beleidigung empörte die Frau. Die Empörung schlug sich in mindestens sieben Plärr auf der nach oben offenen Kemal-Skala nieder. »Natürlich bin ich das. Ich habe die lieben alten Senioren abgezockt, übers Ohr gehauen und betuppt. Werde ich noch heute dem Haftrichter vorgeführt? Ich lege ein vollständiges Geständnis ab.« Sie sah erwartungsvoll zu Fink auf.

Der atmete tief durch. »Der Gesuchte ist ein junger Mann.

Sie sind weder ein Mann, noch sind Sie, äh, also ich wollte sagen …« Er fühlte seinen Mund schneller austrocknen als ein Bierglas während der Altstadtkirmes.

»Ich habe mich verkleidet.« Lydia Nose sah ihn trotzig an. »Ich kann ohne Weiteres einen jungen Mann spielen, auf den die alten Knacker reinfallen.« Sie marschierte mit jugendlich hüpfenden Schritten im Kreis herum.

»Wie haben Sie sich denn bei Ihren Opfern genannt?«, fragte Fink ruhig. Er stellte fest, dass an den Tischen Speisekarten herumgereicht wurden, während die Gäste sie beide im Auge behielten.

Frau Nose blieb stehen. Ihr Blick schnellte suchend über die umliegenden Häuser und blieb an einigen Werbetafeln hängen. »Vodafone Elia hab ich mich bei dem einen genannt. Und Sunshine Douglas bei dem anderen. Und bei vier weiteren Dolomiti Fielmann. Hat mir jeder geglaubt. Nehmen Sie mich jetzt endlich mit auf die Wache?«

Die ersten Vorspeisen wurden aufgetragen. Ein Mann mit Schnauzbart rief von Tisch drei: »Etwas lauter, bitte.«

Fink nahm Lydia Nose am Arm und führte sie ein Stückchen weg. »Frau Nose, in den vergangenen drei Jahren sind Sie, warten Sie, ich glaube zweiundzwanzig mal auf der Dienststelle erschienen und haben behauptet, das Wasser aus dem Ententeich abgepumpt und ein Loch in den Runden Turm gesprengt zu haben.« Mit Letzterem meinte er den imposanten grauen Wehrturm, der im fünfzehnten Jahrhundert als Teil der Stadtbefestigung errichtet worden war. Touristen bestaunten seine sechsundfünfzig Meter Höhe und die bis zu fünf Meter dicken Mauern aus Bruchstein, Tuff und Basaltlava.

»Aber der Runde Turm *hat* ein Loch«, rief sie.

»Und das hat er, weil die Franzosen 1689 versucht haben, ihn in die Luft zu jagen. Dann haben Sie sich auch noch für die Bankenpleite verantwortlich erklärt, für den letzten Ausbruch des Ätna auf Sizilien und die Scheidung von Heidi Klum.«

Sie standen jetzt beim Bäckerjungenbrunnen, der in Anlehnung an eine berühmte Andernacher Sage zwei Jungen darstellte, die, aus Bronze gegossen, auf einer stilisierten Stadtmauer hockten und sich bereit machten, den anrückenden Feind aus Linz mit Bienenkörben zu bewerfen.

»Außerdem haben Sie sich selbst bezichtigt, den Abstieg des BVB ausgelöst zu haben sowie die Pannenserie beim neuen Berliner Hauptstadtflughafen.«

»Ich habe eben eine kriminelle Veranlagung«, rief die Frau aufgebracht, warf sich ohne Vorwarnung zu Boden und umschlang Finks Knie. »Ich bin der gesuchte Enkelzocker, sperren Sie mich ein.«

Fink stand da mit hochrotem Kopf. An den griechischen Tischen waren die Gäste aufgesprungen und applaudierten.

Fink beugte sich herab und half Lydia Nose auf. »Kommen Sie, Frau Nose. Ich bring Sie jetzt nach Hause, und dann rufen wir Ihre Schwester an, die sich um Sie kümmert. Sehen Sie mal, die Leute da drüben mögen Sie alle gern.«

Im Gehen drehte sich Lydia noch einmal um und winkte den Gästen zaghaft zu.

Während Carina Bauer einen aufgeplusterten Pförtner und eine unwillige Sekretärin überwand, wunderte sie sich noch immer, wie bereitwillig Isolde Müller-Möller den Ehrenkodex der Hellseherzunft über Bord geworfen hatte. Als sie die Kartenlegerin nach dem Namen des Kunden gefragt hatte, der an dem angeblichen Diebstahlstag bei ihr gewesen war und Susanne Dinkes Besuch miterlebt hatte, hatte sie seine Identität ohne Zögern preisgegeben.

»Sie verstehen sicher, dass es mir außerordentlich wichtig ist, dass diese Tat aufgeklärt wird und ich meine Karten zurückbekomme.« Isolde zupfte an ihrem langen schwarzsilbernen Schal herum. »Es dauert Wochen, bis ich ein anderes Kartendeck so präzise auf meine persönliche Frequenz eingeschwungen habe. Dazu muss ich es viele Nächte lang unter mein Kopfkissen legen.«

Jetzt saß Carina dem Inhaber der Firma Dorn Büromöbel in einer geschwungenen roten Sitzgruppe im Retrolook gegenüber. Sein Anzug war perfekt auf den Grauton seiner Haare und der Raufasertapete abgestimmt.

»Ich war an diesem Tag zum ersten Mal bei Frau Müller-Möller.« Hartwig Dorn schlug die Beine übereinander, verschränkte die Hände über dem Knie und begann, mit dem Fuß zu wippen. »Ich lasse mich vor allen wichtigen Entscheidungen spirituell beraten, müssen Sie wissen.« Wipp, wipp.

Carina versuchte, nicht auf seinen Fuß zu starren.

»Aktienverkäufe, Einstellung von Mitarbeitern, Sitzpositionen von Geschäftspartnern bei Meetings. Ich habe damit sehr gute Erfahrungen gemacht. Na ja, bis auf das eine Mal, als mir mein Berater den besten Termin für eine Urlaubsreise nach Kroatien ausgependelt hat und wir dort in eine Stechmückenplage gerieten. Ich bin zwei Wochen lang als lebender Streuselkuchen herumgelaufen.« Wipp, wipp.

Bewundernswert, wie er den Rhythmus so gleichbleibend beibehielt. Carina begann, sich schläfrig zu fühlen.

»Warum sind Sie nicht bei Ihrem Berater geblieben?«

Dorn wand sich. »Der ist momentan leider nicht verfügbar. Die Besuchserlaubnis in der U-Haft ist wirklich skandalös geregelt. Darum musste ich mir jemand anderen suchen.«

»Und Sie haben an dem Tag zuerst bei Frau Susanne Dinke geklingelt.« Selbst als Carina einen Schluck Wasser trank, konnte sie das Fußwippen durch das Glas hindurch beobachten.

»Richtig, bei dieser roten Wohnung, die so stark nach Farbe roch. Ich war sehr erleichtert, als sich herausstellte, dass ich bei dieser flippigen jungen Person falsch war, müssen Sie wissen. Die hat mich gleich geduzt und innerhalb einer Minute so viel geplappert, als wollte sie eine Rede vor der UNO-Vollversammlung halten, statt mir nur zu erklären, ich hätte mich in der Tür geirrt.«

Er stand auf, um sich an einem Beistelltisch eine Tasse Kaffee zu holen. Carina befreite sich mit einem Kopfschütteln vom Zauberbann des Wippfußes. Hartwig Dorn setzte sich wieder, schlug diesmal das andere Bein über und wippte erneut.

»Sie tauchte einige Zeit später bei Frau Müller-Möller auf und machte ihr eine lautstarke Szene. Irgendwas mit einem Brief und muffeligen Schwingungen. Es war wirklich peinlich. Frau Müller-Möller reagierte aber sehr souverän. Wir haben beruhigend auf die junge Frau eingeredet, und als sie sich wieder gefangen hatte, bin ich gegangen. Wir waren mit unserer Sitzung ja ohnehin fertig gewesen. Und ich muss Frau Isolde tatsächlich dankbar sein. Seit ich Lord Percival bei ihr erwerben durfte, habe ich drei Prozent mehr Bürostühle verkauft.«

Carina folgte seiner Handbewegung und entdeckte auf dem Schreibtisch einen blau schimmernden Kristallschädel, der mit der Miene eines gewieften Geschäftsmannes auf eine Reihe von Aktenordnern blickte.

»Ist Frau Dinke handgreiflich geworden?«

»Ach nein. Sie hat mit einem Briefumschlag herumgefuchtelt, aber sie ist auf niemanden losgegangen.«

»Haben Sie gesehen, ob Frau Dinke etwas aus der Wohnung an sich genommen hat?«

»Nein. Solange sie in meinem Blickfeld war, hat sie nichts genommen. Da bin ich mir sicher, müssen Sie wissen.«

Carina stand auf und musste erst einmal gegen ihr leicht hypnotisches Gefühl anatmen. Sie stand schon an der Tür, als ihr etwas auffiel. »Herr Dorn, Sie sagten eben, Frau Dinkes Wohnung sei rot gewesen.«

»Ja. Als sie die Tür öffnete, konnte ich in ihre Diele schauen. Da war ein schreckliches Durcheinander, und die Wände waren rot gestrichen. Sie hatte sogar noch einen Pinsel in der Hand, von dem rote Farbe tropfte.«

Carina drückte mit einer Hand auf den Fahrstuhlknopf und hielt mit der anderen ihr Handy ans Ohr. »Hör mal, Carsten, hier ist was seltsam. Dieser Zeuge, Herr Dorn, sagt, als er am Montag bei Susanne Dinke geklingelt hat, war sie gerade dabei, ihre Wohnung rot zu streichen.«

»Rot?« Fink rieb sich die Augen, weil sie selbst bei der Erinnerung an das Leuchten in Susannes Wohnung noch schmerzten. »Bei meinem Besuch da war alles gelb, und sie erzählte was von einem zweiten Anstrich.«

»Das ist ja pikant. Da waren doch diese Farbspuren an der Schublade von Isolde Müller-Möllers Schreibtisch. Wenn Susanne die am Montag da hinterlassen haben soll, als sie die Karten angeblich gestohlen hat, müssten die Spuren rot sein, denn an dem Montag hatte sie ihre Wohnung ja offenbar rot gestrichen.«

»Sind sie nicht rot?«

Carina trat aus der Eingangshalle ins Freie. »Kein bisschen. Die Kleckse an der Schublade sind in erstklassigem Gelb.«

»Ja klar, am Montag, als ich den Zoff mit der Mü-Mö hatte, war mein Flur noch rot.«

Carina war gleich weiter zu Susanne Dinke gefahren, um sich den Farbverlauf der vergangenen Tage erklären zu lassen.

»Am Montagmorgen hatte der Timothy, also mein Freund, der aus Schottland, erinnern Sie sich und hab ich Ihnen erzählt, dass der mit Maria Stuart verwandt ist? Aber das ist in Schottland ja irgendwie jeder, was wollt ich noch gleich sagen?«

Die Möbelstücke waren wieder an die richtige Stelle gerückt und die Abdeckplanen weggeräumt worden. Die Wände erstrahlten in einem überwältigenden Gelb, das jede Sonnenbank ersetzen würde. Susanne saß auf ihrem grünen Schränkchen und mischte versonnen Karten.

»Ach ja, am Montagmorgen haben wir im Baumarkt die Farbe gekauft. Erst konnt ich mich nicht zwischen gelb und rot entscheiden, aber dann fand ich doch das Rot dynamischer. Wir haben auch gleich mit dem Streichen angefangen. Nach dem Streit mit der Mü-Mö am Montagabend hatte ich dann plötzlich keinen Bock mehr auf Rot, das war mir zu aggressiv. Da war mir mehr nach Sonne und Leuchten und Gutelaunegelb. Also hab ich Timothy angerufen, der sollte im Baumarkt nun doch den Eimer mit der gelben Farbe holen, und am Dienstag haben wir das Rot übermalt.«

»Kann Ihr Freund das bestätigen?«

»Ja klar. Am Montagabend hat er die Farbe gebracht, ist dann hier geblieben, Dienstag haben wir gestrichen, und dann bin ich mit zu ihm gefahren und hab da übernachtet, weil mir von dem Farbdunst langsam schon ganz schwummrig war. Am Mittwoch hat Timothy mich heimgebracht, das war kurz bevor Ihr Kollege bei mir geklingelt hat. Erinnert der Sie eigentlich auch an Robin Hood? Das muss irgendwie an den Haaren liegen. Der Vermieter, also der Probst, der hat mich beim Raufgehen gesehen und mich wegen des Farbgeruchs angemosert. Dann hatte ich gerade angefangen, ein paar Stellen noch mal nachzustreichen, wo das Gelb nicht so richtig gedeckt hatte, da stand schon der Hauptkommissar vor der Tür. Hoffentlich geht's seinem Nacken bald besser, das tut echt fies weh, hatte ich auch mal.«

Susannes Handy klingelte in Kinolautstärke. »Ja, hallo, aha, kleinen Moment, ich hab die Karten grad in der Hand.« Sie mischte und zog drei. »Oh nee, würd ich nicht machen. Ich hab den Turm mit den Mäusen und dem Boten, da kommt eine negative Nachricht von einer Behörde. Ja gern, bis dann.«

Sie wandte sich wieder Carina zu, die fasziniert auf die Karten schaute. »Das find ich ja toll, dass Sie sich so für Farben interessieren. Die Leute unterschätzen meistens die Wirkung auf den inneren Energiefluss. Wenn Sie wollen, deute ich Ihnen die Farbenaussage Ihrer Aura.«

Carina fühlte sich ein bisschen benommen. Erst das einlullende Fußgewippe von Hartwig Dorn, jetzt Susannes narkotische Wortflut. Diese Leute sollten unter das Betäubungsmittelgesetz fallen. Sie sammelte ihre Gedanken zusammen. »Waren Sie noch mal in der Nachbarwohnung, nachdem Sie die gelbe Farbe hier drangepinselt haben?«

Susanne pustete den schwarzen Pony weg. »Nee, nach der Pleite am Montag war ich nicht mehr drüben. Ich hab hier übrigens die Quittungen für die Farbe, die rote und die gelbe, falls Ihnen das was hilft.«

Vor Carinas geistigem Auge nahm ein interessanter Tathergang Gestalt an, der sich von der müller-möllerschen Aussage einigermaßen unterschied. Als sie sich zum Gehen wandte, öffnete Susanne ein kleines Holzkästchen, das neben ihr stand.

»Warten Sie mal, ich hab hier noch was, das können Sie mal mitnehmen.«

12

»Schönen guten Tag, Frau Müller-Möller, Sie kennen uns ja noch.«

Fink hatte beinahe ein schlechtes Gewissen, weil ihm dieser Einsatz so viel Spaß machte. Andererseits war der Polizistenalltag schon hart genug, da musste man die Freude an der Arbeit nutzen, wo immer man sie fand.

»Ah, Herr Hauptkommissar.« Isolde Müller-Möller war diesmal ganz in fließendes Blau gekleidet, das auf unangenehme Weise mit einem riesigen violetten Schal kontrastierte.

»Haben Sie das falsche Zukunftsluder schon überführt?«

»Ich bin gerade dabei. Uns sind da ein paar Ungereimtheiten aufgefallen, die ich gern mit Ihnen abklären würde.«

»Aber sicher. Kommen Sie herein, und ich werde Don Ramon befragen. Seine Aura ist heute besonders präsent.«

»Wer?«

»Don Ramon, der Kristallschädel.«

Fink zupfte an seiner Nasenspitze. Hinter sich hörte er Carina die Treppe hinaufkommen. »Das wird nicht nötig sein. Ich habe nämlich schon Richter Krausitz befragt, der zwar keinen erkennbaren Kristallschädel hat, mir aber einen zukunftsweisenden Durchsuchungsbeschluss ausgestellt hat.« Er zeigte ihr das entsprechende Dokument.

Carina trat neben ihn. »Guten Tag, Frau Müller-Möller. Ich habe eine gute Nachricht für Sie: Ihre Mülltonne ist schon geleert worden. Ich habe auch eine schlechte Nachricht: Gegenstände, an denen frische Farbe haftet, bleiben schon mal gern am Mülltonnenboden kleben.«

Sie schwenkte einen durchsichtigen Beutel, sodass es so aussah, als würde ihr der gelb gefleckte Gummihandschuh darin freundlich zuwinken.

»Die ganze Diebstahlsgeschichte war vorgetäuscht?« Peter Emmerlein streichelte sein Ziegenbärtchen und sah zu, wie

Carina die Akte auf den Ausgangsstapel für die Staatsanwaltschaft legte.

»So isses.« Carina strubbelte sich zufrieden durch die schwarzen Igelhaare, ohne ihren Zustand dadurch wesentlich zu ändern. Fink bedeutete ihr mit einer eleganten, irgendwie mittelalterlich wirkenden Geste, fortzufahren. »Isolde hat sich durch die neue Konkurrentin gleich nebenan wohl mächtig gestört gefühlt und wollte sie loswerden.«

Emmerlein schüttelte den Kopf. »Wer hätte gedacht, dass man in der Hellseherbranche auch mit so harten Bandagen kämpft. Ich dachte, die haben sich da alle universal lieb.«

»Vielleicht haben dich die Atlantispriester ganz doll lieb, aber die Damen untereinander sind sich gar nicht grün.« Fink stand mit seiner Tasse vor der Kaffeemaschine und konnte sich nicht zwischen Latte macchiato und Espresso entscheiden. »Erst hat Frau Müller-Möller versucht, Susanne Dinke bei den Behörden anzuschwärzen. Als das nicht den gewünschten Erfolg zeigte, ging sie richtig in die Vollen, inklusive Einbruch in Susannes Wohnung, um dort verräterische Farbe zu klauen. Dass es die falsche war, konnte sie nicht wissen. Sie dachte wohl, die Sterne stehen günstig für ihre Aktion.«

Fink lächelte über seinen Cappuccino hinweg. »Schönes Wortspiel, Frau Kollegin.«

Emmerlein prustete.

»Das hat ihr sicher Don Kristallschädel eingegeben«, raunte Fink.

»Hat die Müller-Möller denn kampflos gestanden?«, fragte Emmerlein.

Fink stellte seine Tasse ab. »Erst meinte sie, jemanden mit einer so unausgeglichenen Ausstrahlung würde sie nicht ernst nehmen. Sie könnte uns aber ein selbst geweihtes Aura-Elexier für hundertneunzehn Euro verkaufen, das uns wieder ins Gleichgewicht bringen würde.« Er umwedelte geheimnisvoll die Tasse mit den Händen.

»Als wir ihr den Gummihandschuh gezeigt haben, war es mit ihrer eigenen Ausgeglichenheit dann aber auch nicht mehr weit her.« Carina grinste breit, ein gut gelaunter kleiner Igel.

Carsten Fink fuhr seinen Computer herunter und schwang sich von seinem Stuhl auf.

»Sag mal, Carsten, du siehst ja wieder richtig fit aus.« Emmerlein zog seine Jacke an. »Hast du deinen Hals endlich kuriert gekriegt?«

Fink hielt erstaunt inne. »Stimmt, ich kann ihn wieder bewegen. Ist mir noch gar nicht aufgefallen.« Er kreiste den Kopf hin und her.

»Dann greif jetzt mal in deine linke Jackentasche«, sagte Carina feierlich. »Und dann gestehst du mannhaft, dass du keine Ahnung vom Wirken der geistigen Welt hast.«

Fink tastete in seiner Tasche herum und zog mit misstrauischem Gesichtsausdruck einen glänzenden Stein hervor.

»Das ist ein grüner Aventurin. Den hat mir die Susanne Dinke für dich mitgegeben, und ich habe mir erlaubt, ihn dir unterzuschieben. Aktiviert die Selbstheilungskräfte.« Befriedigung tropfte aus ihrer Stimme.

Fink drehte unschlüssig den Stein zwischen den Fingern. »Ja, hm, was soll ich sagen, das ist … erstaunlich.«

Emmerlein setzte seine Mütze auf. »Hat dir die Frau Dinke denn auch was über deine Zukunft verraten? Wenn dieser Stein da funktioniert, ist ja vielleicht auch was am Kartenlegen dran.«

Fink wurde ein bisschen rot. Er erinnerte sich plötzlich ganz genau daran, dass Susanne Dinke etwas über Babybettchen und rosa Decken gesagt hatte.

»Tja, den Wahrheitsgehalt dieser Aussage können wir erst in ein paar Monaten überprüfen. Ich wünsche euch jedenfalls einen schönen Feierabend.«

Und als er ging, fiel seinen Kollegen nicht nur sein beschwingter Gang, sondern auch sein erwartungsvolles Lächeln auf.

13

Die nächsten zwei Tage hatte Fink frei und durfte sich für den gelösten Fall in der Bewunderung seiner Frau und seiner Mutter sonnen. Evi lud ihn sogar auf ein Stück Kuchen ins Café Winzig am Markt ein.

»Mit Sahne?«, fragte Fink.

»Jetzt wirst du aber gierig.« Evi lachte. »Über Sahne reden wir, wenn du einen Serieneinbrecher gefasst hast.«

Sie saßen in dem kleinen Café mit den unebenen weiß getünchten Wänden, das seinem Namen alle Ehre machte. Mit seiner rot-weißen Fachwerkfassade, den verwinkelten Räumen und der nostalgischen Einrichtung war es bei Einheimischen und Gästen gleichermaßen beliebt.

Fink spähte zur Kuchenvitrine hinüber. »Na gut, aber wenn ich den Röchler schnappe, bist du mir eine halbe Eierlikörtorte schuldig.«

Evi hob erheitert die Brauen über ihren braunen Augen. »Lieber Himmel, wenn du jemanden festnimmst, der sich der Röchler nennt, wird ganz Andernach aufatmen. Wer ist das denn?«

»Das ist der Irre, der den Leuten die Kleider vom Leib reißt, hab ich dir doch erzählt. Ich glaub, ich nehm ein Stück Ananastorte.«

»Lass mich raten: Diese anschauliche Namensgebung habt ihr Peter Emmerlein zu verdanken?«

»Der Mann ist eben kreativ. Schade bloß, dass der Röchler gar nicht röchelt. Wir sollten ihn eher den ›Einsacker‹ nennen.«

Auf dem Heimweg schlenderten sie händchenhaltend an der Boutique Hellweg vorbei.

»Da war ich diese Woche schon drin, wegen dieser Klamottensache«, erzählte Fink. »Wenn du die Preise bei denen siehst, verfällst du in Schockstarre.«

Evi begutachtete einen Moment den neuen Stufenschnitt ihrer braunen Haare im Spiegelbild der Scheibe. Fink war aufgefallen, dass sie nicht mehr so oft an ihrer Brille herumschob und zuppelte und inzwischen sogar mit einem langen Blick über den Rand hinweg kokettierte. Sie deutete auf die Modepuppen, die Minikleider in verwegenen Farben ausstellten.

»Guck dir das an, vierhundert Euro für Kartoffelsäcke! Sperr mich in eure Arrestzelle, wenn ich mir jemals so was kaufe.«

Fink grinste. Dann erstarrte er. »Was meinst du mit ›Kartoffelsäcke‹?«

Evi zeigte auf die Puppen. »Die Kleider da, das sind eingefärbte Kartoffelsäcke. Siehst du das grobe Leinen? Das ist die neue Kollektion von Vanessa Hellweg. Die verkauft die Kleidung nicht nur, die designt sie auch selbst. Da war doch die Tage ein Prospekt in der Zeitung.«

Fink hatte schon sein Handy gezückt. »Peter, komm gleich mal zur Boutique Hellweg am Markt. Und bring Ulf Kissmich mit.« Wenn er sich richtig erinnerte, war der Kollege Kissmich von kräftiger Statur, was sich als hilfreich erweisen konnte.

»Der hat eben angerufen. Er sitzt in einer Bäckerei fest, bei der sich die elektrischen Türen nicht mehr öffnen lassen. Sie warten auf den Mechaniker.«

Fink verdrehte die Augen. »Dann bring jemand anderen mit, ich warte hier.« Er wandte sich an seine Frau, die irritiert zwischen ihm und dem Schaufenster hin- und herschaute. »Ich muss da gleich noch mal rein. Du gehst am besten nach Hause, Schatz. Das ist ein Einsatz.«

In Evis Augen blitzte ein deutlicher Widerstreit zwischen einem ehelichen Rüffel, der sich auf Diensteinsätze an freien Tagen bezog, und mordsmäßiger Neugier, bei einem solchen Einsatz live dabei sein zu können. Sie drehte sich um, marschierte zu einer der Bänke, die unter den Haselnussbäumen standen, setzte sich und wartete auf das Spektakel.

Emmerlein erschien mit Sophia Birre, einer Kollegin mit einer unerwiderten Vorliebe für Heimdauerwellen, die den Satz »In der Ruhe liegt die Kraft« durch die Erziehung von vier Kindern zutiefst verinnerlicht hatte.

Fink hatte die Wartezeit zu einem Rundgang um das Geschäft genutzt und festgestellt, dass es keinen Hinterausgang gab, durch den jemand hätte entwischen können.

Nach einer kurzen Einweisung durch Fink betraten die Polizisten den leeren Laden. Peter Emmerlein unterdrückte ein Stöhnen beim Anblick einer silbernen Schale mit einem Blumenarrangement.

»Frankreich, Louis-seize«, wisperte er mit Schweißperlen auf der Stirn.

»Was?«, fragte Fink, der in der Schule Latein statt Französisch gehabt hatte.

»Die Blumenschale da. Die stammt aus Frankreich vor der Revolution, aus der Zeit von Ludwig XVI. Die ist … die ist …«

»Ein Staubfänger«, murmelte Sophia Birre.

»Ganz ruhig, Peter, tief durchatmen.« Bevor Fink noch ernsthaft fürchten konnte, sein Kollege würde gleich in einer Antiquitätenekstase umkippen, erhob sich eine Frau hinter einem geschwungenen Verkaufstisch, der mit seiner indirekten pinkfarbenen Beleuchtung an eine Hausbar erinnerte.

Fink schaute an der Frau hoch. Sie sah auf ihn herab. Ihre langen dunkelroten Locken schienen mit ihrer weiten Bluse zusammenzufließen.

»Ihnen verkaufe ich auf gar keinen Fall eine Hose«, erklärte sie mit volltönender Stimme, die jedem Bariton zur weltweiten Opernkarriere verholfen hätte. Ihr Blick wanderte zu Sophia. »Und Sie brauchen gar nicht an ein Shirt von mir zu denken, es sei denn, Sie entwickeln noch so etwas wie Schultern.« Dann sah sie Emmerlein an. »Ihnen, Ihnen verkaufe ich alles!« Sie hob theatralisch die Arme und ließ ihre Augen wohlwollend über Emmerleins trainierten Körper gleiten.

In dem Bewusstsein, dass Evi sie durch das Schaufenster beobachten konnte, löste Fink sich aus dem Gefühl der Einschüchterung. »Frau Vanessa Hellweg?«

»Ja. Wie kann ich helfen?«

»Hauptkommissar Fink, meine Kollegen Emmerlein und Birre. Ich habe schon Ihre Mitarbeiterin zu einigen Kleidungsstücken befragt, die hier verkauft und den Käufern dann später entwendet wurden.«

»Ich habe davon gehört.« Sie warf mit der Hand eine ihrer Locken zurück. »Da sehen Sie, wie begehrt meine Kreationen sind, man reißt sie den Leuten buchstäblich vom Körper. Ich bringe nur streng limitierte Kollektionen heraus.« Sie lächelte dünn.

Fink fragte sich, woher sie diese Information hatte, aber weder Schwalm noch Günnel oder van Simmering machten einen übermäßig verschwiegenen Eindruck. Die genauen Tatumstände hatten vermutlich inklusive diverser Ausschmückungen schon in der ganzen Stadt die Runde gemacht.

Er deutete zum Fenster. »Interessante Kleider. Was ist denn das für ein Material?«

»Grobes Leinen. In der Mode muss man immer wieder innovative Wege gehen.«

»Schneidern Sie selbst?«, fragte Emmerlein, der neben der Blumenschale stand. Er musste sich im Hintergrund unauffällig an sie herangepirscht haben.

»Ja, ich entwerfe und nähe selbst, zusammen mit einer Schneiderin. Alles in ganz kleinen Stückzahlen, ganz exklusiv. Das bin ich meinen Kunden schuldig, die ihren Kleidungsstücken nicht an jeder Straßenecke begegnen wollen. Luxus, wo er hingehört.«

»Und diese Kleider sind tatsächlich aus Kartoffelsäcken?« Fink langte zur nächststehenden Kleiderpuppe und rieb den Stoff zwischen den Fingern. »Haben Sie von diesen Säcken noch welche, die Sie nicht verarbeitet haben?«

»Rohe Kartoffelsäcke, sozusagen«, konnte sich Sophia Birre nicht verkneifen, einzuwerfen, obwohl sie in Anwesenheit zweier höherrangiger Kollegen eigentlich nur auf eine Anweisung zum Einsatz warten musste.

Emmerlein gab ein unterdrücktes Prusten von sich.

»Nein, ich glaube nicht.« Ihre Stimme klang ein wenig krächzig. Die Geschäftsfrau beobachtete mit zusammengekniffenen Augen, wie Fink ausgiebig das ausgestellte Kleid betastete.

Und während er den Saum durch die Finger gleiten ließ und den Stoff durch intensives Knüllen auf seine Knitterfähigkeiten prüfte, wie er es von Evi gelernt hatte, beobachtete er seinerseits ihre Reaktion aus dem Augenwinkel.

Dann wandte er sich an seine Kollegen. »Schaut euch mal in den hinteren Räumen um.« Er sah Vanessa Hellweg an. »Und bevor Sie nach einem Durchsuchungsbeschluss fragen: Hier herrscht Gefahr im Verzug.«

Als Emmerlein und Birre im Nebenzimmer verschwanden, tauchte daraus die ältere Verkäuferin auf, die Fink von seinem letzten Besuch her kannte. Sie trug einen Eimer und einen zerfledderten Schrubber und einen geblümten Hauskittel, von dem Fink geglaubt hatte, solche gäbe es nur noch in Hauswirtschaftsmuseen.

»Kind, was ist denn los?«, fragte sie ängstlich. »Ist es wegen der Kleidungsstücke, die ich verkauft habe, während du in Urlaub warst?«

»Mama, halt den Mund.« Vanessa zeigte drohend mit dem Finger in ihre Richtung.

»Aber ich kann doch dem Oberbürgermeister nicht sagen, dass sein Bauch zu dick ist für unsere Hosen«, jammerte die alte Frau. »Und der Auto-Günnel, ach je, so lang sind dem seine Arme doch gar nicht, da kann er doch ruhig den Mantel tragen, wenn er ihm so gut gefällt.« Sie stellte den Eimer ab und zog ein Taschentuch aus ihrer Kitteltasche, in das sie sich schnäuzte, erst nur untermalt von leisem Wimmern, das sich gleich darauf zu heftigem Schluchzen steigerte. »Das war doch jedenfalls kein Grund, mich so anzuschnauzen, wo ich doch deine Mutter bin und es nur gut gemeint habe.«

»Kannst du jetzt endlich mal still sein«, schrie ihre Tochter, aber die ältere Frau Hellweg schob sich schutzsuchend an Fink heran. »Und warum ich der Frau van Simmering das Kaschmirtuch nicht verkaufen sollte, hab ich auch nicht verstanden.«

»Weil die dumme Pute überhaupt keinen Hals hat«, kreischte Vanessa. »Ich verplempere meine wunderbare Mode doch nicht an Leute mit Affenarmen und einem Bindegewebe wie Wackelpudding und einer Wampe! Das sind Stücke für schöne Menschen mit perfekten Körpern und eleganten Proportionen.« Sie drehte sich armfuchtelnd zu Fink um. »Ich habe eine Modevision, das wird doch wohl jeder verstehen können. Ich weiß genau, an wem meine Stücke richtig zur Geltung kommen. Die kann ich doch nicht von solchen Gruselgestalten tragen lassen.«

Emmerlein und seine Kollegin kamen aus dem Nebenraum. Sie trugen zwei Stapel mit Kartoffelsäcken.

»Ihre Mutter hat da wohl nicht so strenge Maßstäbe«, sagte Fink. »Als sie Ihnen nach Ihrem Urlaub erzählt hat, an wen sie die Kleidungsstücke verkauft hat, sind Sie zu denen gefahren, haben ihnen Säcke über den Kopf gestülpt und ihnen die Klamotten wieder abgenommen, weil Sie fanden, diese Kunden wären Ihrer Mode nicht, hm …« Er suchte nach dem passenden Wort.

»Nicht würdig«, rief Vanessa Hellweg aufgelöst. »Da musste ich doch einschreiten. Karl Lagerfeld würde mich verstehen. Dolce und Gabbana würden mich verstehen.«

Ihre Mutter meldete sich zu Wort. »Sie hätten mal hören sollen, wie sie mich runtergeputzt hat. Wo ich doch die Urlaubsvertretung für sie gemacht habe, weil sie zu geizig ist, eine richtige Verkäuferin einzustellen oder den Laden für ein paar Tage zu schließen.«

»So was macht man nicht mit seiner Mutter, die alles für einen tut. Zeigen Sie mal ein bisschen Dankbarkeit«, sagte Sophia Birre, die sich in ihrer eigenen Mutterehre gekränkt fühlte, und bedachte Vanessa mit einem missbilligenden Kopfschütteln. »Sie sollten sich echt schämen.«

»Ich habe aber doch einen schöpferischen Auftrag«, schrie Vanessa. »Sie wissen doch, was ein Auftrag ist, oder?«

»Mein Auftrag ist es, Leute wie Sie aus dem Verkehr zu ziehen«, sagte Fink und schob sie zur Tür. »Ich nehme Sie jedenfalls wegen des Verdachts des Raubes in drei Fällen vorläufig fest.«

»Und vielleicht will Ihre Mama auch noch Strafantrag wegen Beleidigung stellen«, meinte Sophia Birre hoffnungsvoll, während sie mit ihrem Säckestapel zum Streifenwagen ging.

Fink sah, wie Evi mit dem Handy ein Foto machte und ihm dann grinsend den erhobenen Daumen zeigte.

»Peter, die Autotür«, rief Fink.

Emmerlein riss sich von der Silberschale los, die er, die Säcke auf dem Arm, schon wieder ehrfürchtig bewundert hatte, und öffnete mit der Fernbedienung die Autotür.

Als sie die Kartoffelsäcke in den Kofferraum legten, beugte

Sophia sich zu Emmerlein hinüber. »Das wäre doch ein Tipp für einen ganz neuen Kundenstamm: eine Kollektion fürs Frauengefängnis. Kreativer Gitterlook.«

Emmerlein grinste. »Mal ehrlich, Sophia, am meisten hast du dich darüber geärgert, dass sie ihre Mutter ausgeschimpft hat, gell?«

Als Fink beim Einsteigen zurückschaute, sah er Evi mit interessiertem Blick vor dem Schaufenster stehen. Vielleicht gab es ja bald einen Ausverkauf wegen Geschäftsaufgabe. Er lächelte. Es würde ihn nicht wundern, wenn demnächst ein apfelgrüner Kartoffelsack in ihrem Kleiderschrank hängen würde.

14

»Hallo, Junge, wann wird denn nun der Papst erleuchtet?«

Bei jedem anderen hätte sich Carsten Fink über eine solche Begrüßung am Telefon mehr als gewundert, aber seine Mutter hatte seit jeher eine ganz eigene Vorstellung von Logik und dem sinnvollen Einstieg in ein Gespräch.

»Ist er das denn noch nicht?« Fink hatte sich das Handy zwischen Ohr und Schulter geklemmt und versuchte, seinem Sohn ein Marmeladenbrot in appetitliche Häppchen zu schneiden. »Ich dachte, das würde beim Papst in der Stellenausschreibung stehen.« Er richtete sich auf, als ihm ein schrecklicher Verdacht kam. »Mama, sag mir nicht, dass du bei einem Gewinnspiel des Vatikan mitgemacht hast, und die haben bei dir angerufen, und du hast wieder deine Nummer mit denen abgezogen.«

»Welche Nummer denn, Matz? Und was soll das für ein Gewinnspiel sein?« Unschuld tropfte aus der Leitung.

»Vielleicht so was wie: Wofür sind die Heiligen Nepomuk, Hyacinthus und Otmar zuständig? Gewinnen Sie eine Fahrt über den Petersplatz mit dem Papamobil.«

»Brücken, Trockenheit und Winzer«, antwortete Margit Fink unbeeindruckt.

»Papa, du hast 'nen roten Fleck am Finger«, nuschelte Felix kauenderweise. Seine untere Gesichtshälfte sah aus, als wäre ihm ein Erdbeerbart gewachsen.

Fink leckte sich die Marmelade vom Finger und beobachtete Evi, die Futter in einen Napf streute und sich dann nach Corpus und Delicti umsah. »Und dann haben die vom Vatikan bei dir angerufen und du hast gefragt: Was halten Sie denn von Martin Luther, und haben Sie schon mal daran gedacht, gegen das Zölibat zu streiken?«

»Ich weiß nicht, wovon du redest, Matz. Ich wollte nur wissen, wann wir für die Papsterleuchtung beten, damit ich es in meinen Kalender eintragen kann. Hoffentlich nicht am Donnerstag, da hab ich Pokerabend, und am Freitag gehe ich mit der Emmi Robst in den neuen James-Bond-Film. Also wann?«

Fink deutete auf Felix' Kindergartenrucksack, der neben dem Tisch lag und aus dem ein zuckender grauer Schwanz herauslugte. Evi lachte und schüttelte die Katze heraus.

»Mama, ich hab keine Ahnung, was du meinst. Vielleicht kannst du zuerst mich erleuchten.«

»Ich hab gedacht, ihr von der Polizei wüsstet Bescheid, weil womöglich ein Platz abgesperrt oder der Verkehr umgeleitet werden muss.« Seine Mutter klang nun schon ein wenig ungeduldig. »Also, die Emmi Robst, die Sekretärin vom Oberbürgermeister Schwalm, die ist ja meine Freundin, und die hat einen Anruf von einer Schwester Apolonia entgegengenommen, dass der Oberbürgermeister für die Erleuchtung von Papst Benedikt beten soll, weil der Papst nicht nur stur und vertrocknet ist, sondern auch sture und vertrocknete Ansichten hat. Und die Pfarrer von Andernach und die Schuldirektoren und Geschäftsleute wären auch schon informiert.«

»Hallo, Oma«, schrie Felix an Finks Ohr vorbei.

»Da hat sich jemand einen Scherz erlaubt, Mama. Ich weiß von keiner Erleuchtungsveranstaltung. Wisch dir bitte den Mund ab, Felix. Nein, nicht an der Katze! Nimm ein Küchentuch. Aber es steht dir frei, für den Papst zu beten, wann immer du möchtest und meinst, dass es nötig ist. Tschüss, Mama.«

Er beendete das Gespräch, bevor sie ihn noch einmal Matz nennen konnte. Das war ein klettenhaftes Überbleibsel aus seiner frühen Kindheit, als er von seiner Mutter in Anspielung auf ihren Nachnamen gern »mein kleiner Piepmatz« genannt wurde. Inzwischen war es ihm unter Mühen gelungen, sie auf Matz herunterzuhandeln.

Fink schüttelte lächelnd den Kopf und nahm ein Tuch, um die Erdbeermarmelade aus Delictis grauem Fell zu wischen.

Den souveränen Polizistenblick hatte Fink zu Hause vor jedem Spiegel geübt, den er auftreiben konnte.

Badezimmerspiegel: grimmiges Augenzusammenkneifen. Spiegeltür im Kleiderschrank: einschüchterndes Stirnrunzeln.

Garderobenspiegel im Flur: selbstbewusstes Vorrecken des Kinns. Und die glänzend gerundete Oberfläche des Teekessels: ungläubiges Kopfschütteln. Mit dem Erfolg, dass Evi vor Kichern einen Schluckauf bekam, Felix sich lachend auf dem Wohnzimmerteppich kugelte und die dösenden Katzen ihre grünen und gelben Augen gerade weit genug öffneten, um ihn mitleidig anzusehen.

Er hatte es also schon kommen sehen, dass dieser Blick an den drei fidelen Senioren vollständig abprallen würde. Hilde, Kurt und Eberhard saßen ihm im Aufenthaltsraum des Seniorenheims »Sonniges Alter« gegenüber und schauten ihn erwartungsvoll an. Die Aussicht, von einem Gesetzeshüter in Uniform befragt zu werden, löste ganz offensichtlich keine Beklemmung bei ihnen aus, sondern Vorfreude auf eine Abwechslung im eintönigen Heimleben.

Aus der Küche zog ein würziger Duft nach Rindfleischsuppe herüber. Auf den runden Tischen lagen bunte Häkeldeckchen, und ältere Frauen und Männer saßen allein oder in Gruppen herum und unterhielten sich, lösten Kreuzworträtsel oder lasen Zeitung. In einer entfernten Ecke wurde mit so viel Leidenschaft und Stimmeinsatz »Mensch ärgere dich nicht« gespielt, dass Fink fürchtete, er müsste polizeilich einschreiten und das Spielbrett konfiszieren, bevor sich die Kontrahenten gegenseitig mit den Spielhütchen bewerfen konnten.

Dieser Ort wäre ein einziges großes El Dorado für ihren Enkeltrickbetrüger, dachte er. Fink hatte schon die Leiter der verschiedenen Senioreneinrichtungen angerufen und sie gebeten, Fremden gegenüber besonders aufmerksam zu sein, aber vielleicht sollte er zusätzlich seine Leute in die Heime schicken, um die Bewohner selbst auf die Gefahr hinzuweisen. Ach ja, wenn er dafür mal genug Kollegen gehabt hätte.

»Sie wissen, warum ich hier bin?« Fink schaute die drei Alten nacheinander an und versuchte, den wackligsten Stein in dieser Dreiermauer auszumachen.

»Sie wollen sich doch nicht schon mal ein Plätzchen hier sichern?«, antwortete Kurt augenzwinkernd. Seine buschigen weißen Augenbrauen tanzten und bedeckten fächerartig die halbe Stirn. »Sie sind ja noch ein ganz junger Hüpfer. Kaum graue Haare.«

Hilde rückte ihre eckige Brille zurecht und begutachtete Finks Haarschopf. »Sie färben doch nicht?«

»Nee, nee.« Eberhard beugte sein annähernd kahles Haupt über den Tisch. »Die sind nicht gefärbt.« Er lächelte Fink an. »Berufserfahrung. Ich war früher Frisör, fünfunddreißig Jahre selbstständig. Ich hatte einen wunderschönen Salon in der Wilhelmstraße. Sogar der Oberbürgermeister hat sich bei mir die Haare schneiden lassen. Kennen Sie den? Franz-Hubert Schwalm.« Er beugte sich noch ein bisschen weiter vor und verfiel in ein verschwörerisches Flüstern. »Verraten Sie's keinem, aber der hat nicht von Natur aus noch immer so schwarze Haare.«

Ja! Fink hatte es doch gewusst. Bei seiner Begegnung mit Schwalm, dem die Hose geraubt worden war, hatte Fink gleich an der Echtheit der oberbürgermeisterlichen Haarfarbe gezweifelt.

Moment, darum ging es doch gerade gar nicht. Wie waren sie jetzt auf dieses Thema gekommen? Der Hauptkommissar blinzelte verwirrt, zückte dann sein Notizbuch und schlug es mit einigem Zeremoniell auf.

»Gegen Sie liegt eine Anzeige wegen Betruges vor«, verkündete er nach einem überflüssigen Studium seines Buches. Er fuhr mit dem Finger demonstrativ an den Zeilen entlang, in denen der Geburtstag seiner Schwiegermutter, ein Konzert mit Küchenutensilien im Kindergarten und ein Tierarzttermin für Corpus und Delicti eingetragen waren. Er war sich noch nicht sicher, welches davon das größere Übel war. Er tippte mit dem Finger auf den Geburtstag, schaute auf und sagte: »Gegen Sie alle drei.«

»Sind Sie sicher, dass Sie nicht färben?«, erkundigte sich Hilde.

Fink galt in seiner Dienststelle als Spezialist für die Befragung älterer Herrschaften, aber jetzt musste er sich einen Moment sammeln, um wieder auf Kurs zu kommen.

Noch bevor ihm das gelungen war, zerkrächzte eine Frauenstimme vom Nebentisch seine Gedanken. »Hildchen, wer ist der fremde Mann?« Eine sehr alte Dame im Rollstuhl kurzsichtelte zu ihnen hinüber. »Benimmt der sich auch anständig?«

»Das ist ein Herr von der Polizei, Mutti«, schrie Hilde.

»Der will eine Schweinerei?« Die alte Dame schnaubte, und die Aufmerksamkeit sämtlicher Anwesenden sammelte sich auf Carsten Finks ungefärbtem Kopf. Selbst am Mensch-ärgere-dich-nicht-Schlachtfeld kehrte für einen Moment Waffenruhe ein.

Fink holte tief Luft. »Die Anzeige wurde vom Herausgeber der ›Andernacher Stadtmeldungen‹ erstattet. Was können Sie mir zu Ihrer Tätigkeit für diese Zeitung erzählen?«

Na also. Dreifaches Unbehagen machte sich auf der anderen Tischseite breit. Eberhard befingerte den schütteren Haarkranz, der seine Glatze wie ein Lorbeerkränzchen umgab. Kurts Augenbrauen trafen sich über der Nase zu einem Tango. Hilde kniff die Lippen zusammen, fing sich aber als Erste.

»Wenn man seiner Arbeit nachgeht, kann das ja kaum strafbar sein«, bemerkte sie bissig. »Wir sind unseren Verpflichtungen immer gewissenhaft nachgekommen, da können Sie sich bei jungen Leuten mal umschauen, ob die so was noch hinkriegen.« Sie nahm ihre Brille ab und deutete damit auf Fink. »Bei der Zeitung hat keiner Grund zur Beschwerde, die haben da erstklassige Texte von uns gekriegt.«

Fink griff das auf, zumal es die erste verwertbare Aussage dieser Befragung war. »Sie arbeiten also für die ›Stadtmeldungen‹?«

»Jawohl!« Kurts Augenbrauen bestätigten das eigenmächtig, indem sie in die Höhe zuckten, als ob sie sein Gesicht verlassen wollten. »Wir haben immer pünktlich unseren Beitrag abgeliefert.«

»Wie kommt es dann, dass bei der Zeitung gar keine Verträge mit Ihnen vorliegen? Der Geschäftsführer hat noch nie von Ihnen gehört.«

»Der Ludwig hatte einen Vertrag.« Hilde funkelte den Hauptkommissar kampfeslustig an. »In den sind wir eingestiegen, sozusagen.«

»Sie meint den Ludwig Schwinghammer«, erklärte Kurt.

»Der hat bis vor ein paar Monaten auch hier gewohnt. Und der hatte einen ordentlichen Vertrag mit der Zeitung. Wegen seiner Weisheiten. Es ist also alles in Ordnung, machen Sie sich keine Sorgen.« Er hob seine Hand, offenbar, um Fink begütigend auf die Schulter zu klopfen, zog sie aber wieder zurück, als er unter dem Tisch von Hilde gegen das Schienbein getreten wurde.

Aus einem entfernten Raum hörte man Tellerklappern. Fink war klar: Wenn erst die Suppe aufgetragen wurde, würden seine Ermittlungen darin versinken.

»Der Herr Schwinghammer hatte also Weisheiten auf Lager? War er ein tibetanischer Mönch, oder was?« Irgendwie mussten sich die Herrschaften doch aus der Ruhe bringen lassen.

»Nee, der Ludwig war früher Bauer«, sagte Eberhard unbeeindruckt. »Manche hier sagen Landwirt dazu, aber da wurde er immer ganz fuchsig. ›Landwirt ist einer, der in seinem warmen Büro sitzt und in dreifacher Ausfertigung Listen über die Rülpser seiner Kühe führt‹, hat er dann immer geknöttert.« Die Senioren lachten, und Kurt übernahm.

»Der Ludwig ist noch ein richtiger Bauer vom alten Schlag gewesen. Bei dem hatten die Kühe noch Namen wie Rosi und Butterblume, keine Nummern. Und er kennt sich mit der Natur und dem Wetter aus, der Ludwig. Der weiß für jedes Wehwehchen ein Heilkraut, da kann die Hildegard von Bingen aber in Rente gehen. Mir hat er mal gegen mein Rheuma im Ellbogen einen Heublumenwickel gemacht, danach hätt ich den Eberhard hier beim Tischtennis dreimal hintereinander schlagen können.«

»Das ist ja nun auch keine Kunst«, bemerkte Hilde. »Schließlich hat Eberhard Tischtennisverbot, seit er den Ball auf das Tablett mit den Kaffeetassen gedroschen hat. Aber es stimmt schon, bei solchen Natursachen macht dem Ludwig keiner was vor, da sind die Leute heute ja wieder ganz wild drauf. Darum hat er ja auch die Weisheitsstelle bei den ›Stadtmeldungen‹ gekriegt.«

»Hilde!«

Fink zuckte zusammen, als sich die alte Dame im Rollstuhl wieder meldete.

»Frag den netten Polizisten doch mal, ob er verheiratet ist.«

Eberhard nahm Hildes Faden auf. »Er kennt nämlich jede Menge von diesen alten Bauernweisheiten. So Sachen wie ›Wenn lind der Oktober war, folgt ein harter Januar‹.«

Kurt nickte. »Oder: ›Wenn's dem Severin gefällt, bringt er mit die erste Kält‹. Der Severin ist ein Heiliger, der im Januar seinen Gedenktag hat, und wenn es vorher mildes Wetter gab, wird's an dem Tag oft frostig.«

Er schob das Häkeldeckchen ein bisschen herum. »Da ist der Ludwig richtig gut drin. Zu jedem Tag im Jahr kennt er einen Spruch, den er der Zeitung genannt hat, und die hat den dann abgedruckt. ›Oktoberrosen im Garten lassen den Winter noch warten‹, so was eben. Wurde auch gar nicht schlecht bezahlt. Der Ludwig hat als Bauer ja nur eine kleine Rente, und sein Sohn gibt ihm auch nichts dazu, obwohl der sich in München mit Immobilien goldene Ohren verdient. Da konnte der Ludwig so einen Zuverdienst gut gebrauchen. Und er hat immer geschaut, wie hoch die Schwalben fliegen und welche Farben die Wolken haben, damit er wusste, wie am nächsten Tag das Wetter wird.«

»Hast du ihn schon gefragt, Hilde?«, tönte Mutti vom Nachbartisch. »Vielleicht will er morgen zum Bastelnachmittag kommen, wenn wir die Kerzen mit den Herzchen bekleben.«

»Und das war dann ja auch sein Pech«, berichtete Eberhard, während er einen braunen Kamm aus der Tasche seines gestreiften Hemdes zog. Diese Geste hatte mangels Haarfülle allerdings nur noch symbolischen Charakter. »Eines Tages im März beugt er sich auf seinem Balkon ganz weit vor, um zu sehen, ob der Rauch aus dem Schornstein gerade oder gekräuselt hochsteigt, da verliert er das Gleichgewicht und plumpst runter in die Hecke. Knöchel verstaucht und Steißbein geprellt.«

Kurt rieb sich solidarisch ebendiese Stelle. »Danach kam sein Sohn, hat einen Riesenrabatz gemacht, dass sie hier auf seinen Vater nicht richtig aufpassen können, und hat ihn mit nach München genommen. Vorher war er drei Jahre lang nicht hier gewesen, um seinen Vater mal zu besuchen, und wie hat der Ludwig sich damals krummgelegt, um ihn studieren zu lassen.«

Drei Seniorennasen schnieften verbittert, und selbst Finks kleine Nase zuckte nach oben.

»Herr Schwinghammer ist also weggezogen?«

Sie nickten.

»Wir guckten ihm aus dem Fenster nach, wie er zum Auto humpelte«, erinnerte sich Hilde. »Ich hab gesagt: Guckt mal den schönen Morgenhimmel, dazu wüsste der Ludwig sicher auch einen Spruch, so was wie ›Leuchtet rosa auf der Himmel, hört man weit die Kirchenbimmel‹.«

Kurt runzelte die Stirn, und seine Augenbrauen reichten sich über der Nasenwurzel die Hände. »Da dachten wir, dass der Ludwig denen von der Zeitung sicher keine Sprüche aus München schicken wird. Und darum haben wir angefangen, uns selbst welche auszudenken und in Ludwigs Namen an die Zeitung zu geben. Nur eine neue Kontonummer haben wir denen genannt. Ich meine, das konnte denen doch schließlich egal sein, woher die Sprüche kamen.«

»Und schließlich wollten wir auch die Leser nicht enttäuschen«, gab Eberhard zu bedenken. »Die haben ja immer auf die neuen Sprüche gewartet. Manche haben dem Ludwig sogar geschrieben und sich bedankt, dass er die schöne alte Tradition der Bauernweisheiten aufrechterhält.« Er strich sich aufgeregt über sein Haarkränzchen. »Er hatte eine richtige kleine Fangemeinde. Die hätten sich doch gewundert, wenn da plötzlich nichts mehr gekommen wäre.«

Fink unterdrückte ein unprofessionelles Schmunzeln.

»Es hat sich auch die ganze Zeit niemand beschwert«, erklärte Hilde und klappte trotzig ihre Brille zusammen.

Fink legte eine Mappe auf den Tisch und schlug sie auf. Eine Reihe von Zeitungsausschnitten in Klarsichthüllen kam zum Vorschein, die er vor sich ausbreitete. »Am Anfang klangen Ihre Sprüche ja auch noch einigermaßen echt. Also, wenn man nicht so genau darüber nachdenkt.« Er zog ein Blatt aus der Sammlung. »›Meidest Kohl du nicht im Märzen, wird dir Bauch und Nase schmerzen.‹ Oder: ›Sprüht Sommerregen vor dem Haus, so macht er dir die Haare kraus.‹«

Eberhard hob verzückt den Finger. »Der ist von mir.«

Fink gab einen weiteren Text zum Besten. »Fehlen Mond und Sterngefunkel, ist es nächtens meistens dunkel.« Seine Stimme wackelte ein bisschen. Er schob ihnen das Blatt hin.

»Hilde!« Mutti fühlte sich genötigt, einzugreifen. »Unterschreib keinen Ehevertrag, bevor ich ihn gelesen habe. Vielleicht ist der da ein Polizistenhochstapler und Heiratsschwindler und hat irgendwo schon fünf andere Ehefrauen sitzen. Ich glaub, den haben sie neulich in ›Aktenzeichen XY‹ gezeigt.«

Die Gespräche über Arztrezepte verstummten. Die lautstarke Diskussion, ob ein bestimmtes Mensch-ärgere-dich-nicht-Männchen rausgeworfen werden durfte, hielt inne. Alle Augen starrten Fink neugierig an. Die Aussicht, an diesem Ort auf einen fernsehbekannten Kriminellen zu treffen, wirkte belebender als die meisten verschreibungspflichtigen Arzneimittel und Kneipp-Wassergüsse.

Fink versuchte, sich zu konzentrieren. »Äh ja. Dann wurden Sie tollkühner.« Er griff nach einem neuen Ausschnitt. »Hier haben wir einen Ausflug in die Biologie: ›Lieben Schnecken sich bei Tage, folgt bald eine Schneckenplage.‹«

Kurt kicherte. Nach einem bemüht strengen finkschen Blick murmelte er: »Stimmt doch.«

Eine weitere Klarsichthülle knisterte in Finks Hand. »Wehen Winde übern Acker, fröstelt es den Landmann wacker.«

»Das war zu Ehren vom Ludwig«, warf Hilde eifrig ein. »Weil der doch einer ist, also ein Landmann, sozusagen.«

Fink blätterte in seiner Sammlung. »Hier ist noch ein schönes Beispiel aus der Abteilung heimische Wildtiere: ›Hoppeln im April die Hasen, fürchte Köttel auf dem Rasen.‹ Der hier mit Feiertagsbezug gefällt mir auch: ›Kochen Eier hart wie Stein, muss es wohl bald Ostern sein.‹« Er schaute auf. Kurt blickte angestrengt aus dem Fenster, Eberhard nickte versonnen. Hilde testete ihre Brillenbügel auf deren maximale Biegsamkeit.

Die Aufmerksamkeit der umsitzenden Rentner hatte sich inzwischen wieder gelegt, nachdem der Polizist offenbar doch nicht vorhatte, Hilde mit einem illegalen Heiratsantrag als Ehefrau Nummer sechs anzuwerben.

»Und dann sind die Pferdchen endgültig mit Ihnen davongaloppiert.« Er hielt ihnen einen Zettel entgegen und zitierte auswendig: »›Wenn's an Sankt Elvis friert und schneit, pack eilig weg dein Sommerkleid.‹« Er sah sie ungläubig an. »Sankt Elvis?«

Kurts weiße Brauen senkten sich wie Fahnen auf Halbmast.

»Der hatte auch tolle Haare«, murmelte Eberhard.

Köpfe und Schultern hingen jetzt bei den dreien hinab. Fink spürte ein Gefühl in sich aufsteigen, das er im Moment so gar nicht gebrauchen konnte. Er wäre jetzt eigentlich gern im Sauhund-Modus gewesen, stattdessen kitzelte Mitleid seine Kehle, und Anerkennung für die Pfiffigkeit der drei stupste ihn gegen die Schulter. Er räusperte sich.

»Hellhörig wurden die Leute von der Zeitung spätestens bei diesem Geistesblitz: ›Sieht Julisonne Zehen nackt, der Sonnenbrand sie schmerzhaft packt.‹«

»Das wurde aber auch immer schwerer«, schmollte Hilde.

»Zur Anzeige kam es aber erst nach ›Schnarcht der Gatte mitternächtlich, stört das deinen Schlaf beträchtlich‹.«

Fink legte seine Zeitungsausschnitte zusammen, als Hilde seine Hand fasste, was Mutti mit einem zustimmenden Quieken kommentierte.

»Es war Notwehr, Herr Kommissar. Wissen Sie, was so ein Heimplatz kostet und was für uns als Taschengeld übrig bleibt? Wir wollten uns doch nur ein bisschen was dazuverdienen. Man hört nicht auf, Wünsche zu haben, nur weil man alt ist. Die Wünsche bleiben jung.«

Kurt legte seine Hand wie zum Musketierschwur obendrauf. »Und es hat sich richtig gut angefühlt, wieder eine Aufgabe zu haben. Sie stehen ja noch mitten im Leben, Sie haben Erfolgserlebnisse und wissen, dass Sie was Sinnvolles tun. Aber wenn man nur noch hier rumsitzt und aufs Essen wartet und darauf, dass Kindergartenkinder kommen, um uns Liedchen vorzusingen, dann ist das furchtbar deprimierend.«

»Wir hatten plötzlich wieder das Gefühl, etwas wert zu sein«, bestätigte Eberhard. »Wir haben uns drauf gefreut, morgens aufzustehen und ein Ziel zu haben.«

Fink zog gegen einigen Widerstand seine Hand heraus, schob die Papiere und Klarsichthüllen in die Mappe und stand auf.

Die drei schauten mit feuchten Blicken zu ihm auf und zogen sein Herz damit durch den Weichspüler.

»Also, ich werde dem Anzeigeerstatter den Stand der Ermittlungen darlegen«, sagte er etwas steif. Das passierte ihm oft, wenn er verlegen war. Musste wohl eine Art Ausgleichsreaktion sein. Er stieß beim Umdrehen gegen einen Stuhl. »Sie hören dann von mir.« Damit trat er eilig den Rückzug an.

»He, junger Mann«, knötterte Mutti hinter ihm her. »Das ist nicht die feine Art, einer jungen Dame Hoffnungen zu machen und dann das Weite zu suchen. Hilde, hast du seine Telefonnummer?«

Aber da war Fink schon geflüchtet. Verflixt! Einen grimmigen Blick würde er mit etwas Übung ja vielleicht zustande bringen, aber mit dem abgebrühten Herzen würde es sicher nie etwas werden. Er lächelte, als er um die Ecke bog. Und das war ja vielleicht auch gut so.

15

»Ich gehe nur arbeiten, um diese kleinen Schurken zu ernähren«, sagte Carsten Fink liebevoll, während er einen Stoffbeutel auf seinen Schreibtisch legte.

Der Beutel war das neueste Kindergartenkunstwerk seines Sohnes und roch noch ein bisschen nach Farbe. Die Kinder sollten fallende Blätter und Kürbisse in kräftigen Herbstfarben malen. Fink hatte auf den zum Trocknen aufgehängten Taschen auch kleine Igel gesehen, die aus farbigen Blätterhaufen herauslugten, und Drachen mit vielfarbigen Schleifenschwänzen, die über blauen Himmel tanzten. Felix hatte für seinen Beutel den kompletten Grauvorrat des Kindergartens verbraucht. Auf der grauen Fläche zeichnete sich vage der schwarze Umriss eines Hauses ab, aus dessen Schornstein schwarzgrauer Rauch aufstieg.

Auf Evis vorsichtige Frage nach der tieferen Bedeutung des Ganzen und dem Bezug zum herbstlichen Thema hatte Felix sie mit dem verständnislosen Blick angesehen, mit dem nur Kinder ihre ahnungslosen Eltern bedenken können, und hatte geantwortet: »Das ist unser Haus im Nebel, Mama. Weil es im Herbst oft neblig ist.« Das ließ sich schließlich nicht abstreiten und offenbarte eine für ein kleines Kind bemerkenswerte Beobachtungsgabe.

Es klackerte in Finks Beutel, und einige runde Formen zeichneten sich durch den Stoff ab. »Ich schlage mich den ganzen Tag mit Kriminellen herum und nehme Fahrradrowdies in der Fußgängerzone und Kamikazeautofahrer ins Gebet, nur damit sich meine verflixten Biester daheim Kugelbäuche anfuttern und ich ihnen ein Treppchen bauen muss, damit sie überhaupt aufs Sofa kommen.« Er spähte in die Tasche hinein und zählte den Inhalt.

Peter Emmerlein schaute von dem backsteindicken Bildband auf, in dem er blätterte. »Katzenfutter ist schon wieder teurer geworden, was?«

»Um zehn Cent.« Fink nahm eine Dose heraus und betrachtete das Bild einer froh gelaunten roten Katze. »Delicti streicht mir wenigstens ab und zu um die Beine, wenn ich den Napf auffülle. Corpus sitzt hoheitsvoll daneben, damit ich weiß, wie dankbar ich sein muss, sie füttern zu dürfen. Elendes Viehzeug.« Lächelnd legte er die Dose zurück.

Dann hielt er mit einem erstaunten Blick inne. Er lauschte. Merkwürdig. Er hörte irgendetwas. Das klang doch wie, nein, das war lächerlich. Er schüttelte den Kopf und beugte sich wieder über das Buch seines Kollegen.

»Was ist denn das eigentlich für ein Geschoss? Ein Beweismittel?« Er sah sich den Umschlag an. »›Der Ring der Macht‹. Klasse, ist das ein neuer Teil von ›Herr der Ringe‹, wo die alle Namen haben wie Eowups und Teowumm? Hab ich im Fernsehen gesehen, fiese Orks und tolle Landschaftsaufnahmen. Wusstest du, dass die Filme in Neuseeland gedreht worden sind? Evi hat am nächsten Tag gleich Reiseprospekte geholt, aber da muss ich erst Polizeipräsident werden, um mir das leisten zu können.«

Emmerlein schob ihm das Buch hin und deutete auf den Untertitel.

Fink las noch einmal. »›Der Ring der Macht. Papstringe im Lauf der Jahrhunderte‹.« Fink lachte. »Sag mal, Peter, muss sich der Heilige Vater Sorgen machen, dass sein Ring demnächst bei Ebay oder auf dem Flohmarkt auftaucht?«

Peter Emmerlein lächelte gutmütig. Er war es gewöhnt, dass sich seine Kollegen über seine Flohmarktleidenschaft lustig machten. Auch sein Arbeitsplatz beherbergte einige schöne Exemplare seiner Sammelwut, darunter den Helm eines britischen Bobbys. Mangels Platz auf dem Schreibtisch wurde die schmucke Kopfbedeckung in der gesamten Dienststelle von Tisch zu Schrank und von Ablage zu Stuhl geschoben. Aber weil Emmerlein so stolz auf seinen Fund war, wollte ihm auch niemand vorschlagen, das lästige Teil mit nach Hause zu nehmen, zumal seine Freundin Isabel es gleich wieder zurückgebracht hätte.

»Ich dachte, wo ich doch nächsten Monat zum Papstbesuch nach Köln abkommandiert bin, sehe ich mir schon mal die

Sachen an, die ich besonders im Auge behalten muss. Der Papst wird mir sicher noch mal dankbar sein, dass ich seinen Hausrat beschütze. Womöglich verleiht er mir den ›Großen Vatikanischen Orden vom Heiligen Geist‹ oder so.«

Fink griff nach einem Aktenordner. »Du bist evangelisch, Peter. Der Papst spendiert dir höchstens eine Umschulung zum Katholiken.« Das Telefongespräch, das er vor Kurzem mit seiner Mutter geführt hatte, kam ihm in den Sinn. »Aber vielleicht wird er ja bald erleuchtet. Meine Mutter arbeitet schon dran.«

Da! Da war es schon wieder. Fink hob den Kopf und lauschte erneut. Diesmal war er ganz sicher. »Sag mal, hab ich jetzt eine Vision? Ich hör doch ganz deutlich Kirchenlieder.«

Peter Emmerlein pustete erleichtert die Luft aus und stand auf. »Da bin ich beruhigt, du hörst es auch. Ich dachte schon, von der ganzen Beschäftigung mit dem religiösen Kram hätte ich Halluzinationen bekommen.«

Sie folgten dem lauter werdenden Gesang bis zur Einsatzzentrale. Hier blieben sie an der Tür stehen und betrachteten verblüfft das Bild, das sich ihnen bot. Es war in der Geschichte dieses Raumes mit Sicherheit einzigartig.

Zwischen Schreibtischen und Aktenschränken standen mehrere uniformierte Polizisten und Zivilpersonen, einige mit andächtig gefalteten Händen, und sangen oder brummten inbrünstig das Kirchenlied »Großer Gott, wir loben dich«. Wer den Text nicht kannte, versuchte zumindest, ein bisschen mitzusummen. Es klang auf eine schräge Art seltsam harmonisch, als würden sich die verschiedenen dissonanten Töne gegenseitig ausgleichen.

Alle Personen richteten ihre Aufmerksamkeit auf eine winzige Nonne im grauen Habit, die den Gesang von ihrem Platz neben der Kaffeemaschine aus dirigierte.

Emmerlein deutete auf ihren jungen Kollegen in der Nähe der Tür, der mit gespitzten Lippen die Melodie pfiff. »Der Kemal ist doch Muslim, oder?«

»Wenn dich das schon wundert, dann sieh dir mal an, wer da außerdem noch so fromm mitsingt«, antwortete Fink und deutete mit dem Kopf zu einem riesenhaften Blonden, dessen Nase ganz offensichtlich aus mehreren Zusammenstößen nur als zweiter Sieger hervorgegangen war. Er war mit Handschellen an Kemals Handgelenk gefesselt und krönte den ganzen Chor mit einer melodischen zweiten Stimme.

»Klaus die Faust«, stellte Emmerlein ungläubig fest und strich sich über sein haarloses Haupt. Klaus verdiente sein Geld, indem er auf zahlungsunwillige Kunden der O-la-la-Bar unter Einsatz seiner diversen durchtrainierten Körperteile aufmunternd einwirkte.

Als die letzten Töne verhallten, machte sich auf allen Gesichtern ein beseeltes, teilweise auch verlegenes Lächeln breit. Fink sah, wie ein schwarz gelockter Teenager, den er selbst schon mehrmals in flagranti beim Autoknacken erwischt hatte, der kleinen Ordensfrau enthusiastisch die Hand schüttelte. Klaus die Faust wischte sich ein paar Tränen aus den Augen und erkundigte sich bei Kemal, ob es bei ihnen einen Polizeichor gäbe und er dort eintreten könne. Für einen Moment schien die Polizeidienststelle Andernach tatsächlich einen kleinen Weltfrieden hervorgezaubert zu haben.

Carina Bauer hakte die Winznonne unter und führte sie zu Fink und Emmerlein. Dabei passte sie sich deren Trippelschrittchen an.

»Schauen Sie mal, Schwester Apolonia, das sind Hauptkommissar Fink und Oberkommissar Emmerlein.« Carina sprach etwas lauter als gewöhnlich und besonders deutlich. Fink hatte schon mehrfach erlebt, dass manche Senioren auf diese Art der Sonderbehandlung verärgert reagierten, aber die kleine Ordensfrau bedachte sie beim Händeschütteln mit einem freundlichen Lächeln, das aus hunderten Fältchen im Gesicht zusammengesetzt war.

»Und das hier ist Schwester Apolonia vom Orden der Borromäerinnen hier in Andernach. Die hat eine Geschichte mitgebracht, da vergisst der Papst, dass er katholisch ist.«

Die Nonne blinzelte zu Carina auf, und die Kommissarin presste erschrocken die Lippen aufeinander.

»Ich meine, die ist so abgefahren, da fallt ihr glatt vom Glauben ab.« Im selben Moment, als Carina das sagte, schoss ihr die Röte in die Wangen. »Ich wollte sagen, äh, also das ist echt krass.« Sie schob Schwester Apolonia auf einen Besucherstuhl und verdrückte sich hastig in den Hintergrund.

Emmerlein grinste Fink breit an und vollführte hinter dem Rücken der Nonne ein paar wellenartige Bewegungen mit dem Arm.

Ihre unerschrockene Kollegin war erst vor zwei Tagen zu einem Einsatz im Kindergarten gerufen worden. Eine Erzieherin hatte mit einer Stimme, deren hysterische Höhe die Leitung vibrieren ließ, von einer riesigen Schlange erzählt, die sich im Sandkasten ringelte. Im Hintergrund hatte Carina eine Horde Kinder aufgeregt rufen gehört. In der Erwartung, einen langen gebogenen Ast als Auslöser der Panik zu finden, war Carina losgezogen. Als sie ankam, fand sie den Hof des Kindergartens menschenleer. Dreißig Nasen drückten sich von innen an die Fenster, um ihr bei der Bändigung des Reptils zuzusehen. Die Erzieherin deutete mit rotem Gesicht heftig zum Sandkasten unter der Kastanie hin.

Als sich Carina vorsichtig näherte, entdeckte sie zwischen bunten Förmchen und Schaufeln tatsächlich einen offenbar noch jungen Python, der gerade versuchte, seine schön gemusterten zwei Meter Körperlänge in ein rotes Eimerchen zu ringeln, woraufhin die Platznot ihn dazu brachte, Carina unentspannt anzuzischen.

Sie schluckte und konnte ihren urzeitlichen Fluchtreflex nur unterdrücken, weil eine beträchtliche Anzahl von Augen auf sie gerichtet war, deren Eigentümer Heldentaten oder zumindest die Fähigkeiten einer ausgebildeten Schlangenbeschwörerin von ihr erwarteten.

Carina fackelte nicht lange. Sie kippte eine mit Wasser gefüllte blaue Sandmuschelhälfte um. Dann wuchtete sie das schwere Teil herkulesartig hoch, schwankte kurz unter seinem Gewicht und stülpte es dann über die Schlange, die in Anbetracht der unrelaxten Atmosphäre gerade die Flucht ergreifen wollte. Dann hatte sich die junge Polizistin unter dem Beifall ihrer Zuschauer den Schweiß – Stress und Anstrengung zu gleichen Teilen – von der Stirn gewischt und die Kollegen von der Feuerwehr gerufen.

Als Fink seinem Sohn abends davon erzählte, haderte Felix

mit seinem Schicksal, weil sich dieses Drama nicht in seinem Kindergarten abgespielt hatte.

Diesen außergewöhnlichen Herausforderungen hatte Carina mutig die Stirn geboten, und jetzt knickte sie vor dem strengen Blick einer alten kleinen Nonne ein, die ihr knapp bis an die Schulter reichte.

In Finks Kopf erwachte der kleine Dämon, der für unvollständige Erinnerungen zuständig ist und einen Menschen hinterlistig und ausdauernd piesacken kann. He, flüsterte das Dämönchen, den Namen Apolonia hast du ganz sicher schon gehört, und das ist noch gar nicht lange her. Ich verrate dir aber nicht, wo das war, ätschdi bätsch!

Fink und Emmerlein starrten die Ordensfrau neugierig an, und sie erwiderte die Blicke etwas ratlos. Carina rückte näher heran und raunte: »Hier geht das Böse um.«

Die Nonne legte ihr eine kleine knittrige Hand auf den Arm. »Das Böse kommt vom Satan.« Sie sprach mit einem rheinisch gefärbten bayerischen Akzent und einer Stimme, die so knittrig war wie ihre Hände. »Das hier ist mehr eine Boshaftigkeit, und da steckt eher ein Satansbraten dahinter.«

Sie kramte in einem schwarzen Beutel und zog ein Blatt Papier hervor, das sie vor Fink auf den Tisch legte. Es war eine Zeitungsseite mit Leserbriefen.

Carina deutet auf eine der Spalten. »Lest das mal, da friert doch glatt das Weihwasser in der Schale ein.«

Ihre Kollegen warfen ihr irritierte Blicke zu. Vielleicht lag es an dem leichten Weihrauchhauch, den Schwester Apolonia verströmte, dass mit Carina die mit katholischen Sprüchen gesattelten Pferde durchgingen.

Hinter Finks Stirn hüpfte der Erinnerungsdämon auf und ab. Wo war das nur, wo war das nur, den Namen kenn ich doch, sang er hämisch.

Fink nahm das Stück Papier in die Hand. »Diktator im weißen Kleid«, las er vor. »Da gibt es ein Staatsoberhaupt, das seine Bürger kaum mitentscheiden lässt, das eine große Bevölkerungsgruppe wegen ihres Geschlechts von allen wichtigen Ämtern ausschließt, nur untergeordnete Aufgaben verrichten und keine Meinung außer der eigenen gelten lässt. Und dieser Alleinherrscher sitzt nicht irgendwo in Afrika oder Asien, sondern mitten in Europa im Vatikan. Wann unternimmt die UNO endlich etwas gegen die Tyrannei des Papstes? Schwester Apolonia, Andernach.«

Drei Augenpaare hefteten sich in stummem Erstaunen auf die Nonne. Der Hauptkommissar bemerkte erschrocken, wie Carina gerade die Hand hob, um der Schwester anerkennend auf den Rücken zu klopfen. Er hüstelte eindringlich, und Carina verstand die Botschaft und ließ die Hand sinken.

»Mein lieber Herr Gesangsverein, das ist aber ganz schön mutig, als Nonne so gegen den obersten Chef anzumeckern«, sagte Peter Emmerlein und riss seinen taxierenden Blick von dem hölzernen Kreuz los, das um Apolonias Hals hing. »Nicht dass ich glaube, der Papst liest die Rhein-Zeitung, aber man weiß ja nie. Womöglich hängt die da in Rom an einem Zeitungskiosk aus, und auf dem Weg zur Arbeit kommt der Papst dran vorbei und wundert sich dann, dass hier bei uns ein Komplott gegen ihn geschmiedet wird.«

»Ja mei, das ist es ja eben.« Die Nonne nahm den Zeitungsausschnitt in die Hand, strich ihn glatt und betrachtete ihn dann ratlos. »Das hab ich ja gar nicht geschrieben. Auf die Idee würd ich ja nicht mal kommen, so was Respektloses über unseren Heiligen Vater zu schreiben. Aber die Schwester Maria, die steht unserer Gemeinschaft hier in Andernach vor, die hat mich zu sich rufen lassen und mich ausgeschimpft. ›Pfui, böse Nonne!‹ hat sie gerufen.«

Als Apolonia in überraschte Polizistengesichter sah, erklärte sie: »Der Bruder von der Schwester Maria hat eine Hundeschule. Jedenfalls ist das keine Freud nicht, wenn die Maria schimpft. Ich war ja noch froh, dass sie nicht gegen den Tisch getreten hat. Das macht sie manchmal, wenn sie wütend ist, da ist schon so eine Delle drin im Tischbein, wo sie immer hintrifft.«

Schwester Apolonia sah Fink treuherzig in die Augen. »Und jetzt hätt ich halt gern, dass Sie herausfinden, wer das Zeug da in die Zeitung gesetzt hat, damit Schwester Maria mir glaubt, dass ich nix damit zu tun hab. Ich hab nämlich Angst, dass ich sonst nicht den Peppi besuchen darf. Den kenn ich ja noch von früher und hätt ganz viel mit ihm zu erzählen, aus unserer Jugendzeit. Aber wenn die Schwester Maria bös mit mir ist, erlaubt sie's mir vielleicht nicht.«

Mittlerweile zerrte der kleine Dämon in Finks Gehirn alle Schubladen auf und warf die Erinnerungsfetzen wie bunte Tücher um sich. Fink spürte erste Anzeichen von ungeduldigem Ärger.

»Ui, da herrschen aber strenge Sitten bei Ihnen.« Emmerlein schaute von der Bleistiftzeichnung auf, die er gerade von Apolonias Holzkreuz anfertigte. »Da gibt's sogar Besuchsverbot.«

»Ja, eben, und das wär ganz arg für mich, wo ich doch den Peppi schon so lang nicht mehr getroffen hab und wo ich mich doch schon so drauf freue«, bestätigte die Nonne.

»Haben Sie denn irgendwen in Verdacht?«, fragte Carina.

Apolonia drehte sich fragend zu ihr um.

»Ich meine, haben Sie eine Ahnung, wer dieser Satansbraten sein könnte, der den Leserbrief an die Zeitung gegeben hat?«

»Nein, ich hab doch nie einem was getan.« Das kleine alte Gesicht wurde vor Kummer noch faltiger. »Werden Sie denn da jetzt nachforschen? Kann man da denn überhaupt was machen, auch so mit der modernen Technik, oder hilft da nur beten?«

Und da sprang in Finks Kopf seine Mutter aus einem Schrank und haute den grinsenden Dämon k.o. »Das waren Sie, die den Oberbürgermeister Schwalm und die anderen Leute angerufen hat, damit sie für die Erleuchtung des Papstes beten?«

Die durchscheinend blasse Unterlippe der alten Nonne zitterte ein wenig. »Nein, das war ich eben auch nicht. Die Schwester Maria war ganz rot im Gesicht, als sie mich deswegen hat rufen lassen.«

»Was hat sie gemacht?«, fragte Emmerlein.

Apolonia senkte den Kopf und umfasste ihr Kreuz. »Gegen den Tisch getreten. Ich war ja noch froh, dass sie mir nicht gedroht hat, ich müsste das Fegefeuer auskehren. Das macht sie manchmal, wenn sie arg wütend ist.« Auch diesmal deutete sie die fragenden Blicke bei den Polizisten richtig. »So nennen wir unseren Dachboden, weil es da im Sommer so heiß wird. Meinen Sie denn, Sie können mir helfen?«

Carsten Fink sah in die grauen Augen, die ihn aus den Höhen und Tiefen, die das Leben in Apolonias Gesicht geformt hatte, hoffnungsvoll anschauten. »Da werden wir uns sofort drum kümmern. Die Frau Bauer nimmt noch Ihre Angaben auf und macht eine Kopie von der Zeitungsseite, und dann sehen wir mal, was wir rausfinden können.« Er lächelte sie aufmunternd an, und die geheimnisvollen Kräfte, die er im Umgang mit älteren Menschen hatte, wirkten auch diesmal. Die kleine Frau begann zu leuchten.

»Ach, da möchte ich mich jetzt schon ganz herzlich bedanken«, sagte sie, rutschte von ihrem Stuhl und ergriff Finks Hand. »Sagen Sie mir gleich Bescheid, wenn Sie was rausfinden, und vergelt's Gott, gell.«

Während Carina die Nonne zu ihrem Schreibtisch führte, grinste Peter Emmerlein seinen Vorgesetzten an. »Irgendwann drehen sie noch mal einen Film über dich: ›Der Omiflüsterer‹.«

Fink lächelte bescheiden. »Was soll ich sagen: Es ist eine Gabe.«

Die Ermittlungen ließen sich auch sofort gut an. Peter Emmerlein bekam eine Praktikantin in der Zeitungsredaktion ans Telefon, die für die Annahme von Anzeigen und Leserbriefen zuständig war. Sie sprach mit einem so charmanten Lispeln, dass er in Versuchung geriet, irgendeine Anzeige aufzugeben, egal welchen Inhalts.

Die junge Frau konnte sich auch tatsächlich an einen Brief erinnern, in dem es darum gegangen war, dass die UNO einem Diktator ein weißes Kleid in Asien kaufen sollte. Oder so ähnlich. Und sie wusste auch noch ganz sicher, dass dieses Schreiben von einer großen Brillenfirma unterschrieben war, die so ähnlich hieß wie ein griechischer Gott, und darüber hatte sie sich dann doch sehr gewundert, denn wenn denen so viel an dem Diktator lag, hätten sie ihm das Kleid ja auch selbst kaufen und damit werben können, nicht wahr.

Emmerlein seufzte. Ein liebenswerter Sprachfehler war eben keine Garantie dafür, dass seine Besitzerin bei der Vergabe von Gehirnzellen kräftig zugelangt hatte.

Nach diesem zumindest im Ansatz verheißungsvollen Start geriet die Aufklärung des Falles aber leider gleich wieder ins Stocken, weil der Brief nicht mehr vorhanden war und sich nicht rekonstruieren ließ, woher er gekommen war. Die angegebenen Personalien wurden bei solchen Zuschriften natürlich auch nicht überprüft.

Weitere Nachforschungen ergaben, dass auch wirklich eine Frau, die sich Schwester Apolonia genannt hatte, bei Oberbürgermeister Schwalm und anderen Personen des öffentlichen Lebens in Andernach angerufen hatte. Schwalms Sekretärin Emmi Robst hatte das Gespräch entgegengenommen und noch fast wörtlich im Kopf.

»Ach, das war eine ganz nette Dame, nicht mehr ganz so jung von der Stimme her. Wir sollten gleich anfangen, für die Erleuchtung des Papstes zu beten, der hätte es bitter nötig, hat sie gesagt.« Emmi Robst war ein wenig jünger als Carsten Finks Mutter, also Anfang sechzig, und verstand es spielend, die Launen ihres Vorgesetzten an sich abprallen zu lassen wie Popcorn am Topfdeckel. Und genauso sah sie Schwalms Anweisungen und Statements auch: aufgeblasen, trocken und nur scheinbar nahrhaft.

»Dem Herrn Schwalm war das aber zu heikel, weil sich die Gläubigen aus anderen Religionen vielleicht benachteiligt fühlen würden, wenn er nur für den Papst betet, und die wählen ihn dann bei der nächsten Kommunalwahl nicht mehr. Da nimmt er lieber einen sturen Papst in Kauf, weil stur ganz nützlich ist, und außerdem ist der Papst weit weg und geht nicht in Andernach zur Wahl.«

»Ist Ihnen an der Stimme von der Schwester irgendwas aufgefallen?«, fragte Emmerlein. »Ein Dialekt beispielsweise.« Er erinnerte sich an Apolonias bayerisch gefärbten Einschlag. Aber dergleichen hatte Frau Robst nicht bemerkt. Auch die anderen Angerufenen kannten die Nonne nicht persönlich und konnten die Stimme der Anruferin nicht identifizieren.

Vielleicht, dachte Emmerlein, mussten sie doch auf ein bisschen göttlichen Beistand warten.

16

»Haben Sie dieser Bande Krimineller das Handwerk gelegt?«

Na danke. Schon nach dem ersten Satz des Jungredakteurs wünschte sich Fink, sein Notizbuch bei sich zu haben, um dort mit mehreren Umps, Pfffs und Grrs seinen beginnenden Groll abzubauen.

»Das sind keine Kriminellen, sondern eigentlich ganz reizende alte Leute.«

Der junge Mann mit den gegelten Haaren hatte Fink keinen Platz angeboten, und so durfte der Hauptkommissar im Stehen beobachten, wie Leander Berlemann sich eine Zigarre mit roter Banderole anzündete und ein paar kränkliche Rauchkringel in die Luft blies.

»Ihre reizenden alten Knacker haben versucht, mich abzuzocken.« Der Kopf von Berlemann, dessen Posten bei den »Stadtmeldungen« nach eigenem Dafürhalten weit unter seinen Möglichkeit lag und nur ein Sprungbrett auf dem Weg zur großen Journalistenkarriere darstellte, verschwamm im Nebel wie ein Berggipfel. »Sie haben sich für jemand anderen ausgegeben und mir völlig schrottige Bauernsprüche geschickt, die sie selbst erfunden haben. Hier.« Er griff nach einer seiner Zeitungen. Sie lag aufgeschlagen auf einem gläsernen Schreibtisch, der überhaupt nicht zu der ansonsten rustikalen Holzeinrichtung des kleinen Büros passte. »Zeigt sich stürmisch unser Wetter, fegst im Hof du bald die Blätter.« Berlemann versuchte sich an einem Rauchkringel, der in der Nominierung für das Prädikat »besonders jämmerlich« ganz weit oben stand.

»Da steckte eigentlich keine böse Absicht dahinter«, erklärte Fink und dachte: Anders als bei dem Menschen, der dieses unsägliche Kraut anbaut. Er versuchte, flach zu atmen.

»Sie finden das hier also nicht bösartig? ›Singen Kinder Martinsweisen, wird man bald die Gans verspeisen.‹«

Fink glaubte, hinter der Nebelwand ein Kopfschütteln zu erkennen. Er hörte es rascheln.

»Und hier geht's kriminell weiter: ›Wenn's friert und schneit am Weihnachtsmorgen, musst du dir Streusalz schnell besorgen.‹ Was machen diese Verbrecher denn als Nächstes: Marihuana im Keller von ihrem Tatterknast züchten?« Er stand auf und öffnete das Fenster, woraufhin sich der Dunst etwas lichtete. Ein Panflötenspieler versuchte sich in der Fußgängerzone an »El condor pasa«, und aromatischer Kaffeeduft aus dem nahe gelegenen Eiscafé zog herein.

Kinder kreischten, als der benachbarte Narrenbrunnen Wasser spritzte. Die Basaltfigur stellte einen Soldaten der Karnevalsgarde der Blauen Funken mit einer Kanone dar. Der steinerne Gardist hatte eine Pfeife im Mund und blickte nach Finks Meinung für einen Karnevalisten, der sich doch dem rheinischen Frohsinn verschrieben haben sollte, arg grimmig drein. Aus einem Eulenspiegelgesicht schoss im Sommer alle paar Minuten ein Wasserstrahl einige Meter weit in die Fußgängerzone, und Kinder machten sich einen Spaß daraus, vor dem Brunnen herumzuhüpfen, ohne von dem Strahl getroffen zu werden.

»Gehen Sie hin und sperren Sie diese gedörrten Gauner ein. Allerdings kriegen sie den Unterschied vielleicht gar nicht mehr mit. Die wollten mich doch skrupellos über den Tisch ziehen. ›Wenn die Täubchen dich beehren, wirst du bald den Gehweg kehren.‹ Eigentlich muss man ja staunen, was diesen senilen Verbrechern so alles einfällt. ›Steht der Christbaum noch im Mai, ist das Weihnachtsfest vorbei.‹ Kann man diese Leute nicht besser kontrollieren?«

Fink atmete tief ein, zog sich einen Stuhl heran und setzte sich unaufgefordert. »Haben Sie wohl ein Blatt Papier für mich?«, fragte er höflich.

»Ja, ja, nehmen Sie sich eins von dem Block da.«

Fink riss ein gelbes Blatt mit dem Aufdruck »Stadtmeldungen, wir wissen es zuerst« ab, zog seinen Kugelschreiber heraus und schrieb »BUMM! ZACK! KNUFF! ÄCHZ!!!« in Großbuchstaben darauf. Dann steckte er das Blatt in seine Brusttasche, lehnte sich vor und legte die Arme mit gefalteten Händen auf den Tisch.

»Das ist doch ein Glücksfall für Sie«, sagte er in geschäftsmäßigem Ton. »Da können Sie richtig was draus machen.«

Der junge Mann starrte ihn an.

»Na sehen Sie mal, diese drei Senioren haben offensichtlich ein Talent fürs Reimen.« Bevor Berlemann seine Empörung erneut aufpumpen konnte, hob Fink die Hand und fuhr fort. »Dieses Talent haben sie im Fall Ihrer Zeitung nicht so ganz rechtmäßig eingesetzt, da haben Sie sicher recht. Aber die Begabung ist vorhanden, und die können Sie sich zunutze machen. Wäre eine prima Werbung für die Zeitung. Und für Sie selbst natürlich auch.«

Er lehnte sich zurück und schlug die langen Beine übereinander. Ein flüchtiger Blick verriet ihm, dass er bei Leander Berlemann den richtigen Knopf gefunden hatte.

»Wie sollen die drei ausgemusterten Rentnerfuzzis eine Werbung für mich sein?«

Fink klopfte sich sacht auf die Brusttasche, in der sein Grollzettel steckte, und lächelte leicht. »Sie übernehmen mit der Zeitung die Schirmherrschaft für ein Projekt der drei Herrschaften. Lassen Sie sie ein Buch mit lustigen Sprüchen schreiben und bringen Sie dann einen großen Artikel, in dem Sie darstellen, wie Sie dieses tolle Seniorenprojekt auf den Weg gebracht haben. Mit Foto von Ihnen, den dreien und dem Buch.«

Er sah, wie es in Berlemann arbeitete.

»So ein soziales Engagement kommt überall richtig gut an. Sie sind der Mann, der sich für die älteren Mitbürger ins Zeug legt. Sie lassen sie wieder am Leben teilhaben und geben ihnen eine neue Würde. Ein neuer Morgen am Lebensabend oder etwas in der Art, da sind Sie ja der Profi bei solchen Schlagzeilen. Die Leute werden heulen vor Rührung, wenn sie das in Ihrer Zeitung lesen.«

Kurz überlegte Fink, ob er jetzt nicht doch zu stark auftrug, aber wie er Berlemann einschätzte, vertrug der jede Menge Honig ums Maul. »Selbst Oberbürgermeister Schwalm wird sich mit Ihnen und Ihrer Aktion schmücken wollen und sich mit Ihnen fotografieren lassen. Sie werden überall positiv im Gespräch sein.« Fink rieb über seine vornehme Nase. Na komm, dachte er, ich hab dich doch!

»Hm.« Der Jungredakteur schaute nachdenklich aus dem

Fenster. Der Kondor hatte inzwischen einem weniger andentauglichen »Ice in the sunshine« Platz gemacht. »Das würde sich schon für ein oder zwei Berichte eignen.«

»Mit Foto«, warf Fink ein.

»Und so ein kleines Buch könnten wir auch selbst drucken, ist ja keine große Sache. Und vielleicht ein paar Flugblätter.«

»Mit Foto«, erinnerte Fink. »Gut möglich, dass auch die überregionale Presse darauf aufmerksam wird. Journalisten mit Eigeninitiative und dem Gespür für die kleine Story mit dem großen Potenzial, danach suchen die Redaktionen doch.«

Leander Berlemann trat auf ihn zu. Fink stand auf und ergriff seine Hand. Die Entschlossenheit eines echten Machers mit innovativen Ideen lag in Berlemanns Händedruck. »Also gut, ich lasse mir die Sache durch den Kopf gehen. Sie können die Anzeige vorerst ruhen lassen.«

Als Carsten Fink auf die Straße trat, war er so guter Laune, dass er dem einsamen Panflötenspieler ein Zwei-Euro-Stück in den Koffer legte und ihm zulächelte.

17

Carina konnte das Gezeter schon hören, noch bevor sie mit Kemal Özgür das Gartentörchen erreicht hatte. Es hörte sich an wie ein paar aufeinander losgehende Zweimeterspatzen, die sich um das letzte Maiskorn zankten.

»Was genau haben die Nachbarn eigentlich gemeldet?«, fragte Kemal.

»Einen lautstarken Streit, bei dem sie mehr neue Schimpfworte lernen, als ihnen lieb ist.«

Der junge Mann hob lauschend den Kopf, und das sah bei ihm immer aus, als würde er in der Luft schnuppern. »Bist du sicher, dass das hier die richtige Adresse ist? Ich hör gar nichts.«

Carina blieb stehen. »Sag mal, hast du das letzte Mal beim Schießtraining deine Ohrenschützer nicht angehabt? Da vorne zoffen sich doch zwei Leute, dass man schon allein beim Zuhören Angst vor der ewigen Verdammnis haben muss. Das sind doch mindestens vier Plärr.«

»Ach, das meinst du. Bei uns zu Hause klingt so eine ganz normale freundliche Unterhaltung beim Abendessen, wenn die Verwandtschaft da ist.«

Carina sah ihn von der Seite an. Sie konnte mit gutem Gewissen von sich behaupten, dass sie den meisten Leuten Geld, Freude und ein gutes Leben von Herzen gönnte. Aber in diesem Moment beneidete sie Kemal um sein Familienleben. Ihr Vater arbeitete bei der Bundeswehr und war vor zwei Jahren von Koblenz nach Kiel versetzt worden, nicht gerade ein Katzensprung, um ihre Eltern spontan zu besuchen. Und in letzter Zeit wurde sie das Gefühl nicht los, dass Männer irgendwie Angst vor ihr hatten. Eine ihrer besten Zeiten im Jahr waren die Tage, an denen Carsten Fink mit Evi und Felix in Urlaub fuhr und sie auf seine Katzen aufpassen durfte. Sie hatte sogar schon erwogen, ihrem Kollegen Ulf Kissmich einen Zwerghamster aus seiner Zucht abzukaufen, den sie Leonardo nennen würde. Ach Mensch, das war doch echt jämmerlich!

Sie erreichten ein hölzernes Gartentörchen und blieben stehen. Die beiden Nachbargrundstücke wurden durch eine grüne Hecke voneinander getrennt. Auf jeder Seite stand ein alter Mann, schrie auf den anderen ein und fuchtelte mit den Armen über die ordentlich beschnittenen Pflanzen hinweg.

Der alte Herr auf der rechten Seite war dünn und so hochgewachsen, dass er die Hecke mühelos überblicken konnte. Mit seinen grau melierten Haaren und dem bleistiftdünnen Schnurrbärtchen erinnerte er Carina an einen Filmstar aus schwarzweißen Hollywoodfilmen, als die Männer noch galante Helden waren. Aus seiner akkurat gebügelten grünen Strickjacke schaute ein blütenweißes Hemd heraus.

Sein Kontrahent auf der linken Seite sah aus wie ein in die Jahre gekommener Studentenrevoluzzer. Sein weißer Pferdeschwanz folgte den aufgeregten Sprüngen, mit denen der Mann versuchte, die Augenhöhe seines Nachbarn zu erreichen, und sein ausgebleichtes Jeanshemd hatte sicher schon viele beneidenswert wilde Zeiten mitgemacht.

Kemal warf einen Blick auf das Namensschild am linken Törchen, vor dem sie standen. Der Altrevoluzzer, der gerade das Rumpelstilzchen gab, hieß Rudi Anbach.

»Meiner«, schrie Rudi. »Meiner, meiner, meiner!« Es hätte Carina nicht weiter gewundert, wenn sein Fußgestampfe ein mittleres Erdbeben ausgelöst hätte. Die Bäumchen zitterten schon entsprechend.

»Eh, du biste eine dumme alte Zausel«, antwortete der andere in aufgebrachtem italienischem Tonfall. »Biste du gewesen immer schon, sempre eine dumme Zausel, porca miseria!«

Carina hatte den grün-weiß-rot gestrichenen Briefkasten neben dem anderen Tor inspiziert und den Namen Ricardo Bennetti entdeckt.

»Ich geb dir gleich porca miseria!« Rudi Anbach drohte mit der mageren Faust. »Die einzige elende Schweinerei hier kommt von dir. Zieh doch in ein sizilianisches Altersheim, wenn du deine eigenen Leute nicht mehr kennst!«

Ricardo richtete sich auf. »Du weißte ganz genau, komme ich nicht von die Sicilia da unten, sondern aus Roma, die ist die

Hauptstadt von die ganze Welt. Weiße jeder, nur nicht dumme alte Zausel wie du.«

»Und da bist du zwischen den ganzen Ruinen auch gar nicht aufgefallen«, höhnte Rudi.

»Va all' inferno!«, rief der Italiener. Carina hatte den neuen Roman von Dan Brown bei Evi in der Buchhandlung gekauft und konnte sich deshalb auch ohne vertiefte Sprachkenntnisse zusammenreimen, dass das »Geh zur Hölle« hieß.

Aus den Augenwinkeln bemerkte sie eine Bewegung neben sich, und als sie ihren Kollegen anschaute, sah sie, wie Kemal eifrig in ein kleines Notizbuch schrieb.

»Sehr lobenswert. Du machst dir Notizen zum Sachverhalt«, flüsterte sie.

Kemal sah auf. »Ach wo, ich schreib mir die Schimpfworte und Flüche auf. Nächstes Jahr will ich nach Italien in Urlaub fahren, da kann ich das vielleicht gebrauchen.«

In diesem Moment bückte Rudi sich. Als er wieder in die Höhe schoss, hielt er einen Gartenschlauch in der Hand, dessen Düse er auf seinen Nachbarn richtete. Im Bruchteil eines Augenzwinkerns tauchte auch Ricardo ab und schoss mit einem Sonnenschirm wieder in die Höhe, der sich noch im Hochkommen in den italienischen Nationalfarben entfaltete und gegen das bedrohliche Schlauchende gerichtet wurde. Für Ricardos fortgeschrittenes Alter in den Endsiebzigern eine beachtlich geschmeidige Leistung, fand Kemal.

Für Carina war das nun das Zeichen zum Einschreiten. »Legen Sie den Schlauch weg und treten Sie von der Hecke zurück, und Sie klappen den Schirm wieder zu!«

Die beiden Männer schauten verdutzt auf, als Carina und Kemal Rudis Grundstück betraten. Rudi betrachtete etwas verschämt den Schlauch in seinen Händen und legte ihn zurück auf den Boden.

Ricardo strich sich feixend über sein Schnurrbärtchen. »Siehste du, muss kommen sogar la polizia, weil du machste so eine Aufstand. Verhaften Sie ruhig diese Verbrecher da.«

»Legen Sie bitte den Sonnenschirm weg«, sagte Carina ruhig, aber mit Nachdruck.

»Ach, iste doch nur eine Zeichen für meine Liebe zu meine Heimat. Kann ich gar nix mit anstellen«, antwortete Ricardo, schloss aber doch seine Stoff gewordene Liebeserklärung.

»Und jetzt wüsste ich gern, worüber Sie sich hier dermaßen heftig zanken, dass wir hergerufen wurden«, sagte Carina.

»Der da ist schuld.« Rudi hatte die Hände in die Taschen seiner ausgebeulten Jeans gesteckt und ließ sein Kinn zu Ricardo hin zucken. »Der wollte mir meinen Enkel abspenstig machen.«

»Iste gar nicht wahr. Iste genau anders gewesen. Du wolltest, dass mein Enkel dich lieb hat und nichte mehr mich. Du biste eine gemeine Enkeldieb. Un ladro! Ist eine schwere Verbrechen und Sunde, weil die Liebe zwischen der nonno und der nipote ist heilig, du maledetto criminale!«

Kemal schrieb eifrig mit.

Rudi hechtete nach dem Schlauch. Ricardo schnappte den Sonnenschirm. Carina brüllte: »Donnerwetter!«

»Was heißt das auf Italienisch?«, fragte Kemal.

Ricardo ließ den Schirm sinken. »Perbacco«, antwortete er grollend.

Carina widerstand der Versuchung, Kemal gegen das Schienbein zu treten. »Bevor ich mir hier endgültig vorkomme wie im Kindergarten, erzählen Sie mir jetzt ganz in Ruhe, was es mit dieser Enkelsache auf sich hat.« Obwohl sie schon eine ziemlich deutliche Ahnung hatte. Sie sah, wie Rudi tief Luft holte, und der Röte in seinem Gesicht nach würden ihm gleich Stichflammen aus den Ohren und wüste Beschimpfungen aus dem Mund schießen. »Und zwar mit gegenseitigem Respekt und nachbarschaftlicher Brüderlichkeit, sonst werde ich echt fies.«

Kemal beugte sich grinsend zu Rudi vor. »Und das möchten Sie echt nicht erleben.«

Rudi schnaufte tief durch. »Es geht um meinen Enkel Dennis.«

Weiter kam er nicht, denn sein Nachbar haute mit der flachen Hand auf die Hecke. »Maledizione!« Er schüttelte seine Hand, bevor er seinen aufgeschrammten Finger begutachtete. Dann zeigte er auf sich selbst. »Non è vero, ist nicht wahr, es geht um mein Enkel, der liebe Silvio.«

Carina hob mit einer gebieterischen Geste die Hand in Ricardos Richtung, die Kemal immer wieder beeindruckte und deren einschüchternde Wirkung er gern beobachtete, wenn sie nicht gerade ihm selbst galt.

»Erst sind Sie dran«, sagte sie zu Rudi Anbach.

»Der da hat meinem Enkel Dennis Geld gegeben, dazu hatte er überhaupt kein Recht. Schlecht gemacht hat er mich bei dem Jungen, und sich selbst hat er bei ihm eingeschleimt. Das muss doch verboten werden! Das ist ein krimineller Eingriff in meine Opa-Rechte.«

Carina verlagerte ihr Gewicht auf das andere Bein. Warum hatte sie eigentlich nicht vorgeschlagen, die Befragung sitzenderweise im Haus durchzuführen? Aber wenn die beiden alten Herren Stehvermögen bewiesen, wollte sie nicht als Weichei erscheinen.

»Was war mit dem Enkel von Herrn Anbach, Herr Bennetti?«, fragte sie und wackelte mit den Zehen, um die Blutzirkulation in Gang zu halten.

»Der kam zu mir, vergangene Woche, glaube ich lunedì, Montag. Hab ich geharkt die Blätter von mein Wiese.« Er deutete zu dem Stück Rasen vor seinem Haus, auf dem ein antiker Marmorheld unter einer Birke sinnend in die Ferne schaute, vermutlich Richtung Rom.

»War sehr hofelich und freundlich und gut angezogen, hab ich erst gedachte, muss ein Italiener sein, hihi.« Er strich über sein Schnurrbärtchen. »Er war aber ganz traurig und hat gefragt, ob er kann rufen mit mein Telefon ein Taxi, weil sein nonno, sein Opa, der Rudi Anbach, der will ihm nichte das Geld geben, das er dringend braucht für sein wichtiges Geschäft, und muss er jetzt heimfahren und war hier ganz umsonst, der arme ragazzo, der Junge.«

»Da hat sich der junge Mann doch sicher sehr geärgert«, vermutete Kemal. »Haben Sie irgendwelche Schimpfworte benutzt, als Sie mit ihm über den Herrn Anbach gesprochen haben?« Hoffnungsvoll pendelte er mit dem Stift über seinem Block.

»Was war denn das für ein Geschäft, für das er Geld haben

wollte?«, fragte Carina mit einem vernichtenden Blick auf den jungen Polizisten.

»Er wollte eine macchina bauen, eine Maschine fur Schmeißen die Wasser auf die Demonstranten.«

»Einen Wasserwerfer?«

»Si.«

»Die gibt es doch schon«, sagte Kemal.

»Si, aber der sollte ganz neu sein, mit Wasser in Farbe fur Klebenbleiben an die Haare von die Leute, damit später die Polizei kann leichter finden und einfangen, wenn laufen weg. Fand ich ganz prima Idee. Und hat schon fertig die Plan und alles und will jetzt anmelden zu die Patente. Kann man mache alle Demonstranten klitschedinass und bunt.«

»He!« Rudi sah aus, als wolle er aus dem Stand über die Hecke springen, was ihm aber selbst mit Anlauf sicher nicht gelungen wäre. »Demonstrieren ist ein Bürgerrecht, so wie Streiken. Das wisst ihr in Italien doch besser als alle anderen!«

Ricardo schaute gar nicht in seine Richtung. »Und der Dennis hat gesagt, sein nonno Rudi gibt ihm kein Geld fur la macchina, um damit zu verfolgen die Demonstranten. Hab ich gesagt, komm her, wie viel brauchste du? Sagt: funfhundert Euro, mein Opa wird platze, bumm, wenn er hört, dass ich ihm hab gegeben die Geld. Also bin ich mit ihm gegangen zu die Bank und hab geholt die Geld. War er ganz gluckelich und hat gesagt, er benennt diese Teil nach mir, der Bennetti-Strahl.«

Carina hatte lange widerstanden, aber jetzt musste sie ihre Mütze abnehmen und sich die kurzen schwarzen Haare raufen. Ein entnervter Igel im Krisenmodus. Die beiden alten Herren traten jeder vorsichtshalber einen Schritt zurück.

»Das ist aber echt Zufall, weil einen Tag später war auch der Enkel vom Ricardo da, nämlich bei mir«, warf Rudi ein. »Da vor meiner Tür hat er gestanden.« Er wies mit dem Daumen über den Kiesweg zu einer rot gestrichenen Haustür aus Holz.

Es fiel Carina erst jetzt auf, dass neben der schön geschnitzten alten Tür ein Gartenzwerg auf dem Bauch lag, aus dessen Rücken ein Messer ragte.

»Er fragte auch, ob er sich von meinem Telefon ein Taxi

bestellen darf, und er war total durch den Wind, das hab ich gleich gesehen. Hängende Schultern, gesenkter Kopf, traurige Augen, das ganze Programm.«

»Kannten Sie den denn? Hatten Sie den Enkel vom Herrn Bennetti vorher schon mal gesehen?« Kemal blätterte eine Seite in seinem Notizbuch um; wie Carina vermutete, um die tatrelevanten Aussagen nicht mit seiner neuen Sammlung italienischer Schimpfworte zu vermischen. Das musste man ihm lassen, organisiert war er schon, irgendwie.

»Nee, er hat mir erzählt, dass er der Enkel ist. Der Silvio. Und dass er grade seinen Opa besucht und sich fürchterlich mit ihm gestritten hat, weil der ihm sein Lebensglück nicht gönnt.«

Rudi warf seinem Nachbarn einen grimmigen Blick zu, aus dem gleichzeitig die Befriedigung sprach, andere Personen an dessen charakterlichen Verfehlungen teilhaben zu lassen.

Ricardo schnaufte, kapitulierte aber vor dem Einsatz von Carinas erhobenem Finger.

»Weil der Silvio, der hat mir nämlich erzählt, dass er in Italien heiraten will, die Liebe seines Lebens, nicht wahr, aber der Vater seiner Braut hat eine Ziegenzucht und will zweihundert Ziegen als Mitgift haben, und so viel Geld hat der arme Silvio nicht. Das wollte er sich jetzt von seinem Opa leihen, und der hat's ihm nicht gegeben.«

Ricardo nahm augenblicklich die Nationalfarben seiner Heimat an. Er trug ja schon ein weißes Hemd und eine grüne Jacke, nun kam noch ein roter Kopf dazu. »È incredibile questo cretino! Glaubste du, wir in Italia verkaufen Frauen gegen Ziegenvieh, du Dummebeutel? Machen wir uberhaupte nicht, weil wir sind zivilisierte Menschen in Roma, das ist beste Hauptstadt in die ganze Welt. Mache sie höchstens noch da unten in die Sicilia.«

Carina ignorierte ihn. »Was ist dann passiert, Herr Anbach?«

»Ich hab dem armen Kerl das Geld gegeben. Da hat man doch schließlich Mitleid, wenn das Glück von so einem jungen Mann fast am Geiz seines Opas scheitert.«

»Wie viel war Ihnen denn dieses Liebesglück wert?«, fragte Carina.

»Der liebe Silvio hat gemeint, für tausendfünfhundert Euro

bekäme er schon eine Ziegenherde, aber bloß mit ganz mickrigen Tieren. Für fünfhundert mehr könnte er sich aber hochklassige Turboziegen kaufen, da würde ihm sein zukünftiger Schwiegervater vor Freude seine eigene Ehefrau gleich noch mit dazugeben.«

»Und Sie waren gar nicht misstrauisch?«, wollte Kemal wissen.

Rudi rieb sich wieder über die Stirn. »Ich hab schon einen Moment überlegt, aber der Silvio hat gemeint, wenn er seinem Opa erzählt, dass er das Geld von mir bekommen hat, dann wird's den glatt zerreißen.«

»Also haben Sie ihm zweitausend Euro gegeben?«

»So isses.« Er höhnte über die Hecke herüber. »Der war so froh, der Silvio, er hat gesagt, er benennt seinen ersten Sohn nach mir.«

Ricardo knurrte etwas Unverständliches vor sich hin.

»Was hast du gesagt?«, fragte Rudi lauernd.

»Hab ich gesagt, iste aber kein schöner Name für ein bambino, wenn heißen muss ›Dummebeutel‹ so wie du.«

Carina warf Kemal einen Blick der Verzweiflung zu, ehe sie sich an Ricardo wandte. »Herr Bennetti, kannten Sie vorher den Enkel des Herrn Anbach, diesen Dennis? Hatten Sie den vorher schon mal hier gesehen?«

»Nee, iste noch nie hier gewesen.«

»Wie sah der junge Mann denn aus?«

»Der Dennis? Ja, hab ich ja gesagt, war gut angezogen, war so blonde und hatte ein kleine Lucke zwischen die Zähne.«

»Und wie sah der liebe Silvio aus, Herr Anbach?«

»Äh, der auch.«

»Blond mit Zahnlücke?« Carina setzte ihre Mütze wieder auf. Sie hatte das deutliche Gefühl, ihre Stachelhaare würden sich sonst vor Resignation ineinander verknoten.

Rudi nickt.

Kemal sprang seiner Kollegin bei. »Herr Anbach, haben Sie denn eigentlich einen Enkel?«

Rudi war nun sichtlich irritiert, nickte aber.

»Der Dennis heißt?«

»Ähm, ja, nein, das nicht gerade. Der heißt, äh, hm, Florian.«

Kemal notierte sich das auf seiner fluchfreien Notizbuchseite. »Ist der denn blond und hat eine Zahnlücke?«

Rudi wurde mit einem Schlag knallrot. »Nein«, krächzte er. »Er ist eher dunkel, wenn ich jetzt so darüber nachdenke.«

Kemal schaute von seinem Blatt auf. »Er hat also dunkle Haare?«

»Schwarze Haare und eine dunkle Haut. Meine Schwiegertochter stammt aus Kenia, und mein Enkel ist dunkelhäutig.«

Kemal spürte eine Bewegung neben sich und schaute zur Seite. Oh, oh, wenn sich da nicht die Kicherbombe anbahnte. Kemal hatte es schon einige Male erlebt, dass sich Carinas legendäre Ungeduld bei Befragungen ein Ventil in Form von hemmungslosem Kichern gebahnt hatte. Es fing so wie jetzt damit an, dass sich Carina vor unterdrücktem Lachen auf die Lippe biss und es irgendwann aus ihr herausbrach mit Lauten, für die jedes Ferkel sie beneidet hätte.

Um das Ansehen der Polizei zu retten, drehte Kemal sich rasch zu Ricardo. »Und haben Sie einen Enkel namens Silvio? Mit Zahnlücke?«

»Hab ich Enkel in Italia, der Carlo, und hat keine Lucke da in die Zähne. Wohnt in Roma, das ist die schönste und wichtigste Stadt in die ganze Welt.«

»Will der Carlo zufällig demnächst heiraten?«

»Glaub ich gar nichte, weil der ist katholische Priester und will das bleiben und sicher nicht heirate Mädchen mit der Ziegenvater, sondern will große Karriere machen in der Vatikan und vielleicht werden Papst.« Seine braunen Augen leuchteten auf. »Hab ich immer davon geträumt zu werden Papst-Opa, und kann ich besuche die Petersdom durch ein Hinterturchen und brauch nicht anzustehen mit die Touristen.«

Kemal sah aus den Augenwinkeln, wie Carina den Kopf senkte. Leise prustende Geräusche kamen unter ihrer Mütze hervor, und ihre Schultern zitterten. Keine Frage, die Bombe tickte und stand kurz vor der Explosion. Er unternahm einen heldenhaften Versuch, sie zu entschärfen, indem er seinen Block auf Carinas Fuß fallen ließ und, als er sich nach dem Block bückte, Carina in die Wade kniff. Erfolgreich. Das Prusten verstummte mit einem letzten gurgelnden Laut, die Ehre der deutschen Polizei war nicht mehr unmittelbar in Gefahr.

Rudi und Ricardo warfen sich einen stummen Blick zu.

»Das waren wohl gar nicht unsere echten Enkel?«, erfasste Rudi schließlich die Situation.

Carina erinnerte sich an ihren Beruf und räusperte sich. »Nein, leider nicht. Das war ein Betrüger, der mit dieser Masche gerade ältere Leute abzockt.«

»Darüber wurde bereits in der Zeitung berichtet«, sagte Kemal und wuchs um ein paar Zentimeter. »Ich bin der Pressebeauftragte unserer Dienststelle, ich hab den Artikel selbst geschrieben.«

»Les ich nur italienische Zeitungen«, antwortete Ricardo.

»Ich war in letzter Zeit auf ein paar Demos und hatte keine Zeit, Zeitungen zu lesen«, grummelte Rudi.

»Also gut.« Carina reichte den beiden Nachbarn die Hand. »Dann würde ich Sie gern heute Nachmittag auf der Dienststelle am Stadtgraben sehen, damit wir Ihre Aussage und Täterbeschreibung aufnehmen können.«

Als sie das Grundstück verließen, schaute sich Kemal noch einmal um. Er sah Ricardo und Rudi beim angeregten Gespräch über die Hecke hinweg. »Da stehen sie einträchtig zusammen und verwünschen gemeinsam diesen Burschen auf Deutsch und Italienisch.« Carina räusperte sich die letzten Kicherer aus dem Hals. »Dann hat der Vorfall vielleicht doch auch ein Gutes und vereint zwei streithanselige Nachbarn.«

»Und dient der Völkerverständigung«, ergänzte Kemal. »Perbacco!«

Vor der Dienststelle trafen sie Emmerleins Freundin Isabel. Das brachte Kemals Herz gleich zweifach in Wallung, denn für eine schöne Frau konnte er sich immer begeistern. Vor allem, wenn ihre braunen Haare ins Rötliche spielten. Da verzieh er ihr sogar, dass er sich vor sportlichen Frauen eigentlich ein bisschen fürchtete und Isabel einige Jahre älter war als er. Außerdem lag eine Dose auf ihren Beinen, der eindeutig ein feiner Duft nach Schokoladenkuchen entströmte.

»Grüß dich, Isabel.« Carina schmunzelte. »Kommst du, um den armen Peter zu mästen?«

»Den armen Peter und alle anderen Polizisten in Andernach. Ich hab natürlich gleich zwei Bleche gebacken. Wir wissen ja, wer am kräftigsten zulangt.« Sie schaute zu Kemal hoch, der breit grinste.

»Ich bin noch im Wachstum, sagt meine Ma.«

»Ja, und wir wissen alle, wo dieses Wachstum bei Männern hinführt«, antwortete Isabel und deutete mit den Händen einen sich rundenden Bauch an.

»Soll ich dich schieben?«, fragte Carina und nickte zu Isabels Rollstuhl hin.

»Nee, lass mal, räum mir lieber die Hindernisse aus dem Weg.« Sie warf ihre langen Haare zurück. »Der Kemal kann ja den Kuchen nehmen. Und komm nicht auf dumme Ideen, ich behalte die Dosen im Auge.«

Wenig später klapperten an allen Tischen Teller und Gabeln.

»Das scheint ja ein ganz abgebrühter Bursche zu sein«, sagte Isabel nach Carinas Bericht über die betrogenen Nachbarn.

»Ja, der hat echt Nerven.« Fink kam mit der vollen Tasse von der Kaffeemaschine und setzte sich. »Herr Özgür, schreiben Sie noch mal einen Artikel für die Zeitung, die sollen das diesmal ein bisschen größer aufmachen. Das wirft auf uns zwar kein so gutes Licht, dass wir den Kerl immer noch nicht haben, aber vielleicht können wir doch ein paar Senioren warnen. Der Kuchen ist fast noch besser als die Mandelschnitten letztes Mal, und die waren schon zum Reinsetzen.«

»Soll ich auch was über unsere unermüdliche Aufklärungsarbeit schreiben?«, fragte Kemal hoffnungsvoll. »Sie wissen schon: einsame Nächte vor dem Computer in einem schummrig abgedunkelten Büro, ab und zu schlurft ein abgekämpfter Cop nach seinem aufreibenden Einsatz vorbei …«

»Klar, Sergeant Özgür, und draußen heulen die amerikanischen Polizeisirenen«, sagte Carina trocken. »Nee, bleib mal lieber sachlich.«

»Woher wusste der Typ denn, dass sich die beiden Alten nicht grün sind und dass er punkten kann, wenn er sie gegeneinander ausspielt?«, fragte Emmerlein. Er beugte sich vor, um sich ein zweites Kuchenstück zu holen, und streifte dabei wie zufällig den Arm seiner Freundin. Carina lächelte in sich hinein. Ach, war das süß!

»Wir haben mal bei den anderen Nachbarn der beiden nachgefragt«, sagte Kemal und leckte seine Gabel ab. »Dass die sich bei jeder Gelegenheit zoffen, wusste im Umkreis von zwei Straßen jeder. Da sind sogar Wetten am Laufen, wann die sich gegenseitig an die Gurgel gehen. Aber ich glaub, jetzt sind sie im gemeinsamen Ärger vereint.«

»Was hat denn der Abgleich der Täterbeschreibung mit der Datenbank gebracht?«, fragte Fink. »Vielleicht war der Kerl schon andernorts aktiv.«

»Nö, da hat sich nichts ergeben«, antwortete Carina. »Aber wenn die beiden Herrn ihre Aussage gemacht haben, kriegen wir vielleicht neue Merkmale, die wir abfragen können.«

»Ich hab's«, rief Emmerlein so unvermittelt, dass Carina ihre Gabel fallen ließ. »Wir nennen ihn den ›Zahnlückenzocker‹. Und die Überschrift von Kemals Artikel lautet: ›Mit List und Lücke‹.« Beifallheischend schaute er sich um. Drei Augenpaare sahen ihn verwundert an. Nur in Carina meldeten sich erneut Vorboten des großen Kicherns. Sie trank schnell einen großen Schluck Kaffee, um es hinunterzuschlucken.

Isabel stellte ihren Teller ab. »Ich muss los, ich hab noch Tischtennistraining.«

»Nimm Rücksicht auf deine armen Gegner«, mahnte Emmerlein. »Du musst sie nicht jedes Mal auseinandernehmen.«

Sie lächelte süß. »Eigentlich meinst du, ich soll *dich* beim nächsten Spiel nicht wieder auseinandernehmen.«

Peter Emmerlein seufzte. »Die Hoffnung hab ich aufgegeben. Gegen dich zu spielen ist, als ob man mitten im Hagel steht. Da kann man nur noch hinter seinem Schläger Deckung suchen«, sagte der Mann, dessen auf einen Meter neunundachtzig verteilte reine Muskelmasse jeden Randalierer in ein liebes Schoßhündchen verwandelte, und lächelte liebevoll.

18

Kemal Özgür stürmte mit einem Zettel in Finks Büro. Seine Krawatte war ein wenig auf die schiefe Bahn geraten und unterstrich durch ihre Schräglage Kemals Schwung, mit dem er durch die Tür fegte.

»Sehen Sie mal hier, Chef.« Er wedelte mit dem Papier herum. »Schwester Apolonia, ist das nicht die nette kleine Nonne, die hier war? Die so schön mit uns gesungen hat? Meine Ma hat sich echt total gefreut, als ich ihr das erzählt hab, weil die ist katholisch und hat mich früher immer mitgenommen in die Kirche, das fand ich ganz spannend als Kind, so mit dem Weihwasser und der Orgelmusik.« Er deutete mit den Händen ein ekstatisches Orgelspiel an.

Fink fragte sich nicht zum ersten Mal, ob bei seinem jungen Kollegen eine Hyperaktivität übersehen worden war oder ob einfach sein südländisches Temperament mit ihm durchging. Wenn er jetzt nicht gleich Ordnung in Kemals Gedanken und seinen Bericht brachte, würde Fink jedenfalls ziemlich bald den Anschluss verlieren und müsste sich alles noch einmal erzählen lassen. Das galt es zu verhindern »Herr Özgür –«

»Mein Vater war ein bisschen stinkig, also wegen der Nonne, weil wir die alle so cool fanden, und er hat gemosert, er weiß gar nicht, was das in der Kirche immer soll mit dem Aufstehen und Hinsetzen und Knien und Wiederaufstehen, wie in der Gymnastikstunde, aber meine Ma hat gemeint, da wär er wohl lange nicht mehr in der Moschee gewesen, wenn er nicht mehr weiß, dass es da genauso geht.«

»Herr Özgür, worum –«

»Und sie hat gesagt, hey, ist doch wurst, ob man Gott mit türkischen oder deutschen oder hinternepalesischen Liedern lobt, weil der ja eh alles versteht, weil er ja die Menschen und die Sprachen erschaffen hat, und da wird er ja wohl kein Wörterbuch für seine eigenen Sprachen brauchen.«

Er holte Luft, und Fink nutzte die Gelegenheit, um ihm

den Zettel aus der Hand zu nehmen. Es war ein Flugblatt, ein bisschen feucht und an einer Seite etwas eingerissen, aber das war nicht das Befremdliche daran.

Brauchen wir einen Papst? Spart die Stelle ein und schickt den Mann, der sich für unfehlbar hält und Millionen von Menschen mit der ewigen Verdammnis bedroht, wenn sie seine Vorschriften missachten, in Rente! Lasst uns nächsten Samstag gegen ihn demonstrieren. Motto: Jeder sein eigener Papst! Schwester Apolonia, Andernach.

Vor Finks innerem Auge tauchten beunruhigende Bilder auf. Demonstrierende Nonnen. Wasserwerfer. Nasse Nonnen. Seine Finger waren auch schon klamm.

»Da wird ihr die Schwester Maria aber die Hölle heißmachen«, mutmaßte Fink. »Wo haben Sie das denn gefunden?«

»Da lag ein ganzer Stapel auf den Holzbänken unter den Bäumen auf dem Marktplatz. Ich hab mal gleich alle aus dem Verkehr gezogen.«

Erst jetzt bemerkte Fink einen kleinen Stapel Blätter in Kemals anderer Hand, alle schlaff und leicht durchweicht vom Nieselregen.

»Was machen wir denn damit? Ich wär echt traurig, wenn die nette kleine Nonne deswegen Ärger kriegt.« Kemal fuhr sich mit dem Finger über die Oberlippe, wo er schon seit Jahren das Sprießen eines üppigen Schnurrbartes erwartete, bisher vergebens.

»Ich rede mal mit der Schwester Apolonia. Irgendjemand hat sie wohl ganz gemein auf dem Kieker.«

Er lehnte sich zurück. Sein Schreibtischstuhl gab einen leisen, beinahe erotisch hauchenden Laut von sich. Verflixt, was war das denn? Solche Geräusche hatte sein Stuhl ja noch nie gemacht. Beim Drehen quietschte er gelegentlich, und ein schwungvolles Aufstehen kommentierte er schon mal mit einem Knarren. Aber ein schlüpfriges Hauchen hatte Fink dem Möbelstück noch nie entlockt. Fink warf Kemal einen schnellen Blick zu und setzte sich behutsam wieder aufrecht hin.

»Es gäbe natürlich auch noch eine andere Möglichkeit«, fuhr Fink dann fort. Ihm war ein gemeiner kleiner Gedanke gekommen, den er selbst für komplett idiotisch hielt, aber er war lange genug Polizist, um schon die abwegigsten Dinge erlebt zu haben. »Womöglich veranstaltet sie den ganzen Zauber selbst. Geltungsdrang oder Frust wird es ja sicher auch bei Ordensschwestern geben.«

Er nahm seinen grünen Bleistift in die Hand. Evi hatte ihm einen Packen davon geschenkt, und Fink benutzte sie mit einer Mischung aus Spaß, leisem Stolz und Verschämtheit. Die gelben Stifte trugen den Aufdruck »Retter in der Not«, die blauen attestierten ihm »Alles im Griff«, und die grünen wiesen ihn als »Mein Held« aus. Er wackelte den Stift nachdenklich hin und her, bis er gegen seinen Fingerknöchel prallte, im hohen Bogen quer durch das Zimmer flog und hinter einem Aktenschrank verschwand.

»Nee, Chef, nie im Leben. Da wollen wir die Moschee doch mal im Dorf lassen.« Kemal war gerade seine auf Abwege geratene Krawatte aufgefallen, und er zog sie wieder ordentlich gerade.

Carsten Fink rieb sich den Knöchel. Er glaubte ja selbst nicht an krumme Machenschaften der kleinen Nonne, aber mit älteren, treuherzig schauenden Damen hatte er schon die erstaunlichsten Erfahrungen gemacht.

»Rufen Sie die Apolonia gleich mal an und sagen ihr, dass Sie sie in einer halben Stunde, oder wann es ihr heute passt, abholen. Vielleicht ist ihr noch was eingefallen, das uns weiterbringt.«

Als Schwester Apolonia wieder auf Finks Besucherstuhl saß, wirkte sie noch kleiner, als sie ohnehin schon war. Fink fürchtete fast, der Stuhl würde sie aufsaugen. Ihre mageren Schulterblätter waren nach vorne gezogen wie die Flügel eines frierenden Vögelchens. Fink überkam das Gefühl, ihr eine Handvoll Körner hinlegen zu müssen.

»Jetzt sehen Sie sich bloß einmal diesen Schund an!« Sie hatte selbst eines der Flugblätter mitgebracht und schob es über den Schreibtisch. »Das hat mir ein Besucher im Krankenhaus mitgebracht, da wo ich arbeite.« Sie beugte sich vor, nahm den Zettel gleich wieder an sich und schaute ihn mehr ratlos als verärgert an.

Fink stellte ihr ein Glas Mineralwasser hin und setzte sich auf seinen Drehstuhl. Ein lustvolles Stöhnen entfuhr der Polsterung. Fink sah erschrocken auf, traf auf Apolonias irritierten Blick und färbte sich schneller rot als Wasser mit einem Beutel Hagebuttentee. Das klang doch eindeutig danach, als ob in seiner Abwesenheit jemand auf seinem Stuhl gesessen hatte. Jemand Schweres. Mindestens neunzig Kilo, sagte sein kriminalistischer Spürsinn. Eins neunundachtzig groß. Mit Glatze und Ziegenbärtchen. Na warte, Peter! Probierst du aus, wie sich der Chefsesel anfühlt?

»Das stammt also nicht von Ihnen?« Er räusperte sich und deutete auf das Flugblatt mit der Ankündigung einer Anti-Papst-Demonstration.

Apolonia sah ihn groß an, und das Entsetzen glättete einen Teil ihrer feinen Fältchen. »Nein, nein, damit hab ich gar nichts zu tun. So was Gemeines würd ich doch nie nicht schreiben.«

Fink hob den Kopf, um den Ursprung eines Raschelns aufzuspüren. In der offenen Bürotür drängten sich mehrere Mitarbeiter der Dienststelle und linsten zu ihnen hinein.

»Wie hat denn Ihre Chefin reagiert, also die Schwester Maria?«

Die Nonne senkte den Kopf. »Sie hat gedroht, ich müsste das Fegefeuer auskehren. So heißt bei uns –«

»… der Dachboden, ich erinnere mich.«

»Ich war ja schon froh, dass sie nicht mit den Heiligengeschichten auf den Tisch gehauen hat. Das macht sie manchmal, wenn sie ganz arg wütend ist. Da ist an einer Stelle schon der ganze Lack von der Tischplatte ab. Eigentlich ist die Maria eine Seele von Mensch, Herr Kommissar, die kann einem keine Bitte abschlagen, und die setzt alle Hebel in Bewegung, um zu helfen, aber sie ist die Geduldigste nicht, und deshalb hat sie auch das Zuhören nicht grade erfunden.«

Fink schaute zu den Kollegen an der Tür. Mehrere Daumen reckten sich dort aufmunternd in die Höhe. »Ja gut, wir reden mal mit der Schwester Maria. Das bringt sicher ein bisschen Licht ins Dunkel, machen Sie sich mal keine Gedanken.«

Als Apolonia den Raum verließ, wurde sie von der halben Belegschaft in Empfang genommen. Kurz darauf klirrten Kaffeetassen. Allmählich begann der Fall, Fink persönlich zu ärgern. So was machte man einfach nicht mit einer netten alten Frau. Da musste er jetzt mal etwas Dampf machen, bevor sie exkommuniziert wurde. Oder nach Rom beordert wurde, um den Petersplatz zu fegen, man wusste ja nie. Inquisitionsrecht hatten sie auf der Polizeischule nicht gehabt.

Fink stand auf, um seinen grünen Lieblingsbleistift hinter dem Aktenschrank hervorzuangeln. Aber wo Emmerlein sich ja so gewissenhaft auf seine Abordnung zum Papstbesuch in Köln vorbereitete, könnte er ihn doch eine Übersicht über das Kirchenrecht ausarbeiten lassen. Unter besonderer Berücksichtigung der Frage, wie dort das Sitzen auf Vorgesetztenstühlen und Ausleiern derselben bestraft wurde.

Fink förderte seinen Stift einschließlich etlicher Staubflusen hervor und schnaubte schadenfroh.

19

»Hier, Carsten, das ist für dich abgegeben worden.« Carina kam herein, als Fink gerade seine Uniformmütze aufsetzte. »Ich hab schon dran gehorcht und gerappelt, aber es tickt nix und es rieselt auch nichts raus.« Sie drückte ihm einen gepolsterten Briefumschlag in die Hand. Er drehte ihn um und runzelte die Stirn, als er den Absender las, der in zierlichen Druckbuchstaben »Hilde, Kurt und Eberhard« benannte.

Dann fiel es ihm mit einem Lächeln wieder ein: die drei kreativen Senioren aus dem Altenheim, die sich mit selbst erdachten Bauernweisheiten ein kleines Zubrot verdient hatten. Fink hatte auch sein Gespräch mit Leander Berlemann von den »Stadtmeldungen« noch gut in Erinnerung. Der hatte die Anzeige wegen Betrugs gegen die Rentner tatsächlich zurückgezogen.

Er öffnete den Umschlag und zog ein dünnes Buch heraus. Auf dem Einband lachte ihm ein rot bemützter Gnom mit einer Angel entgegen. Über ihm stand der Titel:

Weisheiten des Gartenzwergs.
Unsinnige Sprüche für Haus und Garten.

Auf der hinteren Umschlagklappe fand sich tatsächlich ein Foto von Hilde, Kurt und Eberhard, die stolz lächelnd neben Berlemann standen.

Fink schlug das Bändchen auf, und als er den ersten Spruch las, brach er in schallendes Gelächter aus, was Carina dazu veranlasste, hinter ihn zu treten und über seiner Schulter mitzulesen: »Des Polizisten strenger Blick verbirgt sein weiches Herz zum Glück.« Hoffentlich würde sich das in Kriminellenkreisen nicht herumsprechen.

Carsten Fink machte sich für gewöhnlich nicht über Namen lustig. Oft genug war er in seiner Grundschulzeit von den Mitschülern mit Piepen und Flügelschlagen begrüßt worden, vom Fluch des Kosenamens, mit dem seine Mutter ihn belegte, ganz zu schweigen. Tief im Innern musste er zugeben, dass er ihr den »kleinen Piepmatz« bis heute nicht richtig verziehen hatte. Aber seit er selbst Vater war, verstand er, dass das rationale Denken bei Eltern manchmal einfach aussetzte und sich die Schamgrenze ganz weit nach oben verschob. Er nahm auch fast an, dass die Kindergartenfreunde von Felix heute gar nicht mehr wussten, was ein Fink eigentlich war. Vielleicht hielten sie das für ein Phantasieland in einem Computerspiel. Die Schatzsucher von Fink oder so.

Trotzdem galt sein Lächeln beim Händeschütteln nicht nur der Ordensfrau als Person, sondern auch ihrem Namen, als sie sich als Maria Flammhöll vorstellte. Sie war eine schlanke Frau Mitte fünfzig, die sich sehr gerade hielt und darum größer wirkte, als sie eigentlich war. Ihre rechte Augenbraue zuckte hin und wieder in die Höhe, und obwohl Fink sich bemühte, dem Zucken keine Beachtung zu schenken, kehrte sein Blick immer wieder dorthin zurück.

»Möchten Sie Kaffee?« Sie wies mit einer fahrigen Geste nach links oben.

Fink folgte automatisch ihrer Hand mit den Augen, entdeckte aber am ausgewiesenen Ort keine Kaffeemaschine, sondern ein Bild an der Wand, das einen schmerzhaft dreinblickenden Heiligen in düsteren Farben darstellte. Sein leidvoller Augenaufschlag rührte vermutlich von der Tatsache, dass der moderne Künstler dem Heiligen anstelle der Ohren zwei Münder gemalt hatte, deren symbolische Aussage sich Fink nicht wirklich erschloss.

»Ja, vielen Dank, Kaffee hätte ich wirklich gern. Ich komme hier aus Andernach, aber ich muss zugeben, dass ich Ihren Orden gar nicht so kenne. Können Sie mir etwas darüber erzählen?« Er verlagerte auf dem schön geschnitzten, aber unbequemen Stuhl ein wenig das Gewicht, mit dem Erfolg, dass das dunkle Holz jetzt nicht in seine Hüfte, sondern in sein Schulterblatt schnitt.

»Ah, ja. Unser Orden wurde 1652 in Frankreich gegründet.«

Ihre Hand zuckte nach links unten, wo Fink nicht etwa eine Landkarte oder das Foto einer französischen Landschaft fand, sondern eine große grüne Stehvase in der Ecke. »Benannt sind wir nach dem Mailänder Erzbischof Karl Borromäus, der für die Pflege von Pestkranken sorgte.«

Sie machte zwei Schritte nach vorne an den Schreibtisch und trommelte mit schlanken Fingern auf die Tischplatte. »Wir widmen uns den Armen, Kranken und Kindern und arbeiten seit fast hundertsiebzig Jahren im Andernacher Stiftshospital in der Pflege. Besonders Schwester Apolonia ist dort die gute Seele des Hauses. Darum kann ich mir gar nicht erklären, was plötzlich in sie gefahren ist. Sie ist immer so bescheiden und freundlich und gar nicht aufmüpfig, und das kann ich nicht von allen meinen Mitschwestern behaupten.« Sie blätterte in einigen Papieren, ohne sie richtig anzusehen.

Fink schob sich ein bisschen nach oben, woraufhin sich eine geschnitzte Rosenblüte in seinen Rücken bohrte. »Schwester Apolonia bestreitet aber, den Leserbrief und die Flugblätter geschrieben zu haben. Und die Erleuchtungsanrufe für den Papst hat sie auch nicht gemacht, sagt sie.«

Maria rückte eine bunte Heiligenfigur von einer Seite zur anderen. »Ich weiß. Möchten Sie Kaffee?«

»Ja, danke, ich hätte gern eine Ta–«

»Wer steckt denn sonst dahinter? Können Sie sich vorstellen, wie viel Unfrieden uns das bringt? Wir sind hier eigentlich eine sehr harmonische kleine Gemeinschaft, wir leben und beten und arbeiten ganz friedvoll miteinander, und daraus schöpfen wir unsere Kraft, für die Menschen, die uns anvertraut sind, und für uns selbst.« Sie stellte die Figur auf den Kopf, wo sie dank eines flachen Heiligenscheins auch in der Balance blieb. »Aber seit diese unselige Sache angefangen hat, gibt es Getuschel und misstrauische Blicke, gar nicht zu reden von den Leuten, die uns ansprechen und fragen, wo sie sich für die Anti-Papst-Demo melden können. Das ist wirklich nicht schön, das bringt unser stilles Leben völlig durcheinander.«

Fink bemerkte etwas nervös, dass sie anfing, den Deckel eines schweren ledergebundenen Buches auf- und zuzuklappen. »Gibt es denn jemanden, der Schwester Apolonia nicht leiden kann? Oder hat irgendjemand einen Vorteil davon, sie in Misskredit zu bringen?«

Maria setzte sich hinter ihren Schreibtisch und wies mit beiden Händen in unterschiedliche Richtungen, zum Lesepult links, zum Telefon rechts. »Da kann ich mir niemanden vorstellen. Die Schwester ist immer hilfsbereit und packt noch überall mit an, obwohl sie ja schon weit über achtzig ist. Alle kommen mit ihren Problemen zu ihr, weil sie jedem zuhört und ein gutes Wort und einen Rat für ihn hat. Sie macht noch jeden Tag Besuchsdienst im Krankenhaus und liest dienstags im Kindergarten Geschichten vor.« Der Finger deutete zur Deckenlampe. »Und sie betreut das Kummerbüchlein.«

Auf Finks fragenden Blick erklärte sie, das sei ein Buch, in das die Besucher der Hospitalkirche ihre Herzenswünsche und Bitten an Gott eintragen könnten. »Abends nimmt die Apolonia das Buch mit in ihr Zimmer und betet für diese Menschen.«

Fink schob sich in die linke Stuhlecke. Dort machte seine Kniekehle Bekanntschaft mit einer Holzranke. »Ihre größte Sorge ist, dass Sie ihr verbieten, ihren Jugendfreund zu besuchen«, sagte er.

Maria schaute ihn verständnislos an. »Welchen Freund?«

»Den Peppi.«

Maria schnaubte. »Ja natürlich kann ich sie nicht zum Heiligen Vater fahren lassen, wenn sie ihn so beschimpft. Was meinen Sie, was die dem alles an den Kopf wirft, wenn sie ihm erst gegenübersteht.«

Fink merkte, wie sein Mund ein bisschen aufklappte. »Der Peppi ist Papst Benedikt?«

»Ja sicher, was haben Sie denn gedacht? Die Apolonia kannte ihn schon, als sie noch zusammen in Bayern in die Grundschule oder damals noch Volksschule gingen und er Josef Ratzinger hieß. Peppi hat sie ihn früher genannt.« Die Hand zeigte zum Teppich. »Vor ein paar Monaten bekamen wir die Erlaubnis, eine unserer Schwestern zur Privataudienz beim Papst während seines Besuchs in Köln vorzuschlagen. Und weil die Apolonia ihn halt von damals kennt und weil sie grad fünfundachtzig geworden ist und so beliebt und noch immer so emsig bei der Arbeit, da hab ich nach Rücksprache mit der Ordensleitung sie dafür gemeldet. Darum verstehe ich ja auch nicht, was sie jetzt zu dieser Anarchie treibt.«

Maria stand auf und fing an, hin und her zu laufen. Neben der Ecke ihres Schreibtisches blieb sie stehen und betrachtete abschätzend das Tischbein.

Fink hatte eine Vision von der kleinen Apolonia mit einem kleinen Heiligenschein. Und einigen anderen Nonnen, die um eine Ecke lugten und versuchten, ihr den Heiligenschein mit einem langen Stock vom Kopf zu angeln. »Da gab es doch sicher ein bisschen Neid bei den Mitschwestern, könnte ich mir vorstellen. Wer würde denn zum Benedikt fahren, wenn die Apolonia nicht hin dürfte?«

Maria blieb stehen und sah ihn aufmerksam an. »Unsere Schwester Matilde war auch noch im Gespräch. Die arbeitet auch ganz hingebungsvoll und ist sehr tüchtig. Sie engagiert sich mit viel persönlichem Einsatz in einem Hilfsprojekt für Obdachlose. Aber manchmal, wie soll ich sagen, fehlt es ihr ein bisschen an Demut.« Sie stupste das Tischbein mit dem Knie an, aber nur ganz sanft. »Sie redet schon mal gern darüber, wie lange sie am Abend noch in der Bibel gelesen hat und dass ihr der Blumenschmuck in der Kirche besser gelungen sei als jedem Floristen. Darum fiel die Wahl auf unsere Apolonia. Die Überlegungen, wen wir auswählen wollen, liefen aber nur zwischen dem Mutterhaus in Trier und mir ab. Die Schwestern wussten nichts davon, wer zur Wahl stand.«

Ein kleines Kribbeln machte sich in Finks Bauch breit. Er kannte dieses Kribbeln. Manchmal riet es ihm zur Vorsicht. Und manchmal sagte es ihm, dass er gerade einen Fall geknackt hatte. Dieses hier war eindeutig ein Knackkribbeln.

»Gibt es einen Weg, auf dem Schwester Matilde davon erfahren haben könnte?«

Maria ließ sich auf ihren Stuhl fallen. »Ja, da hol mich doch …« Der Finger beschrieb ein paar Kreise in der Luft. »Matilde ist bei uns für den Post- und Telefondienst zuständig. Doch, ich denke, sie könnte es schon irgendwie erfahren haben.«

Sie seufzte tief. »Lieber Himmel, und was hab ich der armen Apolonia alles an den Kopf geworfen.«

Fink zog sein Handy aus der Tasche. »Carina, ich hab einen Auftrag für dich. Du sollst da mal was nachprüfen, ist für einen guten Zweck.«

Nachdem er das in die Wege geleitet hatte, stand er auf. Verschiedene Körperteile ließen ein mehrstimmiges Halleluja erklingen, andere waren noch verklemmt und eingeschnappt.

»Sehen wir mal, was bei der Überprüfung rauskommt. Seien Sie lieb zur Schwester Apolonia, die hat schon meine halbe Dienststelle bekehrt.«

Maria Flammhöll reichte ihm die Hand. »Ja, danke. Wollten Sie eigentlich einen Kaffee?«

Es kostete Carina Bauer gefühlte fünfzig Telefonanrufe, E-Mails sowie drei Stunden Lebenszeit und ihren gesamten Tagesvorrat an Geduld.

Jeder Kollege bot seine Hilfe an, um Apolonias spätes Wiedersehen mit ihrem Peppi möglich zu machen. Selbst als irgendwann acht Leute, die sie teilweise nicht einmal kannte, um ihren Schreibtisch herumstanden oder auf den Kanten saßen, um keine Fortschritte bei ihrer Recherche zu verpassen, behielt Carina die Nerven. Erst als Klaus die Faust seinen erneuten Aufenthalt in der Dienststelle nutzte, um ihr nützliche Tipps zum Erhalt von Informationen zu geben, jagte sie alle unter gotteslästerlichen Flüchen davon.

»Lassen Sie das bloß nicht Schwester Apolonia hören«, sagte die Faust und zog mit Kemal ab.

Als Carina schließlich aufstand, zog sie auf ihrem Weg zu Finks Büro einen Rattenschwanz an Kollegen hinter sich her. Fink schaute von seinem Computerbildschirm auf und befürchtete im ersten Moment einen Aufstand. Vielleicht mit der Forderung, größere Mengen an Salami- und Käsebrötchen einzukaufen.

»Also, Carsten, die schlechte Nachricht ist: Die Überprüfung der Telefonate, die vom Kloster aus geführt wurden, ergab nicht, dass irgendwer von dort aus den Oberbürgermeister oder andere

Leute wegen der Erleuchtungsgebete für den Papst angerufen hat.«

Fink rieb sich die kleine Aristokratennase. »Ja, so blöd wird die Matilde nicht gewesen sein. Schade. Dann müssen wir sie direkt befragen und an ihr Gewissen appellieren und hoffen, dass sie auch ohne Beweise einknickt.«

»Soll ich mitkommen?«, rief Klaus die Faust aus dem Flur.

»Wartet doch mal.« Carinas Mundwinkel strebten unaufhaltsam aufwärts. »Mit unermüdlichem Einsatz habe ich aber herausgefunden, dass vom Kloster aus ein Telefonat mit dem Vatikan geführt wurde. Und da hab ich angerufen und gesagt, es ginge um den Papstbesuch nächsten Monat und ein Treffen mit einer deutschen Nonne. Daraufhin hat man für mich einen deutschen Priester aufgetrieben, der mir erklärt hat, ursprünglich sei zwar tatsächlich die Schwester Apolonia für das Treffen vorgesehen gewesen, aber dann habe Schwester Matilde ihre eigenen Daten für den päpstlichen Sicherheitsdienst und das Kontrollverfahren durchgegeben und ihm eine Kopie von ihrem Personalausweis gefaxt, weil sie statt der Apolonia käme. Das war zwei Wochen, bevor Apolonia angeblich ihre Anruf- und Flugblattaktion gestartet hat.«

»Wow«, sagte Fink.

»Krass«, sagte Emmerlein.

»Abgefahren«, rief Klaus die Faust.

Und dann fing die gesamte Belegschaft an, Carina Beifall zu klatschen.

Schwester Matildes breite Schultern erinnerten Fink an einen Rugbyspieler, ihre zerknirschte Haltung eher nicht.

Sie standen in Maria Flammhölls Büro, und die konnte sich diesmal über mangelnde Demut ihrer Mitschwester nicht beklagen. Matilde gab ihre Verfehlungen augenblicklich zu, was vermutlich zum einen an dem mächtigen Holzkreuz lag, das Maria als Gewissensstütze auf dem Schreibtisch aufgebaut hatte, zum anderen an dem schweren Band mit Heiligengeschichten, den Maria in der Hand wog.

Matilde gestand, sie habe einen für Maria bestimmten Anruf

vom Mutterhaus entgegengenommen mit der Aufforderung, Apolonias Personalien mit einem aktuellen Foto an den Sicherheitsdienst des Vatikans zu schicken. Da waren plötzlich die Todsünden des Neids und des Stolzes mit ihr durchgegangen, und sie hatte sich selbst auf die Besucherliste gesetzt. Dann musste sie dafür sorgen, dass Apolonia von ebendieser Liste gestrichen wurde. Und dann bekam die ganze Sache irgendwie eine Eigendynamik, und der Höllenchef bescherte ihr einen hinterlistigen Einfall nach dem anderen, Matilde konnte es sich nicht anders erklären. Matilde gelobte mit abgesackten Schultern und gesenktem Haupt eine baldige Beichte und eine Entschuldigung an Apolonia und alle Mitschwestern.

Als Fink das Büro verließ, hörte er noch, wie Maria »Pfui, böse Nonne« zischte.

20

Peter Emmerleins Blick ruhte auf Leonardo DiCaprio, der ihm mit selbstgefälligem Lächeln zuwinkte. Er konnte beim besten Willen nicht verstehen, was Carina an dem Typen fand und warum sie auch noch einen Kalender mit seinen Fotos in ihrem gemeinsamen Büro aufhängen musste. Nächstes Jahr würde er ihr jedenfalls zuvorkommen und die Wand mit einem Kalender mit mittelalterlichen Morgensternen in Beschlag nehmen.

Dann konzentrierte er sich wieder auf seinen Anrufer.

»Nein, Herr Mooskircher, das ist kein Betrug. Wenn Sie im Rheinland einen ›Halven Hahn‹ bestellen, dann kriegen Sie eben kein Hähnchen, sondern ein halbes Röggelchen, also ein Roggenbrötchen mit Butter, Gouda, Senf und einem Gürkchen. In manchen Lokalen gibt's noch ein paar Zwiebelringe und Paprikapulver drauf.«

Aus dem Telefonhörer blökte eine laute aufgebrachte Stimme.

»Ja, das ist zugegebenermaßen missverständlich, Herr Mooskircher, aber hier in der Gegend weiß das eigentlich jeder.«

Emmerlein war ja schon froh, dass der Schauspieler diesen Monat Jeans und ein weißes Hemd trug. Im vergangenen Monat musste er den Anblick von Leonardos nacktem Oberkörper ertragen.

Derweil hatte sich sein Gesprächspartner weiter in Rage geredet. Emmerlein schlug einen versöhnlichen Ton an, den er auch immer einsetzte, wenn er Isabel verärgert hatte, und der meistens wirkte.

»Nein, bei Ihnen in Bayern gibt es das nicht, ich weiß. Aber Sie haben da ja auch viel Brauchtum, nicht wahr. Das Schuhplatteln zum Beispiel. Ach, das machen Sie mehr für die Touristen, verstehe. Aber Bayern ist ein so schönes Land mit so vielen Traditionen und so großartigen heimatlichen Gegenständen, Kuhglocken und Lederhosen, da haben Sie doch sicher Verständnis für unsere heimischen Sitten. Reden Sie mal in Ruhe mit dem Wirt, da wird er Ihnen bestimmt entgegenkommen. Unsere Gäste liegen uns schließlich am Herzen.«

Zufrieden darüber, die Situation so elegant gemeistert zu haben, legte er eben auf und bewegte seine Hand zwecks Kraulens Richtung Ziegenbärtchen, als im Flur ein Tumult entstand. Aufgeregte Stimmen redeten durcheinander, es schien ein Gedränge zu geben, und im nächsten Moment wurde ein junger Mann mit gefesselten Händen und einem grauen Klebeband über dem Mund in den Raum geschubst. Dem Geschubsten folgte der Schubser in Gestalt eines drahtigen älteren Mannes sowie die halbe Besetzung der Dienststelle, soweit sie ins Zimmer passte.

»Da haben Sie Ihren Enkelbetrüger«, schnaufte der ältere Mann außer Atem. »Hab ihn selbst gefangen. Wo kann ich die Belohnung abholen?«

Emmerlein konnte an sich selbst den Ablauf zweier Reaktionen beobachten. Phase eins: Verblüffung. Phase zwei: ein triumphaler Gedanke. Ich hab den Kerl geschnappt, das reicht für eine Beförderung. Er sah sich winkend in einem offenen Luxuswagen durch die Straßen Andernachs fahren. Sie waren von jubelnden Bürgern gesäumt, und aus den Fenstern der Häuser regneten Flitter und Konfetti auf ihn herab.

Dass ihm der Tunichtgut, der an seinen Fesseln zerrte und unverständliche Laute gegen das Klebeband presste, frei Haus geliefert wurde, ließ sich in die Schilderung der anstehenden Festnahme sicher leicht zu Emmerleins Gunsten einbauen. Alles eine Frage der Darstellung.

»Also was ist jetzt? Ich hab nicht den ganzen Tag Zeit.« Der Enkelschubser riss Emmerlein aus seinen Träumen. »Ich hoffe, ich krieg das Geld in bar. Was ist denn so ein Betrüger wert?«

Emmerlein fokussierte seinen Blick auf den Mann. Er blickte in kleine stechende Augen in einem spitzen Fuchsgesicht. Dem möchte ich auch nicht im Dunkeln begegnen, dachte der Polizist.

»Jetzt erst mal ganz langsam«, sagte er und stand auf. »Zuerst klären wir den Sachverhalt. Was genau ist passiert?«

Er trat an den jungen Mann heran. Die mit Kabelbinder fixierten Hände schnitt er mit einer Schere auf.

»Das würd ich nicht machen«, wehrte der Fuchsige ab. »Am besten buchten Sie den so, wie er ist, ein. Der hat behauptet, mein Enkel zu sein, da hab ich ihn hopsgenommen. Ich nehm keine Schecks, das sag ich Ihnen gleich.«

Von den Fesseln befreit, riss sich der junge Mann den Klebestreifen vom Mund. »Du Riesenelch, du weißt genau, dass ich tatsächlich dein Enkel bin! Bist du komplett gegen die Wand gelaufen?« Er kramte seinen Personalausweis aus der Hosentasche.

»Marcus Herbst«, las Emmerlein. Er ließ sich auch von dem anderen den Ausweis geben. »Rüdiger Herbst.« Dann schaute er beide fragend an. Triumphzug und Konfettiregen zerplatzten vor seinen Augen ebenso wie die live im Fernsehen ausgestrahlte Belobigung durch Oberbürgermeister Schwalm.

»Ist das tatsächlich Ihr Enkel?«

Herbst senior warf Emmerlein einen giftigen Blick zu. »Ja und? Das heißt doch nix.«

»Sie sind also hier, um Ihren echten Enkel als falschen anzuzeigen?« Den Eintrag ins goldene Buch der Stadt konnte er sich dann wohl auch abschminken. »Liegt denn irgendeine Art von Betrugshandlung vor?« Emmerlein versuchte zu retten, was zu retten war. Vielleicht waren ja wenigstens noch Freikarten für den Antiquitätenmarkt in der Mittelrheinhalle drin.

Im spitzen Gesicht des Großvaters war keine Reue auszumachen. »Kann ich Schadensersatz von ihm verlangen, weil er mich einen Riesenelch genannt hat? Sie waren doch dabei, Sie sind mein Zeuge.«

Emmerlein setzte sich an den Schreibtisch. Keine Freikarten. »Jetzt leite ich erst mal Ermittlungen gegen Sie wegen falscher Verdächtigung im Sinne des Paragrafen 164 und Vortäuschen einer Straftat gemäß Paragraf 145d Strafgesetzbuch ein. Und dafür bin ich ganz sicher Zeuge.«

Ärgerlich begann er, auf die Tastatur zu hämmern. Mit der Plakette an seinem Wohnhaus zum Gedenken an Peter Emmerlein, den Enkeltrickbezwinger, würde es vermutlich auch nichts werden.

Der Regen hämmerte mit unzähligen kleinen Fäusten gegen die Scheiben der Dienststelle, als wollte er hereingelassen werden, weil selbst ihm die Nacht da draußen zu stürmisch und finster war.

Carina stand mit einem Becher heißem Apfeltee am Fenster und sah wohlig zu, wie ein Blitz über den Himmel zackte. Unmittelbar darauf krachte ein Donner so laut über ihr, dass sie unwillkürlich meinte, die Deckenbeleuchtung müsste anfangen zu flackern. Beim Nachtdienst war es meistens sehr ruhig im Gebäude, sodass jedes Geräusch eine besondere Wirkung hatte.

»So ein Schweinswetter«, murrte Sophia Birre. Sie kam herein und legte eine Akte auf den Tisch. Irgendwie hatte sie es geschafft, mit ihrer neuen Dauerwelle aus heimischer Herstellung ihre alten weichen Locken in eine Art starre Polsterfedern zu verwandeln.

»Was machen denn deine Kinder jetzt?«, fragte Carina und nahm noch einen Schluck Tee. »Haben die keine Angst bei dem Gewitter?«

Sophia lachte. »Die Mädchen sind achtzehn und neunzehn und die Zwillinge sechzehn. Die sitzen vermutlich gerade mit einer großen Tüte Chips vor dem Fernseher und ziehen sich einen Horrorfilm rein. Wenn ich heimkomme, kann ich froh sein, wenn der Blitz da nicht eingeschlagen und die Wohnung abgefackelt hat.«

Sie warf einen Blick aus dem Fenster, wo gerade ein neuer Blitz über den Himmel sprang. »Na, wenn das nicht geradezu nach einem Einsatz schreit. Ich schätze, innerhalb der nächsten halben Stunde geht's für eine von uns raus.« Sophia war bestimmt die uneitelste Frau, die Carina kannte. Trotzdem betastete ihre Kollegin jetzt mit einem skeptischen Blick in die triefende Dunkelheit ihre Frisur. Man mochte sich gar nicht vorstellen, was der Regen mit ihren Haaren anstellen würde.

»Ich tippe auf eine Viertelstunde«, antwortete Carina. Eine Sturmbö ließ die Scheibe erzittern. Im selben Moment klingelte das Telefon.

»Gewonnen«, sagte Carina resigniert und hob ab.

»Darauf würd ich nicht wetten«, murmelte Sophia und ging aus dem Zimmer.

»Polizeiinspektion Andernach, Sie sprechen mit Kommissarin Carina Bauer.«

Rauschen. Knacken. War da leises Wimmern im Hintergrund? Sofort rauschte Adrenalin durch Carinas Körper. »Können Sie mit mir sprechen?«, fragte sie betont ruhig. »Wie kann ich Ihnen helfen?«

»Holen Sie uns bitte ab.« Ein ganz dünnes Stimmchen tastete sich durch die Leitung. »Bitte? Können Sie gleich kommen?« Stimmengemurmel, Schluchzer.

Nach dem ersten Adrenalinansturm sprang bei Carina der Autopilot ihrer langjährigen Routine an. »Wo sind Sie? Was ist passiert?«

»Er will uns holen kommen«, weinte das Stimmchen. Verdammt, das war doch kein Erwachsener! Das war ein Kind, vielleicht ein Jugendlicher, und er klang kein bisschen so, als würde er sich einen Scherz erlauben.

Hundert Gedanken schossen gleichzeitig durch Carinas Kopf wie Billardkugeln, die mit Wucht über den Tisch gestoßen wurden und von der Bande abprallten. Was war da im Gange? Eine Entführung? Ein Familiendrama? Während ein Blitz den schwarzen Himmel aufriss, griff Carina mit trockener Kehle zu der Mappe, in der die Nummer des Sondereinsatzkommandos stand. »Wir kommen sofort. Sag mir, wo ihr seid.«

Vom anderen Ende war ein heftiges Krachen zu hören, gefolgt von einem kollektiven Aufschrei aus mehreren Teenagerkehlen.

»In der alten Schmiede«, schrie die Stimme. Sie war inzwischen so hoch, dass sie fast aus dem Ultraschallbereich kam. »Der ›Krumme Häns‹ kommt, gleich hat er uns! Er wirft schon mit Hufeisen nach uns!«

Zuerst das SEK anfordern, hoffentlich hatte der irre Kunitz keinen Dienst. Dann Carsten benachrichtigen. Und dann … Carinas Hand hielt beim Blättern inne. Wie war das gewesen? Der »Krumme Häns«? Sie runzelte die Stirn und dachte angestrengt nach. Von dem hatte sie doch schon mal was gehört. Sie starrte in die schwarze Nacht und erinnerte sich an Kemal, der ihnen vor einiger Zeit eine wilde Gruselgeschichte erzählt hatte. Es war um einen betrügerischen Schmied gegangen, dem man ein unschönes Ende bereitet hatte und der seitdem herumspukte.

»Du meinst die verfallene Schmiede bei Namedy? Da seid ihr? Und ihr habt Angst vor dem Geist vom toten Schmied?«

»Ja!«, jaulte es aus der Leitung. Es knisterte und knackte so laut, dass Carina kaum etwas verstand. »Kommen Sie bitte, bitte schnell! Wir können schon die Pferde hören.«

»Ich bin in ein paar Minuten da, bleibt ganz ruhig.«

Ein mehrstimmiges Kreischen antwortete ihr.

»Äh, singt ein paar Lieder, am besten ganz laut, das hilft.« Carina legte auf und stützte sich erst einmal am Tisch ab, um das überschüssige Adrenalin in ihren Adern wieder einzusammeln.

Puh!

Kein SEK, kein Großeinsatz, nur ein paar Jugendliche, die ihren Mut überschätzt hatten.

Carina richtete sich wieder auf, griff nach ihrem Anorak und schaute noch einmal aus dem Fenster. Gerade schleuderte der Sturm krachend einen dicken Zweig gegen die Scheibe. Regenpfeile folgten. Die Schwärze sah aus, als habe man sie noch einmal mit schwärzerer Schwärze umwickelt. Carina ging zur Tür.

Puh!

Dass sie auf den zehn Metern bis zum Wagen komplett durchweicht wurde, nahm Carina ohne Selbstmitleid hin. Unterwegs warfen sich die Windböen wie Rugbyspieler gegen das Auto. Das steckte Carina genauso klaglos ein wie die Suche nach einem verfallenen Gebäude im Wald im Schein ihrer Taschenlampe, das Stolpern über matschigen Boden und herumliegendes Geäst und die Gefahr, unter den schwankenden Bäumen vom Blitz getroffen zu werden. Das Zerreißen ihrer Hose beim Klettern über den halb umgekippten, gesplitterten Holzzaun registrierte sie kaum. Und dass ihr die zwei halbwüchsigen Mädchen und der Junge, die ihr in der Ruine schreiend entgegentorkelten, aus Versehen ein blaues Auge schlugen, als sie sich ihr an den Hals warfen, konnte Carina kaum aus der Bahn werfen. Sie dachte sogar kurz darüber nach, ob die Gefahr bestand, dass der Blitz in die Zahnspangen der beiden Vierzehnjährigen einschlagen könnte, wenn sie weiter mit offenem Mund kreischten. Der etwas jüngere Jüngling sah aus, als würde er beim Zittern gleich aus seinem Kapuzenpulli rutschen.

Die Sicherungen brannten ihr mit einem sturmübertönenden Brüllen erst durch, als das größere der Mädchen, kaum dass alle wohlbehalten nach dem stolperigen Rückweg durchs Unterholz im Auto saßen, merkte, dass es sein Handy in der Spukschmiede hatte fallen lassen und Carina aufforderte, es für sie holen zu gehen.

Das war der Moment, in dem sie beschloss, die Teenager nicht nach Hause zu fahren, sondern sie auf der Dienststelle von den Eltern abholen zu lassen. Das elterliche Donnerwetter, das locker mit dem Gewitter draußen mithalten konnte, wärmte Carina dann auch wohliger als die Tasse Kaffee, die sie mit klammen Händen zitternd umklammerte.

Wie sich herausstellte, hatten sich die Jugendlichen gegenseitig zu dieser Mutprobe angestachelt. Die Regenschauer, die durch das löchrige Dach prasselten, hatten sie noch überstanden. Bei dem Ast, der auf den hinteren Teil des Gebäudes krachte, ließ der Spaß dann schon erheblich nach. Und als der Sturm einen alten Kamin zum Einsturz brachte, der mit einem Krachen wie Pferdegetrappel einstürzte, war aus dem Abenteuer endgültig ein Horrortrip geworden, den Stephen King nicht schlimmer hätte erfinden können.

Als die Eltern mit ihren Sprösslingen abgezogen waren, konnte sich Carina endlich trockene Sachen anziehen. Ganz ehrlich, so einen Dienst brauchte sie nicht jede Nacht.

Einen Tag später verliehen ihr die Kollegen feierlich den Großen Verdienstorden der Gespensterjäger, der aus einem grünen Stockschirm bestand, auf den sie einen durchgestrichenen Geist gemalt hatten. Und wie so oft wusste Carina nicht so richtig, ob sie sich gerührt oder auf den Arm genommen fühlen sollte.

21

»Frevel!«, röhrte die Stimme in Finks Telefonhörer. Vielleicht hatte sie auch »Schwefel« gesagt. Durch die Watte, hinter der sich die verdammte Erkältung in seinem Kopf verschanzt hatte, drangen die Worte nur gedämpft in seinen Gehörgang, wurden von dort aus nur schleppend weitertransportiert und kamen äußerst bruchstückhaft in seinem Gehirn an.

»Keine Sorge«, hatte Rosemarie Nill, die Kindergartenleiterin, fröhlich zu ihm gesagt. »Sie können ruhig hereinkommen, das ist nur ein ganz kleiner grippaler Infekt, den wir hier haben.« Ein sandfarbener Schal von den Ausmaßen einer ausgewachsenen Anakonda hatte sich um ihren Hals geschlungen und reichte fast bis zu ihren geröteten Augen. »Kinder sind ja so widerstandsfähig.«

Der lustige Herbstausflug zu einem Kartoffelfeld im strömenden Regen unter dem Motto »Natur ist bei jedem Wetter« war ja auch eine bescheuerte Idee gewesen, und die nicht so widerstandsfähigen Eltern zahlten jetzt den Preis dafür.

Fink hustete. »Bitte?«, krächzte er in die Leitung. Womöglich hatte der Anrufer auch »Pevel« gesagt, aber was zum Teufel war ein Pevel?

»Ein Frevel wurde begangen«, informierte ihn die Stimme. »Obliegt Ihnen die Zuständigkeit für solcherlei?«

Carsten Finks Zuständigkeit beschränkte sich derzeit auf das Heer von Bazillen, das sich in seiner kleinen Nase drängte und sie als Truppenübungsplatz missbrauchte. »Worum geht es denn? Und nennen Sie mir bitte Ihren Namen.«

»Drömmel. Hans Hagen Hartmut Drömmel spricht zu Ihnen. Schiller wurde gemordet.«

Oh nein! Adrenalin schoss durch Finks Körper. Tatort. Gerichtsmedizin. Ohnmacht. Er nieste zehntausend Schnupfenviren aus.

»Und Lessing ebenfalls«, ließ ihn HaHaHa Drömmel dröhnend wissen.

Vor Finks Augen begannen sich helle rote Punkte zu drehen. Doppelmord. »Aktenzeichen XY ... ungelöst«. Seine Mutter am Handy, die jede halbe Stunde über die neuen Entwicklungen aufgeklärt werden wollte.

»Auch Goethe wurde niedergestreckt. Möglicherweise lässt er sich aber kleben.«

Finks Vision, wie er mit zugeschwollenen Augen Angaben über einen irren Massenmörder in eine Fernsehkamera näselte, stoppte abrupt. Der Schüttelfrost, ein treuer Begleiter seit zwei Tagen, war schon von seinem neuen Kumpel, dem Schweißausbruch, abgelöst worden. »Sie können das Opfer kleben?«

»Unter Umständen. Falls ich seines Kopfes habhaft werde. Er ist ins Gebüsch gerollt.«

Fink klemmte den Hörer zwischen Ohr und Schulter und schnäuzte sich so dezent wie möglich. Trotzdem klang es wie ein Elefantenbulle, der eine Dynamitstange ausspuckte.

»Wir reden jetzt aber nicht über Menschen, oder?«

»Guter Mann, wollen Sie behaupten, Schiller, Goethe und Lessing seien keine Menschen?«

»Lebende«, schniefte Fink.

»Nun ja, nein. Das macht das Verbrechen aber nicht weniger abscheulich. Eilen Sie herbei, damit der Frevel Aufklärung findet. Untere Wallstraße 17. ›Frisch, Gesellen, seid zur Hand‹, so sagt Schiller.«

Eine halbe Stunde und ein Nasenspray später schlurfte Carsten Fink hinter der hochgewachsenen Gestalt Drömmels durch einen Garten. Die wilde Mähne grauer Haare, die auf dem Haupt des älteren Mannes vor Fink herwippte, hätte Beethoven sicher zur Ode an den Neid inspiriert. Finks Energielevel stand nur noch auf Reserve. Eigentlich hatte er Ulf Kissmich herschicken wollen, aber der hatte sich am Morgen per E-Mail entschuldigt, weil er seine Oma zur Nobelpreisverleihung begleiten musste.

Drömmel zückte im Gehen ein Notizbuch. »Die Tat muss sich heute Vormittag zwischen sieben Uhr dreiundzwanzig und neun Uhr achtundvierzig mitteleuropäischer Zeit ereignet haben. Ich habe bereits meine Frau verhört, konnte aber keine exaktere Aussage von ihr erhalten. Leider wohnt ihr kein Sinn für die hohen Werte der Genauigkeit inne.«

Während sie auf akkurat ausgerichtete Granitplatten traten, freute sich Fink von Herzen, keine Pflanze in diesem Garten zu sein. Sträflinge in einem Hochsicherheitsgefängnis hatten sicher mehr kreative Entfaltungsmöglichkeiten als die Blumen und Sträucher, die hier vor ihnen strammstanden.

Alle Pflanzen waren nach Größe, Farbe und Anzahl geordnet und in eigene Gehege aus kniehohem Maschendraht gesperrt. Fink nieste sich an zehn weißen Geranien vorbei, die durch ein Zäunchen von zwölf lila Fuchsien und diese wiederum von vier gelben Teerosensträuchern getrennt waren. Sie schienen ihm durch das Gitter mit traurigen Augen hinterherzuschauen wie Hundewelpen im Tierheim. Und er war sicher, wenn seine Ohren nicht so verstopft gewesen wären, hätte er ein florales »Nimm mich mit« aus vielen kleinen Stimmchen hören können.

Fink schnaubte in sein Taschentuch und entwickelte eine spontane Sympathie für Untergrundaktivisten, die Tiere aus der Gefangenschaft befreiten. Ob es so etwas auch für Blumen gab?

»Wir nähern uns dem Tatort.« Drömmel wies mit dem Notizbuch nach vorne. »Geben Sie bitte Obacht. ›Durch diese hohle Gasse muss er kommen.‹«

»Wer?« Fink sah sich verwirrt um.

»So sagt Schiller«, ließ ihn Drömmel unwillig wissen. »In ›Wilhelm Tell‹, dem großen Freiheitsdrama, in dem die Gründung der Schweizer Eidgenossenschaft mythisch thematisiert wird.«

Am Ende des Gartens meinte Fink, aus tränenden Augen einen Weidenbaum zu sehen, leicht gebeugt und mit wehenden Tüchern behangen. Er wollte Drömmel schon beinahe stumme Abbitte leisten, da sich der alte Herr offenbar doch nicht ganz der Leichtigkeit des Seins verschlossen und den Baum so lebensfroh dekoriert hatte. Beim Näherkommen entpuppte sich der Baum aber als hoch aufgeschossene grauhaarige Frau, deren dünner Körper von einem grünen Gewand umwallt wurde.

»Dort sehen Sie meine Gattin. Sie heißt Frau Drömmel«, ließ ihn Hans Hagen Hartmut beiläufig wissen. »Sie bewacht den Tatort.«

Fink hatte in einem von Felix' Büchern über die Steinquader der Cheopspyramide gelesen, die so genau aufeinander passten, dass sich nicht einmal ein Blatt Papier dazwischenschieben ließ. Beim Anblick von Frau Drömmels fest zusammengepressten Lippen hätten die ägyptischen Baumeister sicher ihre helle Freude gehabt und die Dame zu Anschauungszwecken für ihre Arbeiter angeworben.

Um ein Stück Rasen mit Borstenschnitt hatte Herr Drömmel vier Holzpflöcke in die Erde getrieben und diese mit rot-weißem Flatterband verbunden, offenbar, um den Ort des Geschehens in Fernsehkrimimanier abzugrenzen. In das Rasenstück waren Schieferplatten eingelassen und darauf diese merkwürdigen kleinen Figuren platziert. Ihre Zugehörigkeit zur Familie der Gartenzwerge konnten sie zwar nicht verleugnen, waren den zipfelmützigen Gesellen aber schon um mehrere Entwicklungsstufen voraus. Kopfbedeckung oder Schürze trug keines der Männlein; auch über weiße Bärte, einfältiges Grinsen und Laternen oder Angelruten waren sie erhaben. Stattdessen waren sie fein herausgeputzt, mit altmodischen Gehröcken, Kniebundhosen und beschleiften Zöpfen, alles aus pastellfarben bemalter Keramik.

Fink fand die Parade sehr hübsch. Schade eigentlich, dass die meisten von ihnen umgestürzt waren und Ärmchen mit Büchern sowie Händchen mit Schriftrollen abgeschlagen um sie herum verstreut lagen. Einige winzige weiße Blümchen schauten wie zum Trost zwischen den Trümmern hervor.

»Sie wissen natürlich, um wen es sich hier handelt?« Drömmel wies mit ausgestrecktem Arm auf das Figürchen eines Jünglings, der wehmütig seinem abgebrochenen Schuh hinterherblickte.

Fink dachte an seinen Geschichtsunterricht, in dem er

ziemlich gut gewesen war. Caesar hätte er leicht an Toga und Lorbeerkranz und Napoleon an der Hand in der ausgebeulten Weste identifizieren können, bezweifelte aber, dass deren herausragende Kennzeichen Feder und Tintenfass gewesen waren. »Shakespeare?«, fragte er auf gut Glück, obwohl ihm das Kerlchen dafür zu viele Haare zu haben schien. Wies der englische Poet auf seinem Porträt doch wegen seiner hohen Stirn eher Ähnlichkeiten mit Peter Emmerlein auf.

Drömmel erbleichte. »›Warum in die Ferne schweifen, sieh, das Gute liegt so nah‹, so sagt Goethe. Junger Mann, Sie werden in diesen markanten Zügen doch gewiss unseren Dichterfürsten Friedrich Schiller erkennen. Der Ohrlose dort neben der Eiche ist Hegel, und Lessing da drüben bei der Sonnenuhr hat es die Beine weggehauen.«

Erschüttert schüttelte er den greisen Kopf. »›Priams Feste war gesunken, Troja lag in Schutt und Staub‹, so sagt Schiller. Gab es besondere Vorkommnisse, während ich den Kommissar hierher geleitete?« Drömmel hatte sich an seine Gattin gewandt.

»Ein Schmetterling ist vorbeigeflogen«, giftete sie. »Von rechts nach links, glaube ich.« Als sie in ihrer Jugend noch nicht diesen verkniffenen Ausdruck um die dünnen Lippen gehabt hatte, war sie vermutlich recht hübsch gewesen, vermutete Fink. Ihre kurzen grauen Haare sahen aus, als würde sie ihre Frisur in die Obhut eines Herrenfriseurs legen.

Drömmel riss sofort wieder sein Notizbuch aus der Hemdtasche. »Um welche Uhrzeit? Wie sah er aus? Hat er sich verdächtig gemacht?«

Es kribbelte in Finks Nase. Er nestelte an der Taschentuchpackung, aber die bazilläre Übermacht drängte explosionsartig ins Freie, bevor er ein Tuch zu fassen bekam.

»Junger Mann, halten Sie an sich«, polterte Drömmel. »Sie kontaminieren den Tatort. Wann gedenken Sie, Fingerabdrücke zu nehmen und eine DNA-Analyse durchzuführen? Meine Frau steht Ihnen jederzeit zur Verfügung. Befragen Sie sie nur peinlich genau. Sie brauchen keine Rücksicht zu nehmen. ›Gehst du zum Weib, vergiss die Peitsche nicht‹, so sagt Nietzsche.«

Fink erwartete, Drömmel jeden Augenblick unter den feurigen Blicken seiner Frau in Flammen aufgehen zu sehen. »Wann haben Sie die Figuren zuletzt intakt gesehen?«

Drömmel bemühte erneut seine Notizen. »Um sieben Uhr fünfzehn heute Morgen unternahm ich meinen vormittäglichen Erbauungsspaziergang zu meiner Dichterecke. Meine Gattin Hiltrude«, er deutete mit dem Stift auf seine Frau, ohne aufzublicken, »bereitete in dieser Zeit das Frühstück zu. Um sieben Uhr dreiunddreißig verließ ich den Garten, um es zu mir zu nehmen. Ich muss leider sagen, dass es mir keine Freude bereitete, da Frau Drömmel, wie gewöhnlich, die Eier zu hart gekocht hatte.«

Der tiefe brummende Ton, den Fink zuerst einer fettleibigen Hummel zuschrieb, ließ sich nach einigen Augenblicken Hiltrude Drömmel zuordnen.

»Danach zog ich mich zurück, um meinem Ärger über eine Vorstellung von Lessings ›Nathan der Weise‹, die ich im Stadttheater Koblenz erdulden, was sage ich: erleiden musste, in einem Leserbrief Luft zu machen. Der Nathan-Darsteller schwäbelte, können Sie sich das vorstellen? ›Nun, wessen Treu und Glauben zieht man denn am wenigsten im Zweifel? Doch den seinen‹, *geschwäbelt.* Da möchte man doch im Boden versinken.«

Er schnaufte schwer. »Jedenfalls, als ich den Garten um neun Uhr achtundvierzig wieder betrat, war der Frevel bereits geschehen. ›Und den Mordstahl sah ich blinken, und das Mörderauge glühn‹, so sagt Schiller. Nun, das Mörderauge sah ich nicht mehr, das fällt jetzt Ihnen zu. Sind Sie schon zu einer Erkenntnis gelangt?«

Nach Finks Erkenntnis sollte Hiltrude Drömmel ebenso wie die inhaftierten Blumen aus der Befehlsgewalt ihres Mannes befreit werden.

Er betupfte seine Nase mit dem Taschentuch. »Wem gehört der Garten nebenan?« Durch den Zaun sah er eine ebenfalls sehr gepflegte Gartenlandschaft mit einem kleinen künstlichen Bachlauf, durch den munter Wasser plätscherte, und eine Terrasse voller edler Teakholzmöbel.

»Amtsgerichtsdirektor a. D. Schell.« Drömmels tragende

Stimme stieg in das Tal des Flüsterns hinab. »Auch ich habe mir darüber schon meine Gedanken gemacht. Er beherbergt in seinem Garten ein handzahmes Eichhörnchen. Ich halte es für nicht ausgeschlossen, dass er es abgerichtet hat, mit Nüssen auf meine Dichter zu feuern. Die großen Denker waren Kleingeistern schon immer ein Dorn im Auge. Ich sah ihn schon manchmal dort am Zaun stehen und mit Häme zu mir herüberschauen. Auch einen abgenagten Apfelbutzen habe ich in der Nähe von Annette von Droste-Hülshoff schon gefunden. Sie liegt dort links, unter ihrem umgestürzten Söckelchen begraben. ›Gegen Dummheit kämpfen Götter selbst vergebens‹, so sagt Schiller.« Er wartete auf eine Bemerkung Finks, der diesem Zitat innerlich zwar beipflichtete, sich aber eine entsprechende Äußerung verkniff.

Fink sah sich weiter um. Das Gelände auf der rechten Seite kam ihm vage bekannt vor. Hinter zwei alten Ahornbäumen lugte eine Hausecke hervor, und auf einer Wäschespinne wehten sanft ein paar weiße Tischtücher.

Drömmel folgte seinem Blick. »Das Grundstück zu unserer Rechten gehört zu einem kleinen Nonnenkonvent.«

Ah ja, richtig. Fink kannte das Domizil von Schwester Apolonia und Maria Flammhöll nur vom Vordereingang her.

»Auch die Ordensfrauen kann ich als Verdächtige nicht ausschließen«, bekannte HaHaHa. »Wie Sie wissen, begegnete die Kirche in der Vergangenheit Kritikern und Freidenkern mit Misstrauen und Verfolgung. Ich könnte mir vorstellen, dass sich die Nonnen über meine Dichterecke erbosten, weil sie in den Abbildern unserer Schreibenden eine Art Götzen des aufgeklärten Denkens sehen.«

Wieder senkte er die Stimme. »Sollten Sie die Schuldigen in deren Reihen finden, so würde ich Sie bitten, bei ihrer Festnahme und Abführung höchste Zurückhaltung walten zu lassen; das wäre mir sonst sehr peinlich. Vielleicht könnte der Zugriff des Nachts erfolgen, oder Sie verzichten wenigstens auf eine Fesselung. Es ist ja wohl nicht davon auszugehen, dass die Nonnen körperlichen Widerstand leisten, jedenfalls keinen heftigen.«

Fink stellte sich die winzige Apolonia vor, wie sie von altmodischen Handschellen beinahe zu Boden gezogen wurde.

Er betrachtete die zwei Hauswände, die den drömmelschen Garten einfassten. Die eine war völlig fenster- und türenlos. Von der anderen lagen mehrere Fenster und eine Tür zum Garten hin.

»Das ist unser Heim«, erklärte der alte Herr mit dramatischer Geste. »Dort oben sehen Sie Wohnzimmer- und Küchenfenster, hier unten befindet sich mein Arbeitsraum.«

»Haben Sie etwas bemerkt?«, wandte sich Fink an die Drömmel-Gemahlin.

Hiltrude Drömmel war so überrascht, dass sie sich aus ihrer Starre löste und einen Schritt zurücktrat.

»Meine Gattin hegt kein Verständnis für unsere literarischen Heroen und sucht keine geistige Verbindung zu ihnen an diesem weihevollen Ort«, unterband Drömmel eine mögliche Aussage seiner Frau. »Sie befand sich im Haus und überdachte auf meine Empfehlung hin das morgendliche Eierdesaster. ›Und drinnen waltet die tüchtige Hausfrau‹, so sagt Schiller. Obwohl er da sicher eine andere Dame vor Augen hatte.«

Fink hatte sich unterdessen auf den Boden gekniet und spähte unter die Hecke. »Hier liegt Goethes Kopf«, rief er.

»Nun, das sagte ich ja bereits«, antwortete Drömmel.

Fink spähte im grünen Halbdunkel der Zweige umher. Es roch erdig und ein bisschen modrig. Er wollte seinen Kopf schon wieder zurückziehen, weil er in dieser gebeugten Haltung kaum Luft bekam, als er stutzte. Er streckte die Hand aus und fischte erst einen, dann einen zweiten und schließlich, hinter Goethes zerdeppertem Haupt, einen dritten Gegenstand aus dem Laub, der dort von Natur aus nicht hingehörte.

Als er sich wieder aufrichtete, sah er Hiltrude fragend an. Sie erwiderte grimmig seinen Blick. Zwischen Daumen und Zeigefinger und den daran klebenden Erdkrümeln hielt Fink ein weißes Hühnerei mit angeschlagener Schale in die Höhe. Zwei weitere hart gekochte Eier in bedenklichem Zustand lagen in seiner anderen Hand. Die winzigen weißen Blümchen, die er zwischen den Trümmern der Dichter bemerkt hatte, entpuppten sich bei näherem Hinsehen als Eierschalen. Fink betrachtete die Anordnung der Eierscherben und drehte sich, um ihre Flugbahn zu rekonstruieren. Sein Blick fiel auf das Küchenfenster.

»Frau Drömmel, was können Sie uns hierzu sagen?«, fragte er sanft.

Drömmel starrte fassungslos seine Frau an. »Hiltrude!«

Plötzlich kam Leben in die versteinerte Person Hiltrude Drömmel. Sie stampfte heftig mit dem Fuß auf. Das grüne Gewand umzitterte sie. Mit einem gehörnten Helm hätte sie jetzt eine prächtige zornentflammte Wagner-Walküre abgegeben. »Ich kann dein Schiller-Gelaber nicht mehr hören«, schrie sie. »Mit Hölderlin putzen wir uns die Zähne, mit Klopstock kochen wir Kartoffeln und mit Lessing gießen wir die Blumen!«

Sie war rot wie eine gerade explodierte Feuerwerksrakete, nur nicht ganz so hübsch. »Ich mache mit dem Zauberlehrling die Betten, beim Gardinenaufhängen quakst du mir die Ohren mit der Bürgschaft voll, und den Einkaufszettel schreibe ich mit Goethes Faust im Nacken. An meinen Geburtstag hast du schon seit zehn Jahren nicht mehr gedacht, aber zum Jahrestag von Schillers erstem Bäuerchen zündest du eine Kerze an.«

Mit einem gezielten Tritt beförderte sie Lessings Kopf zu dem seines Kollegen in die Hecke. »Als ich mir den Finger in der Tür geklemmt habe, hast du gesagt, ich soll nicht so laut schreien, weil du die Lesung von Schillers ›Räuber‹ im Radio nicht verstehen kannst.«

Durch einen Sprung auf Hegels abgesprengte Nase vereitelte sie jedes schönheitschirurgische Bemühen, diese noch einmal an ihrem angestammten Ort zu befestigen. »Und unser Hochzeitsfoto hast du aus dem silbernen Rahmen genommen, um ein Bild von Eichendorff reinzutun. Man sollte die ganze Bande in die Luft jagen!«

Hans Hagen Hartmut Drömmel war erschüttert. »Du hast meine Dichter mit den Frühstückseiern zerschmettert? ›Da wendet sich der Gast mit Grausen‹, so sagt Schiller. Ich wusste doch, sie sind zu hart.«

Seine Frau stieß einen so schrillen Schrei aus, dass Fink

fürchtete, die trocknenden Tischtücher würden allein durch die Druckwelle von der Wäscheleine der Nonnen fallen.

»Weißt du, was du mich kannst? Goethe kann es dir sagen, mit Götz von Berlichingen.«

Fink legte Herrn Drömmel behutsam die drei Eierruinen in die Hand. »Ich denke, das sollten Sie unter sich ausmachen. Und Sie sollten netter zu Ihrer Frau sein. Und Sie dürfen ihr auch gern mal im Haus zur Hand gehen. Sie kocht Ihnen seit Jahren die Frühstückseier, und das ist ja auch ein Zeichen von Zuneigung, irgendwie.« Er suchte nach einem passenden literarischen Höhepunkt, um seine Worte zu unterstreichen. »Äh, Sie wissen doch: ›Marmor, Stein und Eisen bricht, aber unsere Liebe nicht.‹«

Und mit dieser Krone dichterischen Schaffens verließ er den Garten.

Als Fink zwei Wochen später sein Büro betreten wollte, kam er nicht an den Menschenmassen vorbei, die sich im Flur drängten wie bei einer Autogrammstunde von Lady Gaga. Tatsächlich zwängte Kemal sich aus der Bürotür und hielt Fink strahlend zwei Karten entgegen.

»Sehen Sie mal, Chef, Schwester Apolonia ist vom Papstbesuch zurück und hat uns allen Bildchen von ihm mitgebracht.«

»Und das zweite schenken Sie Ihrem Vater?«, fragte Fink.

Kemal grinste. »Nee, das ist für Klaus die Faust. Die Apolonia sagt, manche brauchen einen Scheinwerfer, um den richtigen Weg zu finden, bei anderen reicht ein Glühwürmchen.«

Fink lachte. »Dann hoffen wir mal, dass das Bild schön für den Klaus leuchten wird, damit wir ihn nicht mehr so oft hier zu Gast haben müssen.«

Er stellte sich auf die Zehenspitzen und erhaschte zwischen Köpfen und über Schultern hinweg einen Blick auf die kleine Nonne, die auf dem Schreibtisch saß, Papstbildchen verteilte und mit leuchtenden Bäckchen von der Begegnung mit ihrem Peppi berichtete.

Carsten Fink lächelte. Er hatte es oft mit fiesen Typen und zwielichtigen Gestalten zu tun, und manchmal fragte er sich, was Gott sich wohl bei der Erschaffung bestimmter Menschen gedacht hatte. Aber bei Apolonia musste er wohl einen besonders guten Tag gehabt haben.

Und er hoffte, dass ein paar von ihren freundlichen Schwingungen auch weiter in diesen Räumen schweben würden. Schließlich gab es viele Arten, den Satan und die Satansbraten zu bekämpfen.

22

Die Glocken hatten in verschiedenen Geschäften schon dreimal süß geklungen. In der Weihnachtsbäckerei hatte schon fünfmal eine riesengroße Kleckerei stattgefunden, und der Schnee war sogar schon sechsmal leise gerieselt, drei Versionen mit Kinderchor, eine mit Heino, eine mit einem Kosakenchor und eine liebliche Punkinterpretation von den Toten Hosen. Geduld war schon unter normalen Umständen nicht Carina Bauers größte Tugend, aber die Weihnachtseinkäufe brachten sie jedes Jahr dem Wahnsinn ein Stück näher. Gereizte Menschen, die sich durch überheizte Läden schoben, um in langen Kassenschlangen überteuerte Dinge zu kaufen, die später wieder umgetauscht wurden: Hatte Weihnachten eigentlich nicht mal einen anderen Sinn gehabt?

Carina wanderte unschlüssig an den Regalen vorbei. Sie schwitzte, obwohl sie den Reißverschluss ihres Uniformparkas aufgezogen hatte. Sie sollte den kleinen Schoko-Nikolaus, den sie eben von Evi in der Buchhandlung geschenkt bekommen hatte, lieber gleich essen, ehe er sich in ihrer Tasche verflüssigte. Als sie ihn herausziehen wollte, stolperte sie über eine Hundeleine, die sich durch das halbe Geschäft zog. Ein junger Mops benagte an dem einen Ende genüsslich ein gestreiftes Kissen, während sein farbenfroh geschminktes Frauchen fünf Meter entfernt am anderen Ende in aller Seelenruhe ein Schwätzchen hielt.

Carina atmete tief durch. Denk an karibische Palmenstrände oder an knisterndes Kaminfeuer in einer verschneiten Blockhütte. Beachte nicht das Kleinkind mit dem roten Gesicht, das dir gerade einen sabberigen Lutscher an den Ärmel klebt. Und hör auf dir vorzustellen, wie du beim nächsten »Alle Jahre wieder« deine Dienstwaffe ziehst und den Lautsprecher in tausend Teile zerschießt.

Ihr Blick fiel auf ein Pärchen, das neben der Kasse darauf wartete, dass seine Einkäufe mit Weihnachtspapier und Schleifen in hübsche Geschenke verwandelt wurden. Das blasse Mädchen mit der Andenmütze und der Jüngling mit der übergroßen Gelehrtenbrille hielten Händchen und versanken so verliebt in den Augen des anderen, dass es auf ihrem privaten Planeten ganz sicher weder schubsende Kunden noch überlastete Verkäuferinnen oder quengelnde Babys gab.

Carina seufzte. Wie lange war ihr letztes Händchenhalten her? Gab es damals schon elektrisches Licht und Hamburgerrestaurants? Kurz gab sie sich der Vorstellung hin, wie sie mit einer Katze auf dem Schoß und einem jungen Leonardo-DiCaprio-Double auf dem Sofa vor dem Weihnachtsbaum säße und sich rundum heimelig fühlte.

Ersatzweise hatte ihr Evi Fink angeboten, ihr über die Feiertage ihre Katze Delicti auszuborgen, die gern bei andern Leuten zu Besuch und bei Frauen in hemmungsloser Schmuselaune war. Vielleicht sollte Carina darauf zurückkommen.

Sie hatte sich schon nahe an einen transzendentalen Zustand herangeatmet, als sie einen heftigen Stoß in die Nieren bekam und ihr im nächsten Moment ein älterer Mann im teuren Wollmantel mit seinem Rollator über den linken Fuß fuhr. Er warf ihr einen grimmigen Blick zu und zuckelte weiter, ohne sich zu entschuldigen. Als er am Ende des engen Ganges auf ein Hindernis in Form eines Kartons mit Geschenkpapierrollen stieß, drehte er um, und weil Carina nicht so schnell ausweichen konnte, überrollte er auf dem Rückweg auch noch den rechten Fuß.

Oooh ja, der kam ihr jetzt gerade recht. Sie hatte schon ihren Dienstausweis gezückt, um den Rollator-Rowdy anzuhalten und seine Gehhilfe einer Sicherheitskontrolle zu unterziehen, als vor dem Geschäft lautes Geschrei mit mindestens sieben Plärr ausbrach.

Carina stürmte hinaus in die Fußgängerzone. Erster Check: Niemand lag verletzt am Boden, kein Auto quietschte mit qualmenden Reifen davon, nirgends war Blut zu sehen. Allerdings stand vor dem Geschäft ein Mann Anfang sechzig mit einer gewagt gelben Pudelmütze, der ein kleines Mädchen auf dem Arm hielt. Das Kind hatte sich schon eine beachtliche rote Farbe ins Gesicht gebrüllt, und mit zunehmendem Geschrei sah man bei seinem Opa die Panik vom Hals aus aufwärts steigen. Zwei Frauen kräftigen Körperzuschnitts standen mit Einkaufstüten dabei und gafften. Die eine fummelte gerade mit glitzerlackierten Fingern ihr Smartphone aus der Manteltasche, um die Szene zu fotografieren.

Carina atmete aus. »Was ist passiert? Kann ich helfen?«

»Weinama«, heulte das Mädchen mit der ganzen Verzweiflung seiner drei Jahre. Blonde Haarsträhnen klebten in ihrem Gesicht, und ob all die Feuchtigkeit darin nur aus ihren Augen oder auch aus der roten Nase kam, wollte Carina nicht so genau wissen.

Sie beugte sich zu ihr. »He, kleine Maus, was ist denn los?«

Das Kind schaltete auf Plärr acht. »Weinama!« Und hielt anklagend eine grüne Kinderzahnbürste in der Faust nach oben. Carina schaute den dazugehörigen Großvater fragend an. Vom Alter her konnte sie heutzutage natürlich nicht mehr sicher sein, ob sie nicht doch den spätberufenen Vater vor sich hatte. Carina hatte sich diesbezüglich schon einmal mit einer Bemerkung über ein süßes Enkelkind böse in die Nesseln gesetzt. Die Verwirrung des Mannes und seine etwas ungelenk wirkende Handhabung des kleinen Mädchens, das strampelnd immer weiter nach unten rutschte, ließen aber auf eine ältere Generation schließen.

»Da kam eben der Weihnachtsmann und hat ihr Schokolade geschenkt und ›Fröhliche Weihnachten‹ gesagt.« Er zog das heulende Etwas ein Stückchen höher. Dabei rutschte dem Mädchen die Kapuze über die Augen, und sie heulte im Dunkeln. »Und dann ist er zurückgekommen und hat sie ihr wieder abgenommen.«

»Der Weihnachtsmann?« Carina spähte irritiert die Straße entlang. Die beiden Frauen standen in der Nähe und glotzten. Sie hatten ihre Einkaufstüten zwischen den Beinen abgestellt.

Opa schaukelte das Mädchen auf dem Arm. »Ist ja gut, Leonie. Hat ihr die Schokolade wieder weggenommen und ihr dafür die Zahnbürste in die Hand gedrückt.«

Carina schob dem Kind die Kapuze vom Kopf und bemerkte dabei, dass sie noch immer von den beiden Frauen beobachtet wurden. Die Anzahl ihrer Tüten und ihre roten Gesichter ließen auf heftigen Einkaufsstress und eine üppige Bescherung schließen. Sie starrten die Szene ungeniert aus nächster Nähe an. Carina sah sich fast Auge in Auge mit der Handykamera.

»Ich hoffe doch, Sie machen da nicht gerade ohne meine Genehmigung Aufnahmen von mir. Da kann ich persönlich und dienstlich echt sauer werden«, blaffte Carina.

»Ach, darf ich das nicht?«, fragte die Besitzerin des elektronischen Wunderwerks in stänkerndem Ton. Sie war die etwas Kleinere von den beiden Frauen und hatte ihren Augen zur Feier des Tages einen Monatsvorrat an Lidschatten gegönnt.

Carina wünschte sich, das Strafvereitelungskärtchen zücken zu können, mit dem Carsten Fink schon so oft sehr erfolgreich schwierige Zeugen hatte beeindrucken – und ein bisschen einschüchtern – können. So eines sollte an alle Beamten verteilt werden. Aber so musste sie ihre reine Persönlichkeit wirken lassen.

»Haben Sie etwas beobachtet, das uns in dieser Sache weiterbringt?«, fragte sie streng. Augenkontakt halten. Kurzes Starrduell. Baldiges Einknicken auf der Gegenseite. Na also!

»Der ist dann da runter zum Marktplatz gelaufen«, antwortete die Frau naserümpfend.

Carina schaute in die angegebene Richtung. Auf dem Marktplatz waren die Buden des Adventsmarktes aufgebaut und der große Holzstall, in dem das beliebte Schauspiel der »Lebenden Krippe« aufgeführt wurde, mit dem kleinen Streichelzoo nebendran. Auf dem Platz drängten sich zahlreiche Besucher.

Sie wandte sich an den Großvater. »Wie hat er denn ausgesehen?« Blöde Frage, dachte sie dann gleich selbst.

»Na, wie der Weihnachtsmann eben aussieht.« Er stellte seine Enkelin auf den Boden, wo sie sich sofort an sein Bein klammerte. »Roter Anzug, rote Mütze, weißer Bart.«

»Und er hatte einen Jutesack«, sagte die andere Frau, die der ersten sehr ähnlich sah. »Da sind sicher die Zahnbürsten drin.«

»Finde ich sowieso viel besser«, bekundete ihre Schwester. »All das süße Zuckerzeug. Die Kinder kriegen zu Weihnachten ohnehin viel zu viele Plätzchen und Schokolade und Marzipan.«

»Und Lebkuchen und Dominosteine und Zimtsterne«, ergänzte die andere. »Macht bloß die Zähne kaputt.« Sie beugte sich zu dem kleinen Mädchen hinunter. »Sei froh, dass du so eine schöne Zahnbürste bekommen hast. Die ist viel vernünftiger als der Leckerkram. Und außerdem gibt es den Weihnachtsmann gar –«

Carina schoss vor, hielt ihr den Dienstausweis unmittelbar vor die Nase und zischte: »Noch ein Wort, und ich nehme Sie wegen mutwilliger Zerstörung von Kinderträumen in Gewahrsam!«

Die Frau warf ihr einen empörten Blick zu und nahm ihre Tüten wieder auf. »Komm, Heike, wir wollten sowieso ins Café. Hoffentlich haben sie noch die leckere Ananascremetorte mit Kokoslikör.« Mit raschelnden Tüten watschelten sie davon.

Carina zog ihren nur ganz wenig eingedellten Schokoladennikolaus aus der Tasche. Sie holte sich bei dem Mann ein zustimmendes Nicken ab und hockte sich vor das Mädchen, das die grüne Bürste hatte fallen lassen.

»Guck mal, Leonie, den hier wollte dir der Weihnachtsmann eigentlich geben. Und wenn du den gegessen hast, putzt du dir daheim mit deiner Zahnbürste die Zähne und guckst in den Spiegel, ob du ein Schokoladenschnütchen hast. Damit sieht man nämlich wie ein kleines Monster aus. Ein Schokomonster.« Sie zog eine lustige Grimasse.

Leonie brachte es fertig, schnüffelnd die Nase hochzuziehen und gleichzeitig zu kichern. Sie nahm Carina das Naschzeug ab und strahlte zu ihrem Opa hoch. »Guck mal, Weinama.«

»Das ist ja schräg.« Peter Emmerlein stand auf dem Schreibtisch und hängte einen goldenen Stern auf. »Der Nikolaus verteilt Süßigkeiten und kassiert sie gleich wieder ein?«

»Nicht der Nikolaus, sondern der Weihnachtsmann.« Carina knabberte genüsslich an einem Vanillekipferl.

Emmerlein sprang elegant vom Tisch herunter und begutachtete sein Werk. »Gibt's da einen Unterschied?«

»Klar gibt's einen Unterschied.«

»Ich dachte, Weihnachtsmann und Nikolaus sind dasselbe.« Er griff nach der Keksdose.

»Nee.« Carsten Fink schnitt den Christstollen an. Emmerleins Freundin Isabel hatte die weihnachtliche Backsaison eröffnet und wie jedes Jahr die Dienststelle reichlich mit duftenden und kalorienhaltigen Leckereien versorgt. »Der Nikolaus hat tatsächlich gelebt, der Weihnachtsmann ist eine Erfindung.«

Emmerlein konnte sich nicht zwischen einem Anisplätzchen und einem Spekulatius entscheiden. Carina unterdrückte ein Grinsen, als sie sah, dass sich das Gold des Sterns über ihnen ein bisschen in Emmerleins Glatze spiegelte und seinem Kopf einen Hauch von Christbaumkugel verlieh. »Das weiß doch kein Mensch«, sagte er.

Carina kippte ihren Stuhl nach hinten und rief in den angrenzenden Raum: »Kemal, kennst du den Unterschied zwischen Weihnachtsmann und Nikolaus?«

»Ja klar, der Nikolaus war Türke.« Kurz darauf stand der junge Polizeiobermeister in der Tür.

»Jetzt wollt ihr mich veräppeln, oder?« Emmerlein hatte sich für ein Nusshörnchen entschieden.

»Also.« Kemal Özgür verschränkte die Arme und lehnte sich an den Türrahmen, aber alle wussten, dass er diese statische Position nicht lange würde durchhalten können. »Es gab einen Bischof namens Nikolaus in Myra, das liegt in der heutigen Türkei. Der soll arme Leute beschenkt und aus der Not gerettet haben, und einmal hat er ein Schiff aus der Seenot gerettet, obwohl er gar nicht an Bord war.« Er vollführte wellenartige Bewegungen mit den Armen. »Darum ist er auch unter anderem der Schutzpatron der Seeleute. Und ein paar ermordete Schüler soll er wieder zum Leben erweckt haben, der Schutzpatron der Schüler und Studenten ist er deswegen auch noch. Und er ist am sechsten Dezember dreihundertundweißichnicht gestorben. Und den haben natürlich alle ganz doll verehrt und den Kindern gesagt, er bringt am Nikolaustag Geschenke.« Er hob ein unsichtbares Päckchen hoch und rüttelte daran. Fast meinte Fink, es rappeln zu hören. An dem Mann war ein Alleinunterhalter verloren gegangen.

»Als dann der Martin Luther kam, hat dem die ganze Heiligenverehrung nicht gefallen, und darum hat er den Nikolaus rausgeworfen und das Christkind erfunden, das an Weihnachten kommt. Kann ich auch ein Plätzchen haben?«

Fink hielt ihm die Dose hin. Kemal fischte eine Marzipankugel heraus und redete kauend weiter. »Den Leuten hatte die Nikolausgeschichte aber so gut gefallen, dass sie sich nicht so richtig von ihm trennen wollten. Darum haben sie ihn in den Weihnachtsmann umgewandelt. Der hatte dann eben nicht mehr seine Bischofsgewänder an mit diesem spitzen Hütchen ...« Er formte mit den Händen ein Dreieck über seinem Kopf.

»Hydra«, warf Fink ein.

»Mantra«, vermutete Emmerlein.

»Ach Kerls!« Carina verdrehte die Augen. »Das heißt Mitra.«

»Genau, Mitra. Dafür ist er aber mit anderen Sagengestalten aus verschiedenen Gegenden vermischt worden. Da ist also ein bisschen Nikolaus drin und ein bisschen Wichtelfigur aus Schweden und irgendwelche dunklen Knecht-Ruprecht-Gestalten.«

»Den hat also gar nicht Coca Cola erfunden?«, fragte Emmerlein.

»Nö, die haben nur eine Werbefigur gesucht und am Aussehen des Weihnachtsmanns ein bisschen herumgebastelt. Den freundlichen Opi mit dem rot-weißen Anzug und dem Bart gab's schon früher.« Er deutete mit den Armen eine rundliche Gestalt an und drehte sich einmal um sich selbst.

Fink lachte. »Polizeiobermeister Kemal Özgür, das wandelnde Lexikon der Dienststelle.«

»Auch bekannt unter dem Namen: ›Kemalpedia‹«, sagte Carina.

»Das hab ich von meiner Ma. Die versucht immer, deutsche und türkische Geschichten und Bräuche unter einen Hut zu bringen.«

»Sollen wir diesen Bürstolaus denn jetzt suchen?«, fragte Emmerlein.

»Was für ein Ding?«, fragte Carina.

»Bürste und Nikolaus, verstehst du? Klingt doch klasse«, freute sich Emmerlein über seine neue Wortschöpfung. »Oder Nikodent.« Er blickte verklärt auf eine Schlagzeile, die unsichtbar vor seinen Augen schwebte. »Der Nikodent hat wieder zugeschlagen.«

»Klingt wie einer von diesen Kaugummis zur Raucherentwöhnung«, fand Kemal.

Fink klopfte sich die Plätzchenkrümel von der Hose. »Erst mal suchen wir weder den Dentolaus noch den Nikobürst oder den Weihnachtsschrubb. Carina hat die Zahnbürste, die er dem kleinen Mädchen gegeben hat, zum Labor geschickt, es scheint aber auf den ersten Blick eine ganz gewöhnliche unbehandelte Bürste zu sein. Hoffen wir mal, dass es ein ziemlich schräger Einzelfall war.«

Zwei Tage und mehrere Dutzend Plätzchen später war schon ein Doppelfall daraus geworden. Die Frau, die vor Peter Emmerlein saß, war hübsch, blond und sah so aus, als sei sie in ihren fünfunddreißig Jahren noch nie so wütend gewesen. Offenbar kam sie frisch vom Friseur. Ihre Haare hatten diesen besonderen Schwung eines neuen Schnitts und verströmten einen zitronigen, etwas zu aufdringlichen Geruch nach Pflegemitteln. Emmerlein hatte schmerzhaft gelernt, für solche weiblichen Details einen Blick zu entwickeln, nachdem ihm einmal drei Tage lang entgangen war, dass sich Isabel ihre schulterlangen Haare auf Ohrläppchenhöhe hatte abschneiden lassen.

»Für diesen gefühllosen Hirsch hab ich Diät gemacht«, keifte Tanja Witzel. »Weil er ständig den dünnen Gerippen nachgeguckt hat. Was sag ich: *nachgeguckt*. Wenn eine vorbeigegangen ist, bei der man gemeint hat, die Kleider wären angeklebt, weil sie sonst von ihr abrutschen, da hatte ich immer Angst, seine Augen fallen aus dem Kopf und rollen ihr hinterher.« Sie warf Emmerlein einen vernichtenden Blick aus kajalumblauten Augen zu, und er konnte sich nur mit Mühe verkneifen zu beteuern, er mache sich nichts aus Frauen mit Kinderkleidergrößen.

»Alles hab ich mir verkniffen, Pizza, Kuchen, Eis, Schokolade.« Sie warf ihre Handtasche auf den Tisch, die erhebliche Nahkampfspuren aufwies: Sie war eingedellt, das Leder zerkratzt, der Henkel angerissen. Emmerlein schwante nichts Gutes. »Fünfmal die Woche hab ich mir auf dem Laufband nach der Arbeit einen abgehechelt, hab sämtliche Zumba- und Aerobic-Kurse belegt, und wenn ich irgendwas wirklich hasse, dann ist es Sport. Ich hab praktisch in diesem Fitnessstudio gelebt. Alles für dieses Rhinozeros. Schreiben Sie das mal auf.«

Emmerlein schaute unentschlossen auf sein Blatt. »Wie buchstabiert man das?«

»Egal, dann schreiben Sie eben: gewissenloses Frettchen. Ich kann ja auf vieles verzichten, aber der Schokoentzug ein halbes Jahr lang, ich dachte, ich dreh durch. Ich hatte schon Entzugserscheinungen. Meine Wohnung war komplett naschfreie Zone, und trotzdem hab ich nach ein paar Wochen gedacht, ich sehe überall Schokoladenstückchen herumliegen.«

Tanja Witzels Blick fiel auf ein Schälchen neben dem Computerbildschirm, in dem ein paar viereckige Pralinen mit Krokantüberzug lagen. Ein leicht irrer Schimmer trat in Tanjas Augen. »Was sag ich: *liegen*. Ich schwöre, ich hab sogar gehört, wie die mit mir geredet haben. Und ich fing an, von Schokoladenwolken zu träumen, die flogen so niedrig, dass ich mir zarte Stückchen davon abbrechen konnte. Und von einem Swimmingpool voll flüssiger Schokolade.« Sie starrte die braunen Köstlichkeiten an und begann, schneller zu atmen.

Emmerlein fühlte sich zunehmend unwohl. Er stand auf und öffnete das Fenster. Frostige Luft strömte von draußen herein und brachte sofort seine nackte Kopfhaut zum Kribbeln, aber das waren ihm die anderthalb Meter Sicherheitsabstand wert.

Tanjas Hand schnellte plötzlich vor, griff eine Praline und schob sie sich in den Mund. Peter Emmerlein hatte nicht gewusst, dass sich Menschen überhaupt so flink bewegen konnten. Verblüfft beobachtete er, wie sich die junge Frau im Stuhl zurücklehnte, die Augen schloss und mit einem Ausdruck überirdischer Verzückung die Schokolade langsam im Mund zergehen ließ.

»Gestern Abend hat er mir dann eröffnet, er hätte was mit meiner Fitnesstrainerin am Laufen«, fuhr sie fort, schon merklich mehr mit der Welt im Reinen. »Da hab ich ihn hochkant rausgeschmissen, den heuchlerischen Saftsack!«

Emmerlein lugte zur Tür. Wo blieb bloß Carina? Er war ein großer, muskulös gebauter Mann, der durch die Kombination von Glatze und Ziegenbärtchen selbst auf krawallfreudige Rocker einschüchternd wirkte. Aber mit Frauen in extremen Gefühlslagen konnte seine Kollegin einfach besser umgehen.

»Und dabei ist es zu Handgreiflichkeiten gekommen?« Er deutete auf ihre ramponierte Tasche.

Tanja atmete tief durch und setzte sich aufrecht hin. »Ach wo, es hat nur ein bisschen Geschrei gegeben. Ich sag das nur für den Fall, dass sich schon welche von meinen Nachbarn beschwert haben. Heute Morgen bin ich dann gleich zum Friseur gegangen und hab mir eine neue Frisur machen lassen, schneiden und färben.« Sie griff sich in die weich fallenden Haare. »Es gibt in einer Krise echt kein besseres Mittel als eine neue Frisur, um wieder bei sich selbst anzukommen. Das sollten Sie auch mal probieren.« Sie warf einen Blick auf die fragliche Stelle seines Kopfes und wurde ein bisschen rot. »Äh, na ja, vielleicht klappt das auch mit einem neuen Bartschnitt. Schokolade und Meditation helfen natürlich auch.«

Emmerlein war ratlos. Warum war die Frau eigentlich hier? »Und dann ist es beim Friseur zu Handgreiflichkeiten gekommen, weil Ihnen der neue Haarschnitt nicht gefallen hat?« Er nickte wieder zu den Überbleibseln der Tasche hin.

»Wieso, finden Sie an meiner Frisur was auszusetzen?«

»Was, nein gar nicht, die ist toll, modern und, äh, die steht Ihnen prima. Bringt Ihre, hm, Gesichtsform gut zur Geltung. Kein Grund, den Friseur zu verklagen.« Emmerlein geriet ins Schwitzen. Wenn wenigstens Carsten hier gewesen wäre. Der hatte eine so besänftigende Wirkung auf wütende Frauen. Es sei denn, sie trieben ihn in den Wahnsinn, dann musste er manchmal selbst besänftigt werden.

Tanja Witzel kniff kurz die Augen zusammen und lehnte sich vor. »Jedenfalls, nach dem Friseurbesuch gehe ich durch die Fußgängerzone, da kommt ein Nikolaus auf mich zu und schenkt mir eine Schokolade, sagt freundlich ›Fröhliche Weihnachten‹ und geht weiter.«

»War das wirklich ein Nikolaus oder ein Weihnachtsmann?«

Sie runzelte die Stirn. »Das ist doch völlig wurscht.«

»Nein, nein, da gibt's einen Unterschied. Der Nikolaus trägt ein Bischofsgewand und eine Mitra, der Weihnachtsmann einen roten Mantel mit weißem Pelz und eine Art Zipfelmütze.«

»Also dann eben der Weihnachtsmann.« Sie fuchtelte ungeduldig mit der Hand. »Ich steh da also und hab das erste Mal seit einem halben Jahr wieder ein Stück Schokolade in der Hand. Alpenvollmilch. Und jetzt, wo ich diese erbärmliche Kreatur von Freund in den Wind geschossen hab und die Diät gleich mit, darf ich sie endlich wieder essen. Was sag ich: essen. Genießen. Scho-ko-la-de.« Sie betonte jede Silbe auf eine Art, die Emmerlein das Wasser im Mund zusammenlaufen ließ, obwohl er kein halbes Jahr Schokoabstinenz hinter sich hatte und das auch nur mit schweren psychischen Schäden überleben würde.

»Und grade, als ich sie auswickeln will, kommt der Kerl zurück, reißt sie mir aus der Hand und gibt mir stattdessen eine Zahnbürste.« Tanjas Stimme zitterte vor Empörung.

»Der Weihnachtsmann ist zurückgekommen und hat die Schokolade gegen eine Zahnbürste ausgetauscht?«

»Ist das nicht die Höhe? Und erst da ist es zu Handgreiflichkeiten gekommen. Ich hab ihn mit der Tasche verprügelt, aber er konnte abhauen. Ich hab ihm die Bürste hinterhergeworfen, aber ich glaube, ich hab nicht getroffen. Aber ich habe das hier.« Sie zog einen Fetzen bunt bedruckte Alufolie aus der Jackentasche und reichte sie Emmerlein mit einem triumphierenden Lächeln. »Das ist von der Schokolade, die er mir gegeben hat. Kampflos hab ich die nicht rausgerückt.«

Emmerlein strich die Folie glatt und erkannte einen Aufkleber, der eine geöffnete Schublade voller Süßigkeiten zeigte und den roten Schriftzug »Das Schokolädchen«. Die Adresse war nur noch teilweise vorhanden.

»Das ist ein Süßwarenladen in der Bahnhofstraße«, sagte Tanja Witzel. »Und wenn Sie mich fragen, ist das eine ganz heiße Spur. Ich geh da jetzt jedenfalls hin und kaufe mir zehn Tafeln von dem Zeug, alles von Haselnuss bis Marzipan. Und wenn der Weihnachtsfuzzi noch mal auftaucht und versucht, mir die abzunehmen, garantiere ich für gar nichts mehr.«

Als sie gegangen war, ging Emmerlein nach nebenan. »Kemal, ich hab da einen Auftrag für den Ulf Kissmich. Wo steckt der gerade?«

Kemal Özgür suchte in seinem Schreibtisch nach einem Formular für die Vernehmung von Klaus die Faust.

»Mittlere Schublade rechts«, half der rührige Geldeintreiber der O-la-la-Bar.

»Ach, Herr Just, Sie schon wieder.« Emmerlein nickte versonnen. »Das Papstbildchen von der Schwester Apolonia hat ja nicht lange gewirkt.«

Klaus schüttelte betrübt den kantigen Kopf. »Ist mir geklaut worden. Erst war ich sauer, aber dann hab ich gedacht, vielleicht hat es einer genommen, der es noch nötiger braucht als ich.«

Kemal zog das Formular heraus. »Der Ulf begleitet heute die Seniorengruppe der Polizei zum Adventsmarkt nach Köln.«

»Da war ich schon«, sagte die Faust, der selbst im Sitzen wie eine lebende Schrankwand vor ihnen aufragte. »Superleckere gebrannte Mandeln. Und da hat ein Kinderchor ›Stille Nacht, Heilige Nacht‹ gesungen, ehrlich, ich hab geflennt wie ein Baby.«

Also stand Emmerlein eine halbe Stunde später selbst in dem kleinen Geschäft, das er schon seit seiner Kindheit regelmäßig besuchte. Diesmal war er gar nicht so böse über Ulf Kissmichs Abwesenheit. Er schaute sich um und merkte, wie er beim Anblick der vielen altmodischen Gläser und Schütten voller Bonbons, Lakritzschnecken und Schaummäuse glänzende Augen, ein zuckriges Gefühl im Mund und ein schlechtes Gewissen beim Gedanken an seine Zahnärztin bekam. Aus einem Regal neben der Kasse dufteten zahlreiche Teesorten durch den Raum. Isabel betrachtete auch immer mit sehnsüchtigen Blicken die schön bemalten Teetassen durch das Schaufenster, und weil der Laden viel zu klein und vollgestellt war für ihren Rollstuhl, beauftragte sie Emmerlein hin und wieder, ihr eine Tasse mit zartem Rosenmuster oder leuchtend bunten Schmetterlingen zu kaufen.

Fast automatisch streckte er die Hand nach einer der spitzen Papiertüten aus, die es hier schon immer gegeben hatte und löffelte im nächsten Moment mit einer silbernen Kelle Lakritzpfeifen und Brausedrops hinein. Das dient alles der Ermittlungstaktik, versicherte er sich selbst. So habe ich einen Aufhänger, um mit der Verkäuferin leichter ins Gespräch zu kommen. Echt clever, Peter. Ich glaube, wenn ich noch ein paar von den extra großen Gummibärchen reintue, vertraut sie mir noch mehr.

Während er die prall gefüllte Tüte von der adretten älteren Frau mit dem Namensschildchen »Henriette Rot« abwiegen ließ, bewunderte er die glänzende alte Registrierkasse. An dem wunderschönen Modell – Bonn, 1922 – gab es zahlreiche Knöpfe, Hebel, Tasten und eine Kurbel aus Messing. Für so ein Prachtstück zahlte man gern dreihundert Euro und mehr, und Emmerlein wusste auch, dass manche dieser alten Schätzchen inzwischen mit moderner Elektronik ausgerüstet waren. Er hätte mal eine günstig aus einer Geschäftsauflösung bekommen können, aber Isabel hatte wenig Verständnis dafür gezeigt, dass sie dann aus Platzgründen auf den Fernseher hätten verzichten müssen.

Er seufzte leise in sich hinein und beobachtete die alte Dame, wie sie mit sorgfältigen Bewegungen ihrer zarten Hände die Tüte in die Schale legte und das Gewicht gewissenhaft durch ihre Brille ablas.

»Ja gell, fürs Naschen ist man nie zu alt«, lächelte sie. »Das macht sieben Euro dreiundzwanzig. Ist ein bisschen teurer als das letzte Mal. Sie haben wohl für Ihre Kollegen mit eingekauft.«

Emmerlein war ein bisschen geschockt über den Preis, hielt die Investition aber zugunsten der Ermittlungen für gerechtfertigt. Außerdem hatte er vor, die besagten Kollegen an den Ausgaben zu beteiligen.

»Sagen Sie, beschäftigen Sie jetzt in der Adventszeit vielleicht einen Weihnachtsmann, der in der Stadt Schokolade verteilt und für Ihren Laden Werbung macht?« Er kramte in seiner Geldbörse.

»Ja gell, das ist der Flori.«

Emmerlein schaute erstaunt in die wie ausgeblichen wirkenden grünen Augen der alten Frau.

»Das ist mein Enkel, der studiert in Köln Philosophie. Fragen Sie mich nicht, für welchen Beruf das später mal gut ist. So ein feiner Junge, der Flori. Der hilft mir auch immer hier im Laden, Kisten tragen und Waren einsortieren, ist ja alles so schwer für mich, und die Regale so hoch. Ja, und wenn er keine Vorlesung oder ein Seminar hat, dann verteilt er so kleine Schokoladentäfelchen in der Stadt, im Weihnachtsmannkostüm. So welche.« Sie wies auf ein Keramiktellerchen neben der Kasse. »Mögen Sie mal probieren? Und er sieht in dem Kostüm so niedlich aus.« Sie lächelte verschmitzt. »Das darf man ihm aber nicht sagen, sonst ist ihm das peinlich.«

Emmerlein kämpfte mit sich, ob er das Täfelchen nehmen durfte. Er kam zu dem Schluss, dass eine unhöfliche Ablehnung seine vielversprechende Ermittlungsarbeit womöglich gefährden würde. »Haben Sie denn die Adresse von Ihrem Enkel?«

Sie schob mit leicht zitternden Fingern ihre Brille zurecht. »Na ja, sicher. Ist was nicht in Ordnung? Sind Sie dienstlich hier? Ich dachte, Sie kommen wegen der Süßigkeiten, wie immer.« Sie sah ihn besorgt an, und Emmerlein brachte es dann doch nicht über sich, die Seniorin aufzuregen und auch noch Schokolade dafür zu nehmen. Er legte das Täfelchen wieder zurück.

»Nein, alles gut, ich prüfe nur was nach.« Er wurde etwas hektisch in dem Bemühen, ihre Befürchtungen zu zerstreuen. »Sie müssen sich keine Gedanken machen. Wenn Sie mir seinen Nachnamen und die Telefonnummer geben, kann ich mit ihm selber reden.« Er lächelte aufmunternd.

»Ja sicher, gell.« Sie schrieb ihm die Angaben auf einen Quittungsblock.

Emmerlein steckte den Zettel ein. »Vielen Dank.« Er zögerte einen Moment. Er hatte das Gefühl, er sollte noch etwas Beruhigendes zum Schluss sagen. »Das ist von Ihrem Enkel sehr nett, hier auszuhelfen. Die haben ja heute sonst alle so viel zu tun.« Er nickte ihr zu und drehte sich zur Tür.

»Ja, so ein lieber Junge, immer hilfsbereit, da kann ich von Glück sagen. Vor allem, wo ich doch den anderen Weihnachtsmann vorige Woche entlassen musste.«

Das Glöckchen an der Tür hatte schon gebimmelt, als Peter Emmerlein sie wieder schloss und sich noch einmal umdrehte. »Den anderen Weihnachtsmann? Erzählen Sie mir das doch bitte mal ganz genau, Frau Rot.«

23

Während Peter Emmerlein seine Tüte mit den Köstlichkeiten des Süßwarenladens füllte, war Polizeiobermeister Kemal Özgür in Gedanken ein Elb. Seine langen weißblonden Haare wehten ihm um die spitzen Ohren, während er mit seinem Bogen durch das Auenland lief und Ausschau hielt nach dem Ring der Macht oder wenigstens einer epischen Schlacht gegen widerliche Orks.

Darum wunderte es ihn im ersten Moment auch gar nicht, als er von seinem Buch aufschaute und sah, wie eine Schar kleiner Hobbits auf der anderen Seite seiner Glasscheibe in den Vorraum der Dienststelle drängte.

Dann fiel ihm auf, dass Hobbits in Wintermäntelchen, auf denen Rentiere sprangen und Schneeflocken wirbelten, eher ungewöhnlich waren. Und obwohl ihre Beine in gefütterten Stiefeln steckten, bezweifelte Kemal, dass ihre Füße stark behaart waren.

Hinter den kleinen Gestalten zwängte sich eine Frau herein, von deren Gesicht zwischen Schal und Kapuze nicht viel mehr zu erkennen war als eine rote Nase, die Rudolph dem Rentier alle Ehre gemacht hätte. Kemal beugte sich vor und zählte vier Kinder, deren Geschlecht wegen ihrer winterlichen Vermummung durch Jacken und Mützen nur vage bestimmbar war.

Kemal liebte Kinder. Seine drei lebhaften Neffen und zwei aufgeweckten Nichten verehrten ihn schwer, denn in seinen Geschichten aus dem Dienst war er der Held wilder Verfolgungsjagden und halsbrecherischer Einsätze. Dank seiner anschaulichen Erzählkunst holte er selbst aus der langweiligsten Anzeige wegen umgestoßener Mülleimer noch nervenkitzelnde Actionszenen heraus. Kemals Schwestern hatten ein Erzählverbot nach achtzehn Uhr verhängt, weil sie ihre überdrehten Kinder sonst nicht ins Bett bekamen.

»Kann ich euch helfen?«, fragte er.

Sofort kam Bewegung in die Gruppe. Die Kinder, die sich bisher aneinandergedrängt hatten, fingen wie auf Knopfdruck an, aufgeregt zu plappern und zu rufen. Einige zeigten heftig fuchtelnd nach draußen. Die Frau versuchte, sich nach vorn zu schieben und sich gleichzeitig über den Tumult hinweg Gehör zu verschaffen. Das Einzige, was der junge Polizist durch das Gewusel hindurch verstand, waren immer wieder die Worte »Weihnachtsmann« und »gemein« und hin und wieder »mein Papa«. Ein blondes Mädchen, bei dem sich Kemal wegen der pinken Ohrschützer mit silbernen Glitzerfäden bezüglich des Geschlechts recht sicher war, motzte mit empörtem Gesicht: »Den sollst du verhaften, menno!«

»Wen denn?«

»Den Weihnachtsmann! Der hat uns beklaut.«

Augenblicklich hob sich der Stimmenpegel noch einmal um ein bis anderthalb Plärr.

»Jetzt mal ganz ruhig. Ihr seid vom Weihnachtsmann bestohlen worden?« Das wuchs sich ja zu einem Serienverbrechen aus.

Ein zierliches Mädchen mit schwarzen Haaren und asiatischen Augen stellte sich vor ihm auf die Zehenspitzen. »Ich hab ihm noch feste auf den Fuß getreten, es hat aber nix genützt. Und die Frau Bieler wollte ihn mit ihrem Schirm verhauen, aber sie hat ihn nicht erwischt, weil der hat sich weggeduckt.«

Die Frau hatte sich inzwischen nach vorn gekämpft. »In der Fußgängerzone«, keuchte sie und schlug ihre Kapuze zurück. Kemals Hormone machten einen Hüpfer beim Anblick der leuchtend roten Haare. »Hat den Kindern die Süßigkeiten weggenommen. Das sollten Sie dem nicht durchgehen lassen. Wissen Sie, was das für einen Schaden in der Psyche von so kleinen Kindern anrichtet, wenn sie sich nicht mal mehr auf den Weihnachtsmann verlassen können?« Ihre braunen Augen zündeten wütende Feuerwerke.

»Ja, klar …«

»Kinder haben es heutzutage schwer genug mit immer früherem Leistungsdruck und instabilen Familien und Umweltkatastrophen. Die haben teilweise so volle Terminkalender wie Manager, und was im Fernsehen als Kinderserien läuft, davon bekäme selbst ein Angehöriger der Anti-Terror-Einheit nachts Alpträume.« Sie atmete schwer. »Da brauchen die Kinder doch wenigstens die Sicherheit, dass der Nikolaus und das Christkind und der Weihnachtsmann und der Osterhase auf ihrer Seite stehen. Und meinetwegen auch das Sandmännchen.«

Jeden anderen hätte diese wortreiche pädagogische Erklärung aus der Bahn geworfen, aber Kemal war in einer mitteilungsfreudigen Familie gestählt worden. Und außerdem, diese roten Haare – und dieses Temperament!

Das blonde Mädchen mit den Ohrenschützern klopfte gegen sein Sprechfenster. »Bist du ein Bulle?«

»Ich bin Polizeiobermeister.«

»Ist das was Hohes?«

Kemal schielte zu der jungen Erzieherin hin und streckte sich ein wenig. »Ja, schon. Also, das ist ein ganz schön wichtiger Rang.«

»Ist das so was wie ein Stuntman?«, fragte ein blasser Junge mit einem lilafarbenen Stirnband, auf dem der Schriftzug einer Schokoladenmarke prangte.

»Ja, manchmal schon.« Kemal wuchs noch ein bisschen.

»Oder ein Jediritter?«, wollte das asiatische Mädchen wissen. »Jediritter find ich cool. Hast du ein Laserschwert?«

Ein Junge mit sandfarbenen Haaren tauchte vor der Glasscheibe auf. Er hatte eine kleine Nase und wirkte selbst in der dicken Jacke dünn und schlaksig. Irgendwie kam er Kemal vertraut vor.

»Wir wollen eine Anzeige machen, weißt du, Herr Polizeiobermeister.« Dafür, dass er gerade ein pädagogisch traumatisches Erlebnis verarbeiten musste, redete er erstaunlich unaufgeregt. »Da läuft ein fieser Weihnachtsmann frei rum, der ist ein Krimineller, und der muss verhaftet werden, und das kann nur mein Papa, und deshalb musst du uns jetzt mal zu dem lassen.«

Kemal ging ein Licht auf. »Du bist doch sicher der Felix Fink. Dein Papa ist hier Hauptkommissar.«

Felix nickte unter den anerkennenden Blicken der anderen Kinder.

Der Stirnbandjunge legte seinem Freund die Hand auf die Schulter. »Ich bin der Ruben, und der Papa vom Felix ist der coolste Polizist, den es gibt, noch viel cooler als die Polizisten bei ›Cobra 11‹ im Fernsehen. Der hat schon zehntausendzweimillionen Verbrecher gefangen. Der ist superschlau und legt die alle rein.«

Kemal Özgür grinste. Anscheinend war er nicht der Einzige, der seinen Dienst manchmal etwas spannender darstellte, als er eigentlich war. Er schaute zu Frau Bieler, die Felix lächelnd über den Kopf strich und Kemal – oh danke, das war noch viel besser, als ein Elb zu sein – verschwörerisch zuzwinkerte.

Er ließ die kleine Schar eintreten und führte sie unter den lächelnden Blicken seiner Kollegen bis vor Finks offene Bürotür. Dort gebot er den Kindern mit einer eindrucksvollen Handbewegung zu warten. Er betrat den Raum und nahm eine extra stramme Haltung an. »Herr Hauptkommissar Fink. Hier sind mehrere wichtige Personen, die eine Straftat melden wollen. Es scheint sich um ein besonders gemeines Vorgehen zu handeln.«

Carsten Fink schaute erstaunt vom Computerbildschirm auf. Polizeiobermeister Kemal Özgür war ein kluger junger Mann, der keinen Einsatz scheute. Aber Fink hatte ihn ganz bestimmt noch nie vor ihm salutieren sehen.

»Geht's Ihnen gut, Herr Özgür?«

»Jawohl, Herr Hauptkommissar. Dieser Fall ist so wichtig, um den sollten Sie sich höchstpersönlich selbst kümmern. Weil Sie ja der Chef sind.« Er strahlte und ruckte mit dem Kopf in Richtung Flur.

Fink spähte an ihm vorbei zu den eingemummelten Gestalten. Es kam gelegentlich vor, dass Grüppchen aus dem Kindergarten oder der Grundschule die Polizeidienststelle besuchten und herumgeführt wurden. Die Kinder bekamen dann ihre Fingerabdrücke abgenommen, durften in einem Polizeiauto sitzen und sich in die Arrestzelle im Keller sperren lassen. Bei der letzten Veranstaltung dieser Art hatte eine Mutter angerufen und darum gebeten, ihren Sohn, offenbar ein vierjähriger Schwerverbrecher, den ganzen Tag in Gewahrsam zu behalten.

Jetzt überlegte Fink, ob er einen solchen Termin vergessen hatte, als Felix von den anderen Kindern nach vorne geschoben wurde und Fink da erst seinen Sohn bemerkte. »Felix, was ist denn passiert?« Während er aufstand und um den Tisch herumkam, stand Kemal lächelnd an der Tür. Diese Reaktion war sonst typisch für normale Bürger, die sich plötzlich einem Polizisten gegenübersahen.

Die rothaarige junge Frau drängte sich in Herzklopfdistanz an Kemal vorbei. »Tag, Herr Fink, ich bin Annika Bieler, wir kennen uns vom Kindergarten. Wir sind vom Weihnachtsmann bestohlen worden. Von der Symbolfigur für Freude, Herzlichkeit und menschliche Wärme. Das ist unfassbar!«

»Er hat uns Schokoladentäfelchen geschenkt«, sagte Ruben und schob sein lila Stirnband weiter hoch. »Und er war zuerst total nett. Er hat uns gefragt, was wir uns zu Weihnachten wünschen.«

Das asiatische Mädchen schob sich neben ihn. »Ich hab gesagt, ich wünsch mir ein Laserschwert oder ein Kuscheleinhorn, und das fand er ganz toll. Dann ist er später zurückgekommen und hat die Schokolade wieder eingesammelt, außer von der Lara, die hatte ihre schon gegessen.«

Das Glitzerpuschelmädchen grinste breit und bestätigte durch braun gefleckte Zähne die Aussage. »Die wär ganz schlecht für die Zähne, hat er gesagt und hat uns Zahnbürsten gegeben. Ey, Mann, die kann er behalten! Sperrst du ihn ein?« Die Kinder fingen an, aufgeregt durcheinanderzureden und sich gegenseitig zu übertönen.

Fink bekam rote Ohren. Das reichte jetzt aber wirklich. Ein gestörter Weihnachtsmann lief durch Andernach. Dr. Santa und Mister Claus. Ein Weihnachtsmann, der auf die Psychiatercouch gehörte. Kinder mit einem Zahnbürstentrauma.

»Das waren aber zwei verschiedene«, tönte Felix mit selbstbewusster Kinderstimme durch den Aufruhr. »Ich hab's genau gesehen, Papa. Der, der uns die Täfelchen gegeben hat, war viel dünner als der mit den Zahnbürsten. Und sein Bart war auch viel kürzer. Und er hatte keinen Gürtel an, aber der andere hatte einen. Die hatten auch ganz verschiedene Stimmen.«

Alle sahen verblüfft den kleinen Jungen an.

»Das waren zwei Männer?«, fragte Fink nach. Sein Sohn nickte ernsthaft, und Kemal sah im Gesicht seines Vorgesetzten zwei Lichter aufgehen: eins der Erleuchtung und eins des Stolzes auf seinen Sohn.

»Na, Chef, das ist doch endlich mal ein brauchbarer Zeuge. Ein echtes Polizistenkind.«

Während sich die Kinder auf dem Flur kichernd die Fahndungsplakate ansahen, trat die junge Erzieherin dicht an Fink heran. »Die Frau Nill wollte Ihnen auch noch Bescheid sagen, dass Sie das Nikolauskostüm mal anprobieren kommen sollen«, flüsterte sie. Fink sah sie verständnislos an. »Sie meint, Sie hätten sich bereit erklärt, bei der Feier im Kindergarten den Nikolaus zu übernehmen.«

Das hatte er ganz sicher nicht, jedenfalls nicht im Vollbesitz seiner geistigen Kräfte; daran hätte Fink sich bestimmt erinnert. Das war wieder eins von Rosemarie Nills hinterhältigen Manövern, ihn im Kindergarten einzuspannen. Er wollte gerade protestieren, als sein Blick auf Kemal Özgür fiel, der mit den Kindern im Flur flachste und immer wieder zu ihm und der attraktiven rothaarigen Frau hinüberschielte.

»Ich denke, da sollten Sie lieber auf eine neutralere Person zurückgreifen. Mich erkennt der Felix ja sofort.« Er rieb sich ein klein wenig zu auffallend nachdenklich die Nase. »Aber mein Kollege hier, Polizeiobermeister Özgür, der sieht im Kostüm total anders aus, und er kann erstklassig mit Kindern umgehen.«

Kemal merkte, dass beide zu ihm hinsahen, und bekam rote Flecken am Hals. Die brachten sein herzförmiges Muttermal besonders zur Geltung.

»Lassen Sie sich mal seine Telefonnummer geben, damit Sie das mit ihm besprechen können.«

Fink war ziemlich zufrieden mit sich. Evi wäre sicher stolz auf ihn, wenn sie hörte, dass er jetzt auch noch als Amor fungierte.

Kaum waren die Aussagen aufgenommen und alle mit Polizeikäppis wieder in Richtung Kindergarten entlassen worden, als es zu einem der denkwürdigsten Auftritte kam, die diese Dienststelle je erlebt hatte. Es war Fink sofort klar, dass er ein eindringliches Verbot aussprechen musste, Fotos davon im

Internet zu posten. Jedenfalls erlahmte in den Räumen jegliche Aktivität, als Emmerlein und Carina mit je einem Weihnachtsmann im Schlepptau das Büro ansteuerten.

Emmerlein wischte sich den Schweiß von der Stirn. »Wir haben den Fall gelöst, Carsten.« Soweit es möglich war, schien sich seine Brust vor Stolz noch zu verbreitern. »Das wirst du jetzt nicht glauben, aber es gibt zwei Weihnachtsmänner!«

Fink konnte sich den Eindruck, den dieser Satz bei Außenstehenden hinterlassen würde, nur zu gut vorstellen.

»Diese beiden himmlischen Gestalten haben beide für den Süßwarenladen gearbeitet. Der hier«, er zeigte auf den dünneren, »ist der aktuelle Weihnachtsmann, der andere ist vergangene Woche rausgeflogen und hat das wohl noch nicht ganz verkraftet.«

»Woher habt ihr die denn?«, fragte Fink und setzte sich auf die Kante seines Schreibtischs.

»Die Inhaberin von dem Laden, Henriette Rot, hat mir von den beiden erzählt und mir ihre Adressen gegeben. Der hier ist ihr Enkel Florian; als ich gehen wollte, kam er grade zur Tür reinmarschiert, um Schokoladennachschub zu holen. Die Adresse von dem andern, dem Ex-Santa, hab ich an Carina durchgegeben, und die hat ihn gleich daheim abgeholt.«

Carina schob den Letztgenannten auf einen Stuhl. »Da war er noch in voller Montur. Horst Schmilz heißt er.«

Fink schaute etwas ungläubig von einem Weihnachtsmann zum anderen. Wie erwartet klickten auf dem Flur Handykameras. »Nehmen Sie bitte mal Ihre Verkleidung ab.« Einen aberwitzigen Moment lang erwartete er, beide würden ihn anschauen und unisono fragen: »Welche Verkleidung?«

Doch beide legten ohne weitere Umstände ab. Bei Horst Schmilz fragte sich Fink, warum er sich überhaupt maskiert hatte, denn unter der roten Mütze kam ein Weihnachtsmanngesicht zum Vorschein mit weißen Haaren, zusammengewachsenen Augenbrauen, einem kurzen weißen Bart und einer geschwollenen Backe.

»Den Bart auch«, sagte Fink.

»Das ist mein eigener.« Sogar mit der Stimme hätte Schmilz

den echten Santa ohne Weiteres ausstechen können, sonor und trotzdem herzlich.

Flori entpuppte sich als sehr dünner, schmalgesichtiger junger Mann mit verträumten braunen Augen, der wirkte, als wüsste er nicht genau, wie er auf diesen Planeten gekommen war. Auf Fink wirkte er wie ein aus dem Nest gefallener Vogel, den man warmhalten und von Hand füttern musste.

Carina entfuhr ein Seufzer.

»Wer von Ihnen ist denn nun der echte Weihnachtsmann?« Das Kichern von nebenan wäre gar nicht nötig gewesen, um Fink das Absurde dieser Frage klarzumachen. »Ich meine, wer verteilt die Schokolade?«

Flori meldete sich mit zaghaft erhobenem Finger.

Carina rückte ihren Stuhl etwas heran und lächelte ihn aufmunternd an.

Fink wunderte sich. Diese krisenerprobte Frau war vor zwei Wochen in den eiskalten Ententeich gestiegen, um einen jämmerlich miauenden Kater zu retten, der seine Schwimmfähigkeiten überschätzt hatte. Hinterher hatte sie weder ihre triefnasse Hose noch ihre verdreckten Schuhe oder die Erkältung am nächsten Tag beklagt. Auch die Kratzer, die ihr das rettungsunwillige Tier versetzte, hatte Carina ohne Murren hingenommen. Und jetzt schmolz sie in der Nähe dieses zarten Knäbleins dahin.

»Und Sie gehen ihm hinterher und nehmen den Leuten die Schokolade wieder ab und geben ihnen stattdessen Zahnbürsten?«, wandte sich Fink an Schmilz.

Der senkte den weißen Kopf. »Ich bin doch so schrecklich gern Weihnachtsmann. Seit dem Sommer freu ich mich schon drauf, im Advent Süßigkeiten zu verschenken. Es ist so schön, wenn ich die Leute in dem ganzen Weihnachtstrubel mit einem kleinen Geschenk und ein paar freundlichen Worten zum Lächeln bringen kann.« Er schaute in die Runde. »Und das Staunen von Kindern ist sowieso das Größte.«

»Was ist schiefgelaufen?«, fragte Carina. Sie merkte, dass Flori Rot sie ansah, und flammte auf wie ein Teenager.

Horst Schmilz beulte mit der Zunge von innen seine Backe

aus, als er dort eine Stelle abtastete. »Ich hab furchtbare Zahnschmerzen gekriegt. Wurzelbehandlung.« Alle stöhnten kollektiv auf. »Ja, und das war so schlimm, dass ich keinen Zuckerkram mehr verteilen wollte. Das will ich keinem zumuten, kaputte Zähne zu kriegen und diese Schmerzen aushalten zu müssen. Da bin ich dann natürlich entlassen worden. Es hat der Frau Rot sehr leidgetan, aber ich konnte sie ja auch irgendwie verstehen. Meinen Job hat dann ihr Enkel übernommen.« Er warf dem Konkurrenten einen scheelen Seitenblick zu, aber der bekam davon gar nichts mit, weil er mit Carina tiefe Blicke austauschte.

»Und dann haben Sie einen Kreuzzug für die Zahngesundheit begonnen«, folgerte Emmerlein.

Schmilz nickte. »Ich hab auf eigene Kosten ein paar Kartons Zahnbürsten gekauft, bin dem Herrn Rot nachgegangen und hab die Schokolade, die er verteilt hat, gegen die Bürsten getauscht. So konnte ich noch weiter Weihnachtsmann sein und gleichzeitig für gesunde Zähne sorgen.«

»Das ist aber trotzdem strafbar«, erklärte Fink, der sich fragte, warum eigentlich alle schrägen Fälle immer bei ihnen landeten. »Ganz zu schweigen davon, dass Sie ein paar kleine Kinder ziemlich aufgeregt haben.« Er machte eine Pause in der Erwartung, Carina würde sich an dieser Stelle mit einer Standpauke einschalten. Wenn es um schlecht behandelte Kinder und Frauen ging, fand sie für gewöhnlich sehr deutliche Worte. Er musste aber feststellen, dass sie sich unter den Blicken des sanftäugigen Philosophie-Flori in eine Art Liebeszombie verwandelt hatte.

»Darf ich denn jetzt nicht mehr Weihnachtsmann sein?« Horst Schmilz heulte fast.

Fink tauschte einen Blick mit Emmerlein. Der legte die Arme eng an den Körper und machte leise flatternde Bewegungen. Fink konnte die Botschaft nicht sofort entschlüsseln. Sollte Schmilz als Weihnachtshuhn auftreten? Emmerlein zog mit dem Finger einen imaginären Kreis um seinen Kopf. Ein kahl geschorenes Weihnachtshuhn? Dann kam ihm eine Idee. Er war sich nicht sicher, ob Emmerlein gerade das gemeint hatte, aber so ließ sich seine Geste jedenfalls auch interpretieren.

»Mir fällt da was ein, aber dazu müsste der Herr Rot mitmachen.«

Flori bekam erst nach einigen Augenblicken der Stille mit, dass alle ihn ansahen. »Haben Sie mich was gefragt?«

Fink lächelte. »Herr Rot, haben Sie Lust, Ihrem sagenhaften Kollegen hier eine Weihnachtsfreude zu machen?«

24

Mit quietschenden Reifen um die Kurve, Vollbremsung, Sprung aus dem Polizeifahrzeug, mit zwei Sätzen die Treppe des Friseursalons hoch: Es gab vieles, was Kemal Özgür an seinem Beruf liebte, und eine ordentliche Einsatzfahrt gehörte in jedem Fall dazu. Besonders, wenn er seinen jungen Kollegen David Hemm dabeihatte, der sich von solchen Aktionen noch anständig beeindrucken ließ.

Eine junge Frau sprang von der obersten Stufe auf. Kemal fielen die pink getönten Spitzen ihrer blonden Haare auf. Hinter der Glastür bemerkte er das irgendwie lavendelfarben umrahmte Gesicht einer älteren Frau, die ihre Nase gegen die Scheibe drückte.

Die junge Friseurin deutete aufgeregt die Straße entlang Richtung Bahnunterführung. »Da ist er lang, vor fünf Minuten. Hier, ich konnte ihn noch fotografieren.« Sie zeigte Kemal auf ihrem Handy das etwas verwischte Foto eines jungen Mannes.

»Gute Arbeit«, lobte Kemal. »David, gib gleich eine Fahndung raus.« Er nahm das Handy, schickte das Bild an die Dienststelle und sauste ein paar Sekunden später mit seinem Kollegen schon wieder los in die angegebene Richtung, um die umliegenden Straßen abzusuchen.

Nach einer halben Stunde, als die Fahndung großräumig angelaufen und weitere Einsatzkräfte ausgeschwärmt waren, kehrte Kemal zu dem Salon zurück. Die junge Frau ließ eine Kundin mit einem zur Hälfte von Lockenwicklern bedeckten Kopf im Stich und eilte auf ihn zu. Der Polizist registrierte, dass die ältere Frau, die ihn vorhin hinter der Glastür beobachtet hatte, sofort angewatschelt kam und sich der weiteren Lockung annahm.

»So, die Fahndung läuft«, sagte Kemal. »Wie ist das denn heute Morgen abgelaufen?« Im Hintergrund gab die Kundin unter den resolut wickelnden Fingern der lavendelgetönten Dame einen kleinen Schmerzensschrei von sich.

»Also, ich bin die Romy, Romy Münzer, ich bin hier Friseur-Azubi im dritten Lehrjahr. Heute Morgen komm ich her, da war noch kein Kunde im Laden. Meine Kollegin ist krank, und der Chef, also der Herr Olz, ist auf einer Messe in Düsseldorf. Aber die Frau Olz war schon da und ich seh, wie sie mit so einem Typen redet.«

Sie schaute zu der alten Dame hin und senkte die Stimme. »Das ist die Seniorchefin, die Mutter vom Chef, die ist eigentlich schon im Ruhestand, aber die kommt trotzdem noch jeden Tag, weil ihr Mann sonst daheim die Krise kriegt, wenn sie da den ganzen Tag rumhängt. Mit den Kunden soll die eigentlich gar nicht mehr arbeiten, die soll sie nur begrüßen und Kaffee anbieten und so, aber he, was soll ich machen, wenn ich allein mit ihr bin?« Sie sahen beide zu ihr hin und wurden Zeugen eines schmerzhaften Haarerupfens.

»Also, ich bin durch den Seiteneingang gekommen, der liegt da hinter dem Vorhang, darum schätze ich, der Typ hat mich erst nicht bemerkt. Er war so vielleicht fünfundzwanzig, hellbraune Haare, ungefähr Ihre Größe. Hat die Frau Olz die ganze Zeit angelächelt, lieb, aber ein bisschen schleimig, Sie wissen schon. Der Typ, der redet also auf die Frau Olz ein, und ich höre, wie er sagt, er wär der Freund von ihrem Enkel, und der bräuchte dringend Geld für eine Haartransplantation. Ich denk schon, hallo, ist der Kerl noch knusper, weil ich kenn den Patrick, also den Enkel von der Frau Olz, der hat total tolle Haare und ganz lange und viele, und außerdem ist der gerade für ein Semester in den USA. Aber die Frau Olz war schon auf dem Weg zur Kasse.«

Kemal drehte sich nach einem zischenden Geräusch um. Die Seniorchefin schädigte gerade mit einer geballten Ladung Haarspray die Ozonschicht für weitere zwei Jahre und Kemals Geruchsnerven auf nicht absehbare Zeit.

Romy warf ihre Haare mit Schwung nach hinten. Die pinkfarbenen Spitzen sahen aus wie fliegendes Konfetti. »Ich meine, klar, wenn du einer Friseurin erzählst, ihr Enkel hat Haarausfall, da kriegt die gleich einen Rappel. Kleinen Moment noch, Frau Reiter, ich bin gleich wieder bei Ihnen. Jedenfalls denk ich so, hallo, das ist bestimmt dieser Enkeltyp, hinter dem die Polizei her ist.«

Kemal nickte anerkennend. »Das war echt schlau, Frau Münzer. Super mitgedacht.«

Romy lächelte. »Ja, ich hab's total drauf. Also, ich hab den Kerl dann heimlich mit dem Handy fotografiert und Sie angerufen.«

Kemal machte sich eifrig Notizen. Als Romy eine Weile stumm blieb, schaute er auf und bemerkte gerade noch, wie sie sein herzförmiges Muttermal am Hals betrachtete, bevor sie schnell wegschaute.

»Kompliment, gute Arbeit. Schade, dass das Foto so unscharf ist. Die Frau Olz hat ihm also Geld gegeben?«

Auf Romys hübschem runden Gesicht breitete sich ein Lächeln aus, das die Deckenbeleuchtung zum Flackern hätte bringen können. »Nee, von wegen. Als Frau Olz gerade die Kasse aufmacht, stürze ich hinter dem Vorhang vor und tu so, als wär ich gestolpert und müsste mich an dem Kerl festhalten. Der hat ziemlich blöd geguckt und aus Reflex nach meiner Hand gegriffen, um mich aufzufangen. Ich hab gesagt: ›He, Sie sind kein Freund von Patrick!‹ – da ist er abgehauen.«

Der junge Polizist ließ seinen Notizblock sinken. »Alle Achtung. Wollen Sie bei uns anfangen?«

»Warten Sie, bis Sie das hier sehen.« Sie nahm eine kleine Papiertüte vom Tisch und hielt sie ihm geöffnet hin. Kemal sah einen blauen Gummihandschuh darin liegen.

»Den hatte ich mir noch schnell angezogen, bevor ich hier reingekommen bin. Die benutzen wir sonst beim Haarefärben. Ich dachte, wenn er den anfasst, dann sind da seine Fingerabdrücke drauf. Und als ich auf ihn zugestolpert bin, bingo, hat er zugegriffen.«

Sie grinsten sich über den improvisierten Beweismittelbeutel an.

»Frau Münzer, ich glaube, wir werden Sie gleich zur Polizeipräsidentin befördern«, sagte Kemal.

Finks Nase mochte klein sein, aber der würzige Glühweinduft stieg ihm trotzdem verführerisch hinein. Beim Spaziergang zwischen den Häuschen des Adventsmarktes konnte er sich gar nicht entscheiden, ob er sich zuerst der Bude mit gebrannten Mandeln, den Reibekuchen oder dem heißen Alkohol zuwenden sollte. Er hätte auch gern noch einmal von Evis Bratwurst abgebissen; nachdem aber bei seinem ersten Bissen schon ihr halbes Brötchen verschwunden war, ließ sie ihren Mann nicht mehr in die Nähe ihrer Wurst.

Felix war schon zweimal mit dem Karussell gefahren, das in der Nähe zu weihnachtlichen Melodien ratterte und klingelte, aber erst, als beim Feuerwehrauto der Fahrersitz frei geworden war. Natürlich hatten sie auch schon die Schäfchen und den kleinen Esel im Pferch neben der lebenden Krippe gestreichelt, und Felix hatte seinen Eltern den Tannenbaum gezeigt, den er mit seiner Kindergartengruppe mit gelben Pappsternen geschmückt hatte.

Jetzt zog er an Evis Hand. »Guck mal, Mama, da ist er. Der Papa hatte einen ganz schweren Fall mit dem Weihnachtsmann da drüben, und ich hab ihm geholfen, gell, Papa?« Er deutete auf einen Stand mit Krippenfiguren, neben dem ein dünner Weihnachtsmann mit jungenhaftem, leicht abwesendem Lächeln Schokoladentäfelchen verteilte.

»Das hast du.« Fink verstrubbelte ihm die Haare, was sich sein Sohn mit abgeklärter Ruhe gefallen ließ. »Ohne dich hätten wir das Geheimnis des Bürstolaus' vielleicht immer noch nicht gelöst.«

Evi verschluckte sich fast an ihrem letzten Wurstzipfel. »Eine von Peters Wortschöpfungen?«

»Was sonst.« Fink steuerte die Glühweinbude an. Evi hielt ihn zurück und deutete mit dem Kopf zu dem stämmigen Christkind, das in goldenem Gewand und Lockenperücke neben dem Weihnachtsmann stand, trotz seiner geschwollenen Backe glückselig strahlte und fröhlich zu jedem Stück Schokolade eine Zahnbürste überreichte.

»Sag mal, hat das Christkind einen Bartschatten?«, flüsterte sie.

»Das ist nur ein kleines Opfer für einen großen Traum«, antwortete ihr Mann.

»Will Carina sich eigentlich immer noch unsere Katze über Weihnachten ausleihen?«, fragte sie.

Fink lächelte. »Ich glaube, sie hat was anderes zum Kuscheln gefunden. Magst du einen heißen Eierpunsch?«

»Nö, geht ihr ruhig schon mal rüber, ich guck mir noch die Bude da drüben an.«

»Was gibt's denn da? Das sieht aus wie kleine gestrickte Schühchen.«

Aber Evi hatte sich schon mit beschwingten Schritten auf den Weg gemacht.

25

Die braune Schlange hing zwischen den Lianen. Eine zweite schlängelte sich bedrohlich über einen grauen Felsen. Und die dritte hatte sich gerade um einen blauroten Papagei gewickelt.

»Carsten!«

»Was denn?« Fink sah Evi unschuldig an. »So ist das in der Wildnis, überall lauern Gefahren.«

Felix hatte zu Weihnachten den Dschungeltempel bekommen, den er auf seinen Wunschzettel gemalt hatte. Beim Auspacken hatte er ihn auch angemessen bejubelt und dann, als sich im Karton eine Vielzahl von Einzelteilen fand, beschlossen, den Aufbau großzügig seinen Eltern zu überlassen.

Evi und Carsten Fink verbrachten Heiligabend also damit, vor dem Tannenbaum auf dem Fußboden zu hocken und ihre architektonischen Fähigkeiten zu schulen.

»Ich glaub, der Aufkleber ist da falsch.«

»Nein, ist er nicht.«

»Der gehört aber auf die Innenseite.«

»Der gehört jetzt hierhin, weil er nämlich nicht mehr abgeht.«

Während Felix seine neuen Bilderbücher ansah und versuchte, Corpus und Delicti das neue Katzenmemory zu erklären, hatten seine Eltern zahlreiche Tütchen aufgerissen und die gefühlten fünfhundert Teile sortiert, gesteckt, gedreht und geschoben, auseinandergenommen und vertauscht, geschimpft, gelacht und Fingernägel abgebrochen: Es war toll gewesen.

Jetzt saßen sie am Kaffeetisch und begutachteten zufrieden ihr Werk. Felix kam mit einem Teil seines Playmobilbestandes aus seinem Zimmer und baute neben dem Tempel ein improvisiertes Büro mit Schreibtisch, Aktenschrank und einem Polizistenfigürchen aus seiner Polizeistation auf.

Margit Fink stellte ihre Kaffeetasse ab und beugte sich zu ihrem Enkel hinunter. »Sag mal, Felix, was macht denn der Schreibtisch da mitten im Urwald?«

Felix ließ den kleinen Abenteurer aus dem Dschungelset

mit seinem Schlapphut und dem Pistolengürtel in das Büro marschieren und auf dem gelben Besucherstuhl Platz nehmen.

»Das ist ja nicht im Urwald, das ist in Deutschland«, erklärte Felix. Das Polizistchen stand unter seinen Fingern auf und legte eine winzige Plastikakte auf den Tisch. »Wenn der Mann hier in den Dschungel fahren will, braucht er erst mal einen Ausweis, sonst lassen die ihn da nicht rein.« Das wusste er schließlich noch vom Sommerurlaub.

Die drei Erwachsenen gaben sich Mühe, sich das Lachen zu verkneifen. Finks Mutter nahm sich noch ein Stück Kuchen und murmelte mitleidig: »Beamtenkind.«

Ihr Handy klingelte, und Evi bemerkte mit leichtem Erstaunen, wie sich ihr Mann bequem zurücklehnte und mit schlecht unterdrückter Heiterkeit seine Mutter beobachtete.

Margit meldete sich, hörte zu, und in ihren Augen begann es zu funkeln. »Sitzen Sie da in einem Callcenter? Nein? Müssen Sie denn diese Anrufe von daheim erledigen? Andererseits, das ist ja auch ganz praktisch, dann können Sie zwischendurch mal aufstehen und die Blumen gießen.«

Fink und Evi warfen sich Blicke zu. Margit Fink lief sich gerade erst warm.

»Sie haben da keine Blumen? Ach, Sie armer Mensch, das sollten Sie ändern, so ein bisschen Grün macht alles gleich viel frischer. Aber das tut mir ja schon arg leid, dass Sie sogar in der Weihnachtszeit arbeiten und Leute am Telefon belästigen müssen. Ist das ein Vollzeitjob, und sind Sie darauf geschult worden, Ihre Gesprächspartner dumm und dusselig zu quasseln? Das müssen Sie nämlich noch üben, Herzchen, Sie lassen mich viel zu sehr zu Wort kommen, ich hör ja kaum was von Ihnen. So werden Sie nie was verkaufen, und dann ist Ihr Vorgesetzter sicher furchtbar sauer. Werden Sie dann zur Strafe in den Keller gesperrt, oder müssen Sie bei Ihrem Chef zum Schneeschippen antreten? Ganz ehrlich, da finden Sie doch leicht eine bessere Arbeit, wo Sie nicht illegal Leute anrufen müssen, um denen irgendwelchen Krempel anzudrehen, das dürfen Sie nämlich gar nicht, mein Sohn ist Polizist, und Sie werden massig Ärger kriegen.«

An dieser Stelle hielt sie zum ersten Mal inne und sah ein wenig irritiert aus. »Sie wollen mir gar nichts verkaufen? Machen Sie eine Meinungsumfrage? Das ist nämlich auch nicht besser, mein Lieber. Sie rufen von einer Behörde aus an? Oh! Oh, wirklich. Nein, das wusste ich nicht. Wieso?« Jetzt warf sie ihrem Sohn einen alarmierten Blick zu. »Verfassungsschutz?«

Evi knuffte Fink in die Seite, aber der kicherte nur in sich hinein.

»Warum denn? Ich mache doch gar nichts, die Leute rufen doch mich an, nicht umgekehrt. Wieso, ich drohe doch keinem, mein Sohn ist wirklich Polizist, und es ist doch tatsächlich nicht erlaubt, Leute ohne ihre Zustimmung anzurufen, um ihnen was zu verkaufen. Nein. Äh, nein, auch nicht.« Margit Fink schien zu schrumpfen. »Nein, ich glaube nicht, dass das nötig ist. Das tut mir leid, das war mir nicht klar. Ja, gut, ich mach es nicht mehr. Nein, Sie brauchen niemanden herzuschicken. Wiederhören.«

Als sie das Handy auf den Tisch legte, zitterte ihre Hand ganz leicht.

»Was war das denn?«, fragte Fink mit schlecht verhohlener Schadenfreude.

»Gar nichts, da hat sich jemand verwählt«, antwortete sie leicht heiser, griff über den Tisch nach der Flasche Eierlikör, die sie mitgebracht hatte, schenkte sich ein leeres Wasserglas halb voll und mied den Blick ihres Sohnes. Dann setzte sie sich zu Felix auf den Boden. »So, Felix, jetzt lassen wir den Typen hier mal an der Liane hochklettern.«

»Das geht nicht, Oma, erst muss er noch geimpft werden.« Felix drückte ihr eine kleine Ärztin mit einem roten Köfferchen in die Hand. »Du kannst ihm die Spritze geben, wenn du willst.«

Fink stand auf und ging in die Küche. Als Evi ihm nachkam, hielt er sich sein Handy ans Ohr und schnaubte leise vor Lachen.

»Ja, danke, Herr Kissmich. Hat prima geklappt, Sie waren anscheinend sehr überzeugend. Ich denke, die Aktion hatte den gewünschten Erfolg. Ihnen auch noch schöne Feiertage.«

Evi starrte ihren Mann an. »Matz Fink, du bist echt ein Monster!«

»Verflixt, das hab ich vergessen. Der Mann vom Verfassungsschutz hätte meiner Mutter auch gleich noch verbieten können, diesen dämlichen Spitznamen noch mal zu benutzen.« Er zog seine Frau an sich und lächelte zufrieden. »Aber wer weiß, vielleicht ruft demnächst auch noch jemand vom Militärischen Abschirmdienst bei ihr an. Oder von der NSA. Mal überlegen, wer im Büro besonders gut einen amerikanischen Akzent nachmachen kann.«

Mehr liegend als sitzend kauerte Agneta Röwekamp auf dem Stuhl vor dem Computer und verfluchte ihren Hexenschuss. Ihre Wikingervorfahren hatten sich sicher nie mit solchen Problemen herumschlagen müssen. Das wäre beim Rauben und Brandschatzen auch äußerst hinderlich gewesen. He, Olaf, kannst du mal für mich den Brandpfeil auf das Strohdach abschießen, ich hab's grade im Rücken, beim Thor!

Auf dem Bildschirm öffnete sich die gesuchte Seite eines Sportartikelherstellers. Agneta begutachtete mit fachfraulichem Blick die verschiedenen Modelle von Nordic-Walking-Stöcken, die dort abgebildet waren. Mit einem knurrenden Laut, der sowohl ihren Schmerzen als auch ihrer Missbilligung der gezeigten billigen und offensichtlich minderwertigen Stöcke geschuldet war, rief sie die nächste Seite auf.

Na, das sah doch schon anders aus. Carbonfaser mit Titanveredelung. Rutschhemmende Griffe aus Naturbambus. Eingebauter Vorratstank mit Spritzdüse für ein erfrischendes Gesichtsspray. Agneta Röwekamp hatte sonst nichts für solchen überkandidelten Schnickschnack übrig, aber bei ihren Sportgeräten legte sie Wert auf Qualität und durchdachte Funktionen. Wenn man über siebzig war und noch tatkräftig im Leben stand, sollte man sich auf echte Werte besinnen und sich nicht mehr mit popeliger drittklassiger Ware abgeben. Sie war eine gestandene Frau und hatte das Recht auf gestandene Ansprüche. Die Wikinger waren auch nicht mit dem Paddelbötchen auf Beutezug gefahren.

Als sie versuchte, sich in eine etwas aufrechtere Position zu bringen, zuckte ein stechender Schmerz ihr Rückgrat hinauf.

Verdammich, sie war doch schon wieder halbwegs fit gewesen. Noch ein paar Tage, und sie hätte schon wieder unter Leute gehen können. Und dann dieser ärgerliche Rückfall vorgestern. Sie hatte ihr geliebtes Sportgerät einfach zu früh wieder eingesetzt, das musste sie sich wohl eingestehen. Und dabei hatte sie nicht nur ihre Gesundheit, sondern auch ihren Walking-Stock in Mitleidenschaft gezogen, und das hatte dieses wackere Teil, dieser Freund vieler sportlicher Stunden, nicht verdient.

Sie warf einen Blick in die Ecke neben der Tür, wo ihre Nordic-Walking-Stöcke einträchtig und wie im vertraulichen Gespräch zueinander geneigt standen. Die verbogene Spitze des rechten zu sehen, schmerzte Agneta fast so sehr wie ihr Rücken. Nein, sie konnte ihn nicht durch einen neuen ersetzen. Treue Sportkameraden, die ihr zur Seite gestanden hatten, wenn es hart auf hart kam, würde sie sie nicht einfach wegen einer kleinen Widrigkeit austauschen.

Agneta schloss die Seite, fuhr den Computer herunter und rappelte sich hoch. Sicher könnte eine kundige Hand ihren Stock wieder aufrichten. Sie seufzte. Sie würde wohl nicht umhinkommen, morgen in die Stadt zu gehen.

26

Die Flocken schwebten behäbig auf den Parkplatz der Dienststelle, als Carsten Fink durch das blaue Rolltor der Polizeiinspektion fuhr und mit seinem Wagen wie in Zeitlupe auf das abgestellte Einsatzfahrzeug zurutschte. Vereinzelt waren im Schnee einige Körnchen vom Streugut auszumachen, die aber mehr der Dekoration dienten, als dass sie in der Lage gewesen wären, die Glätte zu beseitigen. Bremse, Kupplung, Lenkrad, Handbremse, Scheibenwischer, Fensteröffner: Fink betätigte alle Apparaturen in Reichweite, ohne das sanfte Driften beeinflussen zu können.

Fieberhaft zog er sämtliche Schubladen seines Gehirns auf und stieß auf die Anweisung bei einem früheren Fahrtraining, bei einer drohenden Kollision niemals das Aufprallobjekt zu fixieren. Also riss er seinen panischen Blick vom Dienstfahrzeug los auf die andere Seite der Parklücke, wo er dann nach gleichzeitigem Ziehen der Handbremse und Kurbeln am Lenkrad mit einem sanften Schubser auf das Auto von Peter Emmerlein traf.

Na, das war ja im Großen und Ganzen noch mal gut gegangen. Was für ein Dienstbeginn nach dem freien Wochenende!

Fink stieg aus, schaute um sich und beugte sich dann vor, um den Schaden zu begutachten. Na also, war ja kaum der Rede wert, der winzige Kratzer. Man musste schon ganz genau hinsehen, um den Lackschaden zu erkennen. Wenn man weiter weg stand als drei Meter, war von der Delle vermutlich gar nichts mehr zu sehen.

Fink betrat das Gebäude durch den Hintereingang und überlegte, wie er seinen Kollegen auf die Schramme an seinem Wagen vorbereiten sollte. Das Auto war ein alter Ford, mit dem vermutlich schon Karl der Große zu seiner Krönung gefahren war. So schlimm konnte der kleine Blechschaden Emmerlein doch sicher nicht treffen. Fink beschloss also, ihn mit einem launigen »Stell dir vor, was mit deinem Auto passiert ist« zu begrüßen und übte den Satz und die dazugehörige Mimik unauffällig auf dem Weg den Flur entlang.

»Stell dir vor, was mit meinem Auto passiert ist!« Emmerlein hielt sich erst gar nicht mit einer Begrüßung oder verspäteten Neujahrswünschen auf.

In diesem Moment erinnerte Fink sich daran, welch liebevolles Verhältnis Emmerlein zu seinem Wagen hatte. Er nannte ihn »Merle«, aber nur in Isabels Abwesenheit, denn Merle hieß eine lang verflossene Freundin von ihm. Ein Mann, der seinem fahrbaren Untersatz einen Namen gab, war vielleicht doch nicht ohne Weiteres in der Lage, die Nachricht von einer Beschädigung mit Humor zu nehmen.

Als Emmerlein Isabel bei einer Gerichtsverhandlung kennengelernt hatte, wo sie als Übersetzerin arbeitete, war er auf der Stelle Feuer und Flamme und über alle Ohren verliebt gewesen. Einer festen Beziehung stand er aber doch erst mal skeptisch gegenüber, denn die hätte bedeutet, dass hin und wieder nicht nur seine neue Freundin in seinem Wagen mitfahren würde, sondern dass er auch ihren Rollstuhl darin transportieren musste. Und das brachte eine nicht zu unterschätzende Gefahr für Lack und Blech beim Ein- und Ausräumen mit sich. Zu seinem Glück war ihm aber ziemlich schnell aufgegangen, dass Isabel dieses Risiko allemal wert war. Nur den Namen seines Autos hatte er beibehalten – vielleicht eine unterschwellige Trotzreaktion oder ein Schwelgen in Jugendzeiten.

»Da hat gestern einer Merles Heck angeditscht, als ich wegen dieser Einbrüche unterwegs war.«

Fink hängte seine Jacke auf und befürchtete, dass man die Röte in seinem Gesicht noch durch seinen Hinterkopf sehen konnte. Er nutzte den Sprung auf ein unverfängliches Thema.

»Es gab Einbrüche?« Er kam zu Emmerleins Schreibtisch und schlug die Akte auf. Sein Staunen wuchs mit jeder Seite. »Holla die Waldfee, wie viele sind das denn?«

Emmerlein richtete sich feierlich auf. »Zwölf.«

Fink setzte sich. Oh ja, sein Wochenende war eindeutig vorbei. »Zwölf! In welchem Zeitraum?«

Peter Emmerlein zupfte an seinem Ziegenbärtchen. »Alle am Samstag. Da war jemand emsig.«

»Zwölf Einbrüche an einem Tag! Das ist nicht emsig, da ist einer ein krimineller Workaholic. Oder ein workaholischer Krimineller.« Fink nahm die Kaffeetasse entgegen, die Emmerlein ihm hinhielt.

»Acht wurden noch am selben Tag gemeldet. Die anderen Besitzer waren im Urlaub und haben es erst bei ihrer Rückkehr gemerkt. Gestohlen wurden immer nur kleine Gegenstände: Schmuck, Bargeld, Handys und drei Laptops. Zeug, das sich leicht einstecken und transportieren lässt.«

Emmerlein versenkte einen Beutel mit Pfefferminztee in einem Glas mit heißem Wasser. Sofort fühlte sich Fink an die Küche seiner Großeltern erinnert, wo es immer nach einer Mischung aus Kräutertee, Möbelpolitur und nassem Hund gerochen hatte. Eigentlich erstaunlich angesichts der Tatsache, dass sie gar keinen Hund gehabt hatten.

»Und alles Sachen, die in der Nähe der Eingangstür lagen«, fuhr Emmerlein fort.

Fink beobachtete die sanften, gleichmäßigen Bewegungen des Tauchvorgangs. Absenken des Beutels, Heben. Absenken, Heben. Das Wasser färbte sich allmählich grün. Absenken … Fink blinzelte und kehrte aus seiner Trance zurück. »Gab es Spuren?«

»Aufgehebelte Schlösser, war 'ne Sache von ein paar Sekunden. Wir haben auch ein paar Zeugen, bei denen gab es aber nichts wirklich Brauchbares.«

Fink studierte die Akten und behielt einen Seufzer, der nach draußen drängte, für sich. Wenn Peter Emmerlein von Brauchbarem sprach, meinte er nicht unbedingt verwertbare Aussagen. Fink begann zu lesen:

Die Befragung der Nachbarn ergab keine verwertbaren Hinweise. Frau Marlies Müller, Ubierstraße 12, erklärte neben einer Stehlampe aus den späten fünfziger Jahren, Kirschholz mit Seidenschirm, gegen zehn Uhr am Vortag eine Gruppe arabischer Terroristen gesehen zu haben.

Herr Adrian Ziglinski, Frankenstraße 39, gab an, beim Polieren eines antiken Messingtürknaufs mit Spezialpaste eine Prozession von Priestern in seiner Straße bemerkt zu haben.
Frau Claudia Fischer, Martinsbergweg 4, erinnerte sich, ihrer Tochter angedroht zu haben, einen Teddybären der Marke Steiff-Knopf-im-Ohr, Sammlerstück um 1940, den bolivianischen Straßenmusikern auf dem gegenüberliegenden Grundstück zu übergeben, falls ihre Tochter ihn noch einmal aus der Wohnzimmervitrine, Eibenholz mit bleigefassten Glasscheiben, holen würde.

Jetzt konnte Fink den Seufzer doch nicht mehr unter Kontrolle halten. Er klickte drei Süßstofftabletten in seinen Kaffee, um sein inneres Gleichgewicht wiederzufinden. »Da fragen wir lieber noch mal nach. Arabische Terroristenpriester aus Bolivien, da hat sicher jemand was falsch verstanden.«

Emmerlein barg den durchweichten Teebeutel und legte ihn sorgfältig auf ein Tellerchen. »Glaub ich auch. Diese Leute waren wohl ein bisschen neben der Kappe.«

Fink trank seinen Kaffee und behielt für sich, dass er mit dem »falsch verstanden« eigentlich seinen Kollegen im Verdacht hatte. Dann sammelte er seine Unterlagen ein, um sich bei der anstehenden Besprechung von den Kollegen auf den neuesten Stand bringen zu lassen.

Der Knaller des Tages war zweifellos die Neuigkeit, dass die Analyse der Fingerabdrücke, die der mutmaßliche Enkeltricktäter auf Romy Münzers Handschuh im Friseursalon hinterlassen hatte, tatsächlich einen Treffer ergeben hatte.

»Till Winterberg heißt unser Herzchen. Wohnhaft in Neuwied.« Emmerlein reichte ein Foto herum.

»Ach, auf der schäl Sick«, antwortete Fink.

»Wo?«, fragte Emmerlein.

»Hast du das noch nie gehört? Schäl Sick sagt man im Rheinland als kleine Stichelei, um auszudrücken, dass jemand auf der falschen Seite wohnt. Also der falschen Rheinseite. Ist natürlich eine Frage des Standortes.«

»Wieder was gelernt. Jedenfalls hat Freund Winterberg schon ein paar Verurteilungen wegen Urkundenfälschung. Jetzt hat er offenbar umgesattelt. Seine Nachbarn in Neuwied sagen, das wäre ein sehr freundlicher junger Mann, hilfsbereit, nett zu Blümchen, Kätzchen und Marienkäfern, blablabla. Und sie haben ihn seit ein paar Tagen nicht mehr gesehen.«

»Macht sich vermutlich von dem erzockten Geld einen schönen Urlaub auf den Malediven, der Hund.« Fink machte sich eine Notiz. »Gute Arbeit. Da sind wir jetzt einen großen Schritt weiter. Für den hat es sich bald ausgegaunert. Und Peter, wir beide ziehen heute Nachmittag noch mal los, um die Zeugen wegen dieser Einbruchsserie zu befragen. Hast du deine warme Mütze dabei, nicht dass dir deine besten Gehirnzellen einfrieren.«

»Es ist so rührend, wie du dich um mich sorgst«, antwortete Emmerlein.

27

Agneta Röwekamp mühte sich die Steigung der Kramgasse hinauf. Sie war immer stolz darauf gewesen, sich auch in ihrem Alter fit zu halten und sich keine Weicheierigkeiten zuzugestehen, aber der Hexenschuss vor zwei Wochen hatte doch seinen Tribut gefordert. Als sie jetzt den Gemüseladen passierte, vor dem im Sommer Kisten mit roten Äpfeln und sonnengelben Honigmelonen standen, war sie froh, sich auf ihren Nordic-Walking-Stock stützen zu können.

Beim Betreten des Sportartikelgeschäfts seufzte sie erleichtert auf. Sie erkundete mit einem Blick die Lage, straffte die Schultern, soweit ihre widerstrebende Muskulatur es zuließ, und strebte auf einen hochgewachsenen, dunkelhäutigen Verkäufer zu, der eben Kartons mit Sportschuhen in ein Regal räumte.

»Sie können mir doch ganz sicher helfen, mein Lieber.«

Der Mann wirbelte herum. Es sah aus, als wäre er mit beiden Füßen abgesprungen und nach einer Drehung in der Luft elegant vor ihr gelandet.

Agneta sah es mit Wohlgefallen. »Sehr eindrucksvolle Körperbeherrschung, junger Mann. Hier.« Sie hielt ihm den Walking-Stock entgegen.

Über das Gesicht des Verkäufers lief ein Leuchten. Sein spaghettidünner Schnurrbart hob sich an den Enden zu einem Lächeln.

»Ah, das ›Matterhorn zwanzigzwanzig‹. Hervorragendes Modell.« Er nahm den Stock in die Hand und betastete ihn. »Hochwertige Verarbeitung, elastisch-stabile Carbonfederung, rutschfeste Handnoppen und integrierter Stoßabsorber.«

Er warf ihn von einer Hand in die andere. »Diese schweißableitende Rinne hier und der eigenständig standortbestimmende Kompass stellen eine innovative Verbesserung gegenüber dem Vorgängermodell, dem ›Matterhorn zwanzigzehn‹ dar.« Er balancierte das Sportgerät auf zwei Fingern in der Waagerechten und stutzte.

»Hm, das fühlt sich aber nicht so an, wie es sollte.« Er schloss die Augen und ließ den Stock sacht zwischen seinen Fingern pendeln. »Eine leichte Abweichung nach links. Beeinträchtigt vermutlich nicht die Funktion, kann sich aber beim Laufrhythmus unrund bemerkbar machen.« Er öffnete die Augen und inspizierte das Gerät.

»Ich vermute, das liegt an der verbogenen Spitze«, half Agneta Röwekamp und deutete auf das Ende des Stocks. Dort ragte ein Metalldorn deutlich gekrümmt hervor.

»Wie ungewöhnlich.« Der Verkäufer begutachtete das Teil mit gerunzelter Stirn. Dann lächelte er Agneta verschmitzt an. »Das Matterhorn zwanzigzwanzig sollte eigentlich gar kein Horn haben. Sie haben es wohl sehr forsch eingesetzt.«

»In schwierigem Gelände«, bestätigte die alte Dame. »Können Sie es gleich richten? Ich möchte ungern auf diesen Stock verzichten. Er ist unglaublich vielseitig einsetzbar.«

»Sicher, kein Problem.« Der Mann streichelte liebevoll über den rot gummierten Handgriff. »Das Matterhorn ist ausgesprochen pflegeleicht. Nehmen Sie doch Platz, während ich mich darum kümmere.«

Agneta ließ sich erleichtert auf einem Stuhl nieder. Mit ein bisschen Glück würden ihr Walking-Stock und sie selbst schon bald wieder einsatzbereit sein.

Claudia Fischers kühler Blick legte sich wie Raureif auf das Gemüt der Polizisten und passte sich ganz ausgezeichnet der frostigen Witterung an. Fink hätte nichts dagegen gehabt, ins Haus gebeten zu werden. Seine Mutter behauptete immer, es sei dummer Männerstolz, an kalten Tagen auf eine lange Unterhose zu verzichten. Vielleicht hatte sie ausnahmsweise einmal recht.

»Ich hab grad kontrolliert, ob die Reinemachefrau das Küchenfenster ordentlich geputzt hat.« Obwohl sie erst Anfang dreißig sein konnte, stufte ihre Kühlanlagenausstrahlung sie um zehn Jahre herauf. »Das ist nämlich das letzte Fenster auf ihrer Runde, und das schlampt sie immer ein bisschen. Jedenfalls hab ich dabei diese Leute auf der anderen Straßenseite langziehen sehen in ihren bunten Umhängen. Acht oder neun waren es.«

Sie wies mit einem langen rot lackierten Finger hinüber, und Fink spürte förmlich, wie Emmerlein im Geiste notierte: Ring, Saphir, Silberfassung.

»Das waren bloß fünf«, verbesserte das etwa zwölfjährige Mädchen mit dem Pferdeschwanz, das neben ihr stand. »Und vor dem Haus an der Ecke haben sie sich aufgestellt und gesungen.«

Peter Emmerlein, der in die angegebene Richtung geschaut hatte, drehte sich wieder um. »Die haben gesungen?«

Ein kleiner Junge kam auf seinem Dreirad über den Marmor geflitzt, bremste, indem er seiner Schwester in die Hacken fuhr, und starrte die beiden Männer unter seiner goldenen Pappkrone trotz des Racheknuffs des Mädchens ausdruckslos an.

»Das fand ich ja auch ganz unangebracht«, sagte die Mutter. »Wer will im Januar schon bolivianische Straßenmusiker hören? Oder peruanische oder woher die auch kommen. Die sind ja im Sommer schon nervig genug, wenn sie mit ihrem Panflötengedudel und den Andengesängen die Leute aus der Eisdiele vergraulen.«

»Die hatten aber keine Flöte und haben Deutsch gesungen«, meldete sich das Mädchen.

»Hast du verstanden, was sie gesungen haben?«, fragte Fink.

»Nicht so genau.«

Mama schaltete sich wieder ein. »Eben, Luisa. Schließlich kannst du kein Peruanisch, oder? Wie willst du es denn dann erkennen?«

Luisa rollte die Augen mit der unnachahmlichen Perfektion, die nur genervte Teenager hinbekommen. »Ein paar deutsche Worte hab ich verstanden. Die Typen standen schließlich eine ganze Weile da drüben vor der Tür. Irgendwas mit ›Wir kommen morgen‹ haben die gesungen, und das ist ja wohl kein Peruanisch, oder?«

»Das Haus, vor dem die Andenkerle standen, ist eins von den Einbruchshäusern«, sagte Emmerlein auf dem Weg zum nächsten Zeugen. Sie waren zu Fuß durch das dichter werdende Schneetreiben unterwegs, und Fink versuchte vergeblich, eine Wärmeverbindung zu seinen Zehen herzustellen.

»Waren die Bewohner zum Zeitpunkt des Einbruchs daheim?«

Emmerlein nahm seine Mütze ab und schüttelte den Schnee herunter. »Nein. Und wenn sie von dem Gesinge vor ihrer Tür erfahren, sind sie vielleicht sogar ganz froh drum, dass sie weg waren.«

»Erst pilgerten sie den Gehweg entlang.« Adrian Ziglinski vollführte mit seiner sehr spitzen Nase ein Hasenmümmeln, das seine Brille tanzen ließ. »Dann sind sie im Garten von Hausnummer 25 verschwunden, und ich konnte sie hinter der Hecke nicht mehr sehen.« Er drehte sich kurz um und griff sich eine mollig warm aussehende Strickjacke vom Garderobenhaken. Fink pustete sich in die Hände und grollte. Unhöflicher Mensch. »Sie trugen alle sakrale Messgewänder, und ich bin sicher, dass mein Onkel Hosianna dabei war.« Er mümmelte nachdenklich. »Ach, kommen Sie doch herein ins Warme.«

Fink stürmte vor. So ein netter Mensch.

Als sie im Wohnzimmer saßen, sah er sich Auge in Auge einer Reihe von ausgestopften Möwen gegenüber, die auf der Anrichte standen. Ihre letzte Fischmahlzeit lag in Anbetracht der auf ihrem Gefieder lastenden Staubschicht schon eine ganze Weile zurück.

»Sie haben Ihren Onkel erkannt?« Ein Hoffnungsschimmer wölbte sich zaghaft über Finks Ermittlerhorizont.

»Ja, ja, ich bin ganz sicher.« Ziglinski nickte eifrig.

»Und Ihr Onkel heißt Hosianna?«, hakte Emmerlein nach. Er rückte seinen Sessel so zurecht, dass er dem starren Blick der toten Vögel entging.

»Nein, er hieß Gisbert. Er war Priester.« Ziglinski flüsterte die Antwort nur und fuchtelte ihnen eine Art segnender Handbewegung vor. »Wenn wir als Kinder lieber ins Schwimmbad als in die Kirche gingen, sagte er immer: ›Euch werde ich das Hosiannasingen schon noch beibringen!‹ Wir hatten ein bisschen Angst vor ihm.«

Das konnte Fink ihm nicht verdenken.

»Er war auch nicht sehr beliebt in der Familie«, fuhr der

Neffe fort. »Er kam immer uneingeladen zu Familienfeiern, beschwerte sich, dass der Kuchen zu trocken wäre, ließ nichts davon übrig und wollte dann jedem direkt an der Kaffeetafel eine öffentliche Beichte abnehmen.«

Ziglinski zog ein Tuch aus der Hosentasche und putzte seine Brille. »So war er, der Onkel. Und außerdem konnte er keine Note richtig treffen, der hätte uns weder das Hosiannasingen noch irgendwas anderes beibringen können.«

»Können Sie uns seine Adresse geben?«, fragte Fink.

Der Mann starrte die Polizisten ebenso ausdruckslos an wie seine verblichenen Vögel, womöglich sogar noch lebloser. »Er ist tot. Schon seit zehn Jahren. Ganz tot.«

Emmerlein schluckte. »Und Sie haben Ihren verstorbenen Onkel hier vorbeigehen sehen?« Vor seinem inneren Auge erschienen zombiehafte Gestalten, die mit ausgestreckten Armen und starren Augen in blutleeren Gesichtern die Straße entlangwankten. Isabel hatte recht: Er sollte sich nicht immer diese Horrorfilme ansehen.

Ziglinski nickte langsam. »In seinem Priestergewand. Zusammen mit seinen Mitbrüdern. Vor der Hausnummer 25 hab ich sie singen hören, und einer war dabei, der ganz furchtbar danebenlag; das kann nur mein Onkel gewesen sein, der hat es immer noch nicht gelernt. Ganz sicher waren es irgendwelche Bekehrungslieder. Die Leute, die da wohnen, gehen nämlich auch nie in die Kirche. Und jetzt haben sie den Geist vom Onkel Hosianna auf dem Hals.« Seine Nase mümmelte heftig, vermutlich in einer Mischung aus Entsetzen und Schadenfreude.

Als sie eine Briefträgerin mit ihrem überquellenden Wägelchen überholt hatten und bei Oberstudienrätin a. D. Marlies Müller im düsteren Flur standen, waren die bolivianischen Straßensänger über den Umweg der Geisterpriester zu arabischen Terroristen mutiert.

»Sie trugen Tücher und solches Zeug auf dem Kopf und lange Hemden.« Ein Duft nach Apfelkuchen wehte süß und einladend aus dem Innern des Hauses zu ihnen hinaus und erklärte die Bestimmung des überdimensionalen und eher ausladend wirkenden Messers, das Frau Müller in der Hand hielt.

»Wieso Terroristen?«, fragte Fink.

»Im ganzen Satz«, entgegnete Marlies Müller. Sie verschränkte die Arme vor der Brust. Dadurch ragte das Messer in der Größe eines Kosakenschwertes seitlich an ihr hoch.

»Es war ein ganzer Satz Terroristen?«, fragte Fink unsicher. »Wie viele sind denn ein Satz?«

»Sie sollen Ihre Frage als vollständigen Satz formulieren. Damit meine ich, dass er zumindest Subjekt und Prädikat enthält.« Als Fink sie anstarrte, fügte sie in einer Art, als belehre sie den Begriffsstutzigsten der Klasse, hinzu: »Ein Hauptwort und ein Tuwort.«

Fink gestattete sich ein innerliches »Zack! Biff! Buff!«.

»Wie viele waren es?«

»Elf oder zwölf.«

»Und woraus schließen Sie, dass es sich um Terroristen gehandelt hat?«

Er behielt verstohlen das Messer im Auge. Womöglich sahen sie beide in Marlies Müllers stahlgrauen Augen wie Spione oder Verschwörer aus oder andere absichtsböse Halunken, die den Einsatz des Schneidewerkzeugs rechtfertigen würden.

»Sie trugen Tüten bei sich. Schwere Tüten, von Aldi, mit Sprengstoff vermutlich.«

»Haben die das neu im Sortiment?«, fragte Emmerlein verblüfft. Der geschnitzte Garderobenständer aus poliertem Eichenholz hinter der ehemaligen Lehrerin hatte eben noch seine Aufmerksamkeit auf sich gezogen. Schwarzwald, Anfang des neunzehnten Jahrhunderts.

Sie heftete ihre eng beieinanderstehenden Augen auf ihn. »Die wollten sicher in einem terroristischen Akt den großen Weihnachtsbaum auf dem Marktplatz in die Luft sprengen.«

Fink räusperte sich. »Sie meinen, es hat sich bis in die arabischen Länder herumgesprochen, dass auf dem Andernacher Marktplatz ein kapitalistischer Weihnachtsbaum steht, der eliminiert werden muss?«

Die müllerschen Blicke krallten sich in sein Gesicht.

Emmerlein sprang ihm aber furchtlos zu Hilfe. »Haben die vielleicht auf Arabisch gesungen? Also, irgendwelche antidemokratischen Kampfgesänge?«

Marlies Müller atmete jetzt schwer. Fink war sich ganz sicher, dass sie im nächsten Moment ihr Messer in den Türrahmen neben ihm rammen würde.

»Was veranlasst Sie zu der Vermutung, ich wäre des Arabischen so weit mächtig, dass ich einen Kampfgesang von einem Wiegenlied unterscheiden könnte?« Sie trat einen Schritt vor. Das zwang Fink und Emmerlein dazu, sich auf die nächstniedrigere Stufe zurückzuziehen und damit auch den Schutz des gläsernen Vordaches aufzugeben, das den meisten Teil des Schnees aufhielt. »Aber ja, die haben tatsächlich gesungen. Als sie vor einem der Häuser da hinten stehen blieben. Ich konnte es weder akustisch noch inhaltlich verstehen, aber es hörte sich auf jeden Fall verbrecherisch an.«

Fink stand der Dame und ihrem Kuchenmesser am nächsten, darum wagte Emmerlein eine weitere Frage. »Könnten Sie das Lied wohl mal kurz anstimmen? Also wenigstens summen? Oder pfeifen?« Er verdeutlichte sein Ansinnen mit gespitzten Lippen.

Marlies Müllers Brust bebte. »Kann ich noch mal Ihre Dienstausweise sehen?«

Ratlos standen die beiden Männer vor dem Haus inmitten des fallenden Schnees. Fink dachte, dass er Schnee an den Weihnachtstagen toll fand, danach aber eigentlich nicht mehr brauchte.

»Wir haben es also mit arabischen Geisterterroristen bolivianisch-peruanischer Herkunft zu tun«, stellte Emmerlein fest. Seine Ohren leuchteten rot vor Kälte ohne schützende Haarbedeckung.

Sie traten zur Seite, um der Briefträgerin Platz zu machen. Sie lächelte ihnen zu, als sie mit ihrem Wägelchen und einem Arm voller Prospekte an ihnen vorbeizockelte. »Sie müssen auch bei jedem Wetter raus, was?«, fragte sie im Vorbeigehen freundlich. Und das brachte Fink auf eine Idee.

»Einen Moment, bitte«, rief er ihr nach. »Hauptkommissar

Fink und mein Kollege Emmerlein. Waren Sie auch am Samstag hier unterwegs?«

Die sommersprossige Mittfünfzigerin bejahte.

»Ist Ihnen eine Personengruppe in bunten Gewändern aufgefallen?«

»Ach, Sie meinen die Sternsinger. Ja, die hab ich ein paarmal überholt.«

Fink und Emmerlein schauten sie an.

»Da waren am Samstag Sternsinger unterwegs«, erklärte sie. »Fünf Stück. Sie wissen doch: Kinder, die als Heilige Drei Könige verkleidet einen Segensspruch an die Häuser malen und Geld für einen guten Zweck sammeln. Haben immer mal wieder bei Häusern angehalten und das Sternsingerlied gesungen: ›Wir kommen daher aus dem Morgenland‹, das kennen Sie doch sicher. Das haben die manchmal vor einem Haus sieben oder acht Mal wiederholt, und ganz langsam, das fand ich schon merkwürdig. Und die hatten auch einen komischen Text drauf. Meine Kinder waren früher auch Sternsinger, darum kenne ich den richtigen Text noch. Die hier haben aber was ganz anderes gesungen.«

Sie dachte einen Augenblick stirnrunzelnd nach. »So ungefähr: Wir kommen daher aus dem Morgenland, und haben im Schuh noch Wüstensand. Hier ist es so kalt, daheim ist es warm, drum gebt uns jetzt was, sonst bleiben wir arm.« Sie schüttelte den Kopf. »Und Kinder waren das auch nicht, sondern alles erwachsene Männer. Ich dachte schon, ob der Pastor dieses Jahr mit den Leuten vom Pfarrgemeinderat selber losziehen muss.«

»Sind die in die Häuser reingegangen?«, fragte Emmerlein aufgeregt.

»Das weiß ich nicht. Ich hab die nur im Halbkreis um die Haustüren stehen sehen.«

Emmerlein nahm ihre Personalien auf, während sich Fink die eiskalte Nase rieb. Das war doch schon mal was. Irgendetwas war ihm außerdem vor Kurzem aufgefallen, das in diesem neuen Zusammenhang erst einen Sinn ergab. Etwas, das er an diesem Morgen gesehen hatte. »Was hatten diese Sternsinger denn an?«, fragte er, als die Briefträgerin ihren Wagen schon weiterschob.

»Na, so bodenlange Gewänder und Vorhänge als Umhang. Und auf dem Kopf Tücher, manche hatten auch Kronen aus Goldpapier auf.«

»Kronen«, wiederholte Fink.

»Aus Goldpapier«, ergänzte Emmerlein. Sie warfen sich einen bedeutungsvollen Blick zu.

»Ich hab so im Gefühl, dass wir die ›Falschen Stern-Swinger‹ bald kriegen werden«, prophezeite Emmerlein.

»Sehr kreativ, Herr Kollege«, antwortete Fink. »Wo nimmst du das bloß immer her?«

»Reines Naturtalent«, sagte Emmerlein.

»Hallo, Luisa«, sagte Fink zu dem Mädchen mit dem Pferdeschwanz. »Wir waren heute Morgen schon mal hier.«

»Weiß ich doch.« Ihr Blick besagte, dass Erwachsene Kinder manchmal wirklich wie die letzten Dummbeutel behandelten.

»Sag mal, dein kleiner Bruder hatte eben so eine goldene Pappkrone auf. Ist die neu? Weißt du, wo er die herhat?«

»Die hat er erst ein paar Tage.« Sie drehte ihren langen Pferdeschwanz um die Finger und legte den Kopf schief. Sie sah aus wie eine Gebrauchtwagenhändlerin, die ihre Chancen auf ein lukratives Geschäft am Rande der Steuerlegalität abschätzte. »Wenn ich Ihnen was Wichtiges erzähle, komme ich dann ins Zeugenschutzprogramm, und darf ich nach Las Vegas ziehen und da mit einem neuen Namen in einem Casino arbeiten?«

Fink wunderte sich über das kriminalistische Fernsehwissen von Zwölfjährigen. »Zeugen, die helfen, eine Straftat aufzuklären, bekommen bei uns eine Führung durch die Polizeidienststelle. Wir nehmen deine Fingerabdrücke und machen ein Verbrecherfoto von dir.«

»Und sperren Sie meinen Bruder in eine Zelle?« Ihre Augen glänzten.

Emmerlein grinste. »Das muss dann aber schon eine richtig gute Information sein. Lass mal hören.«

»Die blöde Krone hat er gefunden, als wir mit meiner Mutter in die Stadt gegangen sind. Meine Mutter hat geschimpft, weil Leo sie mitnehmen wollte, da hat er sie heimlich eingesteckt.

Die lag neben einer Mülltonne in der Aktienstraße. Soll ich's Ihnen zeigen?« Sie hechtete schon zur Garderobe, um ihre Jacke zu holen.

Mit Erlaubnis der Mutter standen sie kurze Zeit später vor einem Neubau.

»Bist du sicher?«, fragte Fink.

»Logisch. Und das da hat einer von den Typen angehabt, nach denen Sie uns heute Morgen gefragt haben.«

Sie zeigte auf einen gelb geblümten Vorhang, der fröhlich am offenen Fenster wehte.

In der Wohnung von Marcel Raschke wurden zwei Laptops, drei Smartphones, eine Digitalkamera sowie ein strassbesetztes Hundehalsband gefunden, was alles aus den gemeldeten Einbrüchen stammte. Noch bevor ihm in der Vernehmung auch nur die erste Frage gestellt wurde, verpfiff Raschke seine vier Kumpel. Sie hatten die Häuser vorher ausgekundschaftet und waren nur dort eingebrochen, wo niemand zu Hause war. Während die anderen singend die Haustür vor den Blicken der Nachbarn abschirmten, hatte Raschke die Türen aufgestemmt, war hineingeschlüpft und hatte alle Wertgegenstände, die auf die Schnelle greifbar waren, eingesackt.

»Sternsingerbande hat ausgesungen« stand in der Zeitung. Peter Emmerlein war ein bisschen eingeschnappt, dass seine Schöpfung von den »Falschen Stern-Swingern« nicht übernommen worden war.

»Gar kein schlechter Jahresanfang für uns.« Carsten Fink prostete Emmerlein gut gelaunt mit seiner Kaffeetasse zu.

»Für mein armes Auto schon«, antwortete Emmerlein ziegenbartzupfend. »Weißt du, dass mir jetzt auch noch einer die Seite verschrammt hat?«

Fink hustete in seinen Kaffee, rang kurz mit sich und siegte dann heldenhaft. »Peter, stell dir vor, was mir mit deinem Wagen passiert ist …«

28

»Guck mal, Carsten, hier ist der ›Ominator‹ gefragt.« Carina Bauer legte Fink einen Notizzettel auf den Tisch. »Das ist anscheinend eine alte Dame, die was über einen Betrüger erzählen will. Hat eben angerufen. Sie ist nicht so gut zu Fuß, also gehst du am besten zu ihr hin.«

Sie lächelte ihn an. Sie lächelte überhaupt ziemlich viel in letzter Zeit. In ihren Augen sah man deutlich den Namen des unvergleichlichen Philosophiestudenten Flori in Leuchtschrift strahlen.

Fink besah sich die Adresse. Er mochte ältere Leute, ganz ehrlich. Sie hatten viel erlebt, und er hatte schon einige Senioren getroffen, die mit Lebenslust und Elan manchen Jugendlichen in den Schatten stellten. Aber es gab auch die anderen, deren Erzählungen bis zur Mitfahrt auf der Arche Noah zurückzureichen schienen, obwohl sie mit dem eigentlichen Fall gar nichts zu tun hatten, und die hatten ihn nach eigener Einschätzung schon mehrere Jahre seines Lebens gekostet.

»Wie hat sie sich denn angehört?«

»Gut. Ziemlich fit. Immanuel Kant hat gesagt: ›Habe Mut, dich deines eigenen Verstandes zu bedienen.‹ Deutscher Philosoph. Die Frau klang, als ob es bei ihr noch eine ganze Menge gäbe, womit sie sich bedienen kann.«

Kant, aha.

Jetzt saß er der rosigen alten Dame gegenüber und stellte sich trotz der geisteswissenschaftlichen Aufmunterung zumindest auf ein ausgefallenes Hörgerät oder Gedächtnislücken ein.

»Also, Frau Röwekamp«, begann er mit erhobener Stimme und lächelte sie über den gediegenen Wohnzimmertisch an. »Agneta?«, fügte er nach einem Blick auf seine Unterlagen hinzu.

»Ja, ich habe skandinavische Vorfahren«, erkläre sie. »Ich stamme von hartgesottenen Wikingern ab.« Ihr herzhaftes Lachen war erstaunlich faltenfrei in einem Gesicht, das sicher schon weit über siebzig Jahre dem Leben standhielt. Die pfiffige

Kurzhaarfrisur legte ein zusätzliches Mysterium über ihr wahres Alter.

Fink stimmte erleichtert in das Gelächter ein. Agneta Röwekamp machte tatsächlich den Eindruck, als hätte sie noch alles Nötige beisammen. Sein routinemäßig umherschweifender Blick traf auf einen Computer, ein Buch über das Internet für Senioren und ein paar Nordic-Walking-Stöcke hinter der Tür.

»Sie leben allein hier?«, fragte er laut, indem er jedes Wort einzeln betonte.

Frau Röwekamp nickte bestimmt. »Ich war mein Leben lang überzeugter Single. Natürlich«, sie schmunzelte, »hört sich das bei einer Frau meines Alters nicht mehr so sexy an wie bei einer Dreißigjährigen. Aber so sehe ich ja auch nicht mehr aus.« Sie legte den Kopf ein wenig schief und bedachte Fink mit einem kleinen selbstironischen Lächeln.

Ein bisschen Flirten ist aber immer noch drin, dachte er amüsiert.

»Und so fühle ich mich leider auch nicht mehr«, fuhr sie fort. »Wenn man in die Jahre kommt, zwickt es hier und zieht es da, und man hat viel Zeit, um die Wehwehchen zu beachten. Vor drei Wochen hatte ich einen Hexenschuss und konnte das Haus die ganze Zeit nicht verlassen. Aber was so ein alter Schwede ist, den wirft das nicht um.« Insgeheim ärgerte sie sich aber doch darüber, dass der mühsame Besuch des Sportartikelgeschäftes ihren Zustand noch ein weiteres Mal schmerzhaft verschlimmert hatte. »Und ich höre noch ausgezeichnet.«

Fink nahm den Seitenhieb lächelnd hin. »Sie haben meiner Kollegin am Telefon erzählt, Sie wären betrogen worden.«

»Richtig. Dieses junge Schnöselchen hat es jedenfalls versucht. Aber ich habe es natürlich gleich gemerkt. Der Enkeltrick, wissen Sie. Davor wird ja nun wirklich überall gewarnt. Sogar hier in unserer Zeitung habe ich schon einen Bericht darüber gelesen.« Sie schnaubte empört, dass man sie mit einer so abgedroschenen Masche hatte aufs Kreuz legen wollen und sie nicht eines raffinierteren Tricks für würdig hielt.

»Erzählen Sie bitte.«

Sie beugte sich ein bisschen vor. »Das Telefon klingelt, und da meldet sich eine junge Männerstimme mit ›Hallo, hallöchen, ich bin's‹. ›Wer denn?‹, frage ich und ärgere mich schon. Diese flapsige Art kann ich nämlich gar nicht leiden. Hallöchen, Tschüss mit üss, Tschö mit ö, da möchte man als intelligenter Mensch doch laut schreien.«

Sie rutschte auf ihrem Stuhl nach vorn und verzog das Gesicht. »Ein bisschen zwackt es mich noch immer im Rücken. Ich musste mich zwei Wochen lang von Keksen ernähren, weil ich gar nichts anderes mehr im Haus hatte. Aber jetzt geht's schon wieder. Wo war ich?«

»Die Männerstimme«, half Fink.

»Ach ja. Der Mann sagt also: ›Na, ich bin dein Enkel. Du wirst doch deinen eigenen Enkel kennen, Omi, du hast mir doch früher immer meine Lieblingskekse gebacken.‹ Da wusste ich sofort Bescheid: Enkeltrick, uralt.«

»Stimmt«, bestätigte Fink. Er war ganz angetan, dass diese Frau so auf der Höhe war. Möglicherweise gab es hier die ersten brauchbaren Anhaltspunkte, um diesem Betrüger endgültig das Handwerk zu legen. Er geriet so in Euphorie, dass er zu dozieren begann. »Der Täter ruft einen alten Menschen an, gibt sich als Enkel oder anderer Verwandter aus und bittet die angeblichen Großeltern um Geld. Und die alten Leutchen haben oft schon so abgebaut, dass sie das Geld brav an einen Wildfremden …«

Fink sah in die blitzenden Augen der alten Frau und versenkte sich betreten in seine Notizen.

Agneta Röwekamp nahm den Faden wieder auf. »Na, Bürschchen, dich krieg ich dran, dachte ich und fragte mit so einem zittrigen Stimmchen: ›Bist du's, Berti? Du hast doch meine Nussmakronen immer so gemocht.‹« Geschickt ahmte sie ihre Wackelstimme nach und kicherte. »Selbstverständlich habe ich keinen Enkel, schon gar keinen, den ich Berti nennen würde oder dem ich jemals Kekse gebacken hätte. Er ist aber gleich drauf angesprungen. Diese Jüngelchen meinen ja immer, nur weil man alt ist, wäre man auch blöde.« Ihr missbilligender Blick traf Fink ins schlechte Gewissen hinein.

Sie fuhr fort. »›Ja, hier ist der Berti‹, hat er gerufen. ›Hör mal,

Omi, ich stecke ein bisschen in der Klemme. Kannst du mir etwas Geld leihen? Du bist meine letzte Rettung.‹«

»Der hat ja nicht lange gefackelt«, bemerkte Fink.

»Das hab ich auch gedacht. ›Wie viel brauchst du denn, mein lieber Junge?‹, hab ich gesäuselt, und da hat der Kerl die Stirn zu antworten, zweitausend Euro würden genügen.« Sie lehnte sich tief atmend zurück. »Stellen Sie sich das mal vor, zweitausend Euro will so ein nichtsnutziger Nichtsnutz einer alten Frau aus den Rippen leiern! Die hätte ich ihm ja nicht mal gegeben, wenn er tatsächlich mein Enkel gewesen wäre. Na warte, hab ich gedacht, dich lass ich auflaufen, dass dir Hören und Sehen vergeht.«

Musste man diesen Kampfgeist nicht einfach bewundern? Das war doch mal jemand aus der erfahrenen Generation, die sich nicht einlullen und die Butter vom Brot nehmen ließ. Seine Mutter würde es genauso machen. Vielleicht sollte Fink doch nicht immer so streng zu ihr sein.

Trotzdem musste er Frau Röwekamp auch ein bisschen tadeln. »Warum haben Sie sich denn nicht gleich an die Polizei gewandt? Es kann gefährlich sein, einen Straftäter auf eigene Faust stellen zu wollen, der hätte Sie leicht überwältigen können.« Zerknirschung erwartete Fink aber vergeblich.

Agneta Röwekamp zog im Gegenteil verächtlich die Augenbrauen hoch. »Pah, als ob ich mit so einem Schnöselchen nicht allein fertig würde. Da lachen ja die Wikinger! Jedenfalls haben wir uns darauf geeinigt, dass ich das Geld bei der Bank abhebe und er einen Freund schickt, der es bei mir abholt. Aber ich wusste natürlich, dass er selbst kommen würde. Das mit dem Freund hatte er nur gesagt, damit ich mich nicht wundere, wenn da ein fremder Mann bei mir an der Tür steht, der sich als mein Enkel ausgibt. Er hat im Gespräch wohl gemerkt, dass ich doch nicht ganz so jenseitig bin.« Sie schaute Fink triumphierend an.

Aus irgendeinem Grund war das der Moment, in dem Carsten Fink zum ersten Mal an diesem Nachmittag von einem unbehaglichen Gefühl beschlichen wurde. Es kroch aus dem gepflegten, leicht angestaubten Parkettboden in seine Zehenspitzen.

»Und dann stand er vor der Tür. ›Ich bin der Freund von Berti, der ist Ihnen ja so dankbar‹, hat er gesagt. ›Und er erzählt die ganze Zeit, was Sie immer für tolle Sachen zusammen gemacht haben. Und von den Keksen, die Sie ihm gebacken haben, schwärmt er ja geradezu.‹ Es war genauso ein Kerlchen, wie ich erwartet hatte, ein Bubi mit dünnem Flaum am Kinn und abstehenden Ohren. Und eine Zahnlücke hatte er auch noch. Er probierte einen treuherzigen Blick, aber die Geldgier sprang ihm trotzdem aus den Augen. Na, der hat seine Lektion gelernt, dass man keine alten Leute über den Tisch ziehen soll!«

Das ungute Gefühl erreichte mit einem Kribbeln Finks Knie. »Was ist weiter passiert?«

»Ich hab ihn sauber durchbohrt. Mit meinem Walking-Stock.« Sie nickte befriedigt.

Finks Kinnlade sackte nach unten. »Wie jetzt?«

»Nicht jetzt. Vor zwei Tagen. Von hinten, als er sich über den Tisch beugte, um das Geld einzusacken. Zack, ging glatt rein. Allerdings nicht ganz durch, da musste ich ein bisschen bohren. Dem Himmel sei Dank konnte ich mich an diesem Tag schon wieder etwas besser bewegen.«

Fink starrte auf die Stöcke in der Ecke. Jetzt fielen ihm die Eisenspitzen an den Enden auf. Sein ungläubiger Blick wanderte zurück zu Agneta Röwekamp, Nachfahrin lebenstüchtiger Nordländer.

»Ich mag Sportgeräte, die vielseitig verwendbar sind. Sie ahnen nicht, zu was ich diese Stöcke schon alles gebrauchen konnte.«

»Das ist ja schön«, murmelte Fink fassungslos. Er hatte Mühe, sich zu konzentrieren. In seinem Kopf liefen gerade alle Gedanken kreuz und quer. »War der Mann tot?«

»Natürlich war er tot«, antwortete sie beleidigt. »Was ich angefangen habe, bringe ich auch zu Ende. So hat meine Generation das noch gelernt. Dabei hat sich die Spitze meines schönen Walking-Stocks verbogen, das nehme ich dem Kerl am meisten übel.«

»Wo, äh, ist denn die Leiche?« Fink spähte um sich.

»Wissen Sie, wie das ist, wenn man zwei Wochen lang nur trockene Kekse isst? Schauderhaft! Ich meine, ich mag ja lieber Fisch, aber ich kann schließlich nicht erwarten, dass ein Kabeljau hier vorbeigeschwommen kommt, nicht wahr?« Sie kicherte wie ein junges Mädchen.

Das beklemmende Gefühl feierte jetzt in Finks Brust eine wilde Einweihungsparty. Mit Mühe brachte er ein »Also?« heraus.

Agneta schaute ihn überrascht an. »Ihr jungen Leute seid manchmal so begriffsstutzig. Ich hab ihn natürlich gegessen. Ein schönes Rippenstück hab ich eingefroren. Man weiß ja nie, wann der nächste Hexenschuss kommt.« Sie giggelte munter und fügte hinzu: »Schließlich bin ich nicht mehr die Jüngste.«

Natürlich hatten sie alle diesen Fall unbedingt lösen wollen. Wer so skrupellos Rentner abzockte, musste aus dem Verkehr gezogen werden und verdiente eine saftige Strafe. Aber den kriminellen Berti – oder Tommi oder Silvio oder Dennis – hatte es nun tatsächlich knüppeldick getroffen, da waren sich alle einig. Und sie hatten viel Zeit, darüber zu diskutieren, denn die Kripo Koblenz rückte an und nahm ihnen die Angelegenheit und Agneta Röwekamp aus den Händen.

Fink war nicht böse darum.

»Das ist abartig«, sagte Evi. Sie hatte ihre Brille abgenommen, um sie zu putzen, konnte aber das entsprechende Tuch nicht finden.

»Wem sagst du das?« Finks Hände zitterten auch noch drei Tage später ein bisschen. »Wenn du diese nette alte Frau gesehen hättest, so aufgeschlossen und freundlich, du hättest gedacht, ach, der würde ich auch den Felix zum Aufpassen anvertrauen. Und sich dann vorzustellen, wie sie … mit dem Walking-Stock … Und dann mit dem Küchenmesser …«

Evi war mit der Brille auf die Tischdecke ausgewichen, obwohl der Optiker ihr das Brilleputzen mit unautorisierten Tüchern streng verboten hatte. »Nein, ich meine, es ist abartig, wie mich die Kunden in der Buchhandlung auf die Sache ansprechen. Die meisten kommen gar nicht rein, um ein Buch zu kaufen, sondern weil sie alle Einzelheiten deines Falls von mir geschildert haben wollen.«

»Und was sagst du denen dann?«

Evi setzte die Brille wieder auf und sah in diesem Moment einem listigen Kobold unglaublich ähnlich. »Ich zeige ihnen das Regal, wo die Krimis stehen und sage: ›Lesen Sie das hier, das ist mindestens genauso krass.‹ Jeder geht mit mindestens zwei Büchern raus.«

Finks Mundwinkel schafften es schon wieder ein kleines bisschen nach oben.

Evi stand auf und holte etwas aus dem Schrank. »Wo du schon mal ein kleines Lächeln hinbekommst, wollen wir jetzt mal sehen, ob du auch schon für das große Lächeln bereit bist.«

Und damit stellte sie einen Karton mit winzigen Strickschühchen vor ihn hin.